应该改换些态度和方法

鲁迅方法论今读

刘国胜——— 著

学林出版社

目 录 Contents

绪 言 鲁迅为什么能做到"一直没有失败" /1

第一章 方法关乎事之成败 /7

一、"徒以方术之误，结果乃止于无功" /8

二、"总是吃亏"与方法不当有关 /11

三、"我是不想上这些诱杀手段的当的" /15

四、正确的方法论是基于实践的智慧 /19

五、有些问题解决不好得从方法上找原因 /24

2   **第二章   不走极端，不求全责备** /30

一、自命为"爱'中庸'"，其实"走了极端" /31

二、"倘要完全的人，天下配活的人也就有限" /41

三、"及而不过"和"略小节而取其大" /46

第三章   不文过饰非，不淡忘历史 /53

一、"因为不敢正视人生，只好瞒和骗" /54

二、"因为能忘却"，"往往照样地再犯前人的错误" /67

三、正视现实和以史为镜 /74

第四章   "论先后，知为先；论轻重，行为重" /84

一、"'懂'是最要紧的"，"倘不看清，就无从改革" /85

二、"希望是附丽于存在的"，"执着现在，执着地上" /95

三、对知行关系作一番深入思考 /104

第五章   认真，比较，"解剖自己" /112

一、把"认真点"列入做事的"总纲" /113

二、"比较既周，爱生自觉" /118

三、"必须先改造了自己，再改造社会，改造世界" /126

四、掌握三种基本方法 /131

第六章　锲而不舍，迂回前行 /141

一、"要治这麻木状态的国度，只有一法，就是'韧'" /142

二、"重压之下"，"我们就只得宛委曲折" /151

三、在反对盲目求快中抓紧和刚柔相济 /160

第七章　专业化，余裕心 /166

一、"社会之事繁"，"人自不得不有所专" /167

二、有没有余裕心是"时代精神表现之一端" /175

三、业有所成和张弛有度靠自己 /184

第八章　文学的魅力，别具一格的读书和作文方法 /192

一、"最平正的道路"，"只有用文艺来沟通" /193

二、"收心读书"，"先看一点基本书"，"使所读的书活起来" /197

三、作文"当先求内容的充实和技巧的上达" /207

四、把读书和作文这两件人生大事做好 /213

后　记　"二十世纪中国经验"与人的现代化 /221

一、鲁迅作品的批判性和建设性是有机联系的整体 /222

二、致力于为大众解读鲁迅"立人"思想 /224

三、完成只是新的开始 /226

主要参考书目 /229

鲁迅为什么能做到"一直没有失败"

1936 年 3 月 18 日，重病中的鲁迅先生给青年作家欧阳山①和青年女作家草明回信（《书信（1936）》）②，在回应两人有关他病情的关切时，展露了自己的心境，并对

---

① 本书中出现的人物，需要介绍其身份的，一般在第一次出现时介绍。
② 括号中的内容是所引用鲁迅作品编入的文集名，在绪言、后记和每一章第一次引用该作品及所编入的文集时注明。

2   自己作了一个带有定论性的评价："其实我的生活，也不算辛苦。数十年来，不肯给手和眼睛闲空，是真的，但早已成了习惯，不觉得什么了。""其实我在作家之中，一直没有失败，要算是很幸福的，没有可说的了，气喘一下（按：此前先生肺病发作，气管痉挛，出现剧烈的气喘症状），其实也不要紧。"①数十年来"成了习惯"的紧张工作，"一直没有失败"，这是颇感自信的评价。事实也正如此，在严酷的社会环境中，先生三十多年笔耕不辍（其间虽或有"静默"，却也是积累，为创作做准备），保持了旺盛的创作力，创作和译作文字总量超过600万字，在国内外产生的影响之大，中国作家中无人能出其右。"不肯给手和眼睛闲空"的生活"不算辛苦"，"要算是很幸福的，没有可说的了"，这种颇有自信的感知在先生之前的作品中未曾见过，体现的是他生命深处的"乐天"精神。说自己的病"不要紧"，既是豁达自勉，也是对来信者和所有关心他的人的宽慰，不幸的是，当年10月19日先生就因宿疾不治去世了。

先生是一个伟大的成功者。他逝世时，社会各界那么多人自发上街为他送行，是中国现代史上唯一享此哀荣者；逝世八十多年后的今天，他作品中的"立人"思想的珍贵价值，逐渐被越来越多的人所认识，日益成为中国人实现自身现代化不可或缺的思想文化资源，更令人敬佩。先生为什么能成功？除了崇高的精神境界和卓绝的才华外，还有不可忽视的方法因素。何谓方法？哲学家张申府在《方法与工具》一文中指出，方法很难界说，但并非不可界说，"总括种种意思，极赅括言之，我以为可说方法就是循着一些东西达到一种目的者，凡是方法均可见其是如此的。譬如要从北平到南京，可以坐车，可以坐船，可以搭飞机，

---

①　本书引用鲁迅语录，除特别注明外，均见《鲁迅全集》，人民文学出版社 2005年版。

可以徒步。这些,坐车、坐船、搭飞机、徒步,都是从北平到南京的方法。到南京是目的,车、船、飞机、腿,则是所循或所用的东西。凡是方法,总都有东西与目的两层可说"①。何谓方法论?《辞海》(第七版)的解释是:"关于认识、评价和改造世界的方法的理论。按其不同层次有哲学方法论、一般科学方法论、具体科学方法论之分。"

怎样认识鲁迅方法论?作为文学家的思想家,先生没有撰写过方法论专著,他的方法论散见于他所创作的文学作品中。打开鲁迅研究史,研究成果中涉及方法论的不少,但作系统梳理和解读者不多,这方面有分量的专著更鲜见。我多年研读鲁迅作品,深感先生的方法论博大精深,所以在设计创作"鲁迅'立人'思想今读"系列时,一开始就考虑将"鲁迅方法论今读"作为压轴。但真要动手时,却又陷入以往曾几次出现过的那种不知从何入手的困惑。怎么办?只有老老实实地从再次通读《鲁迅全集》做起,围绕方法论,边读边做笔记边思考,慢慢形成今读鲁迅方法论的框架。我体会到,鲁迅方法论是人生哲学方面的方法论,它属于哲学方法论范畴;与先生的"立人"思想一脉相承,是对先生在批判国民性弊端的过程中所阐发的待人处事的基本方法的提炼。

书名用《应该改换些态度和方法——鲁迅方法论今读》,主标题"应该改换些态度和方法",见先生《论"费厄泼赖"应该缓行》(《坟》),意指在极其复杂的中国社会转型期,为了改革的成功,改革者必须调整和优化思想方法、工作方法和斗争方法。副标题"鲁迅方法论今读",说明本书是我现在对鲁迅方法论的理解,包括对其本意的分析,以及对其当下价值的认识。全书分为八章,每章用主要篇幅介绍和解读先生方法论

① 雷颐编:《中国近代思想家文库·张申府卷》,中国人民大学出版社 2015 年版,第 23—24 页。

3

某一方面或某几方面的内容,再谈它在今天对我们的启示(当然,在介绍和解读中,往往也含启示)。八章之前是绪言,之后是后记。

绪言"鲁迅为什么能做到'一直没有失败'",点出先生的成功与方法论的关系,交代本书写作的由来,扼要介绍本书结构和主要内容。

第一章"方法关乎事之成败",讲方法的重要性。分别从外国、中国和先生本人角度作阐释。先生讲外国,一实一虚,实为外国人兴衰例,虚为西班牙作家塞万提斯笔下的堂·吉诃德例。讲中国,也有实有虚,分析当时中国改革失败的方法论原因,联系先秦时期中国传统史学的创始人左丘明著编年体史书《左传》记载的孔子弟子子路"结缨而死"和元末明初小说家罗贯中著长篇小说《三国演义》中魏武帝曹操手下名将许褚"赤体上阵"的故事。讲本人,介绍先生在与被称为"正人君子"的现代评论派文人的论战中,不为对方的"诱杀手段"所激怒,"留几片铁甲在身上"作自卫。得出"正确的方法论是基于实践的智慧"的结论。今读的启示概括为"有些问题解决不好得从方法上找原因"。

第二章"不走极端,不求全责备",介绍先生批判有些中国人思维方式存在的两个误区。一个误区,先生以残害中国女性肢体的裹脚切入,批判"我中华民族虽然常常的自命为爱'中庸',行'中庸'的人民,其实是颇不免于过激的","走了极端"。另一个误区,与"走了极端"相关,是不切实际地过分要求人或事完美,这"初看固然是很正当,彻底似的,然而这是不可能的难题,是空洞的高谈,是毒害革命的甜药"。今读的启示概括为"'及而不过'和'略小节而取其大'"。

第三章"不文过饰非,不淡忘历史",首先介绍先生批判"瞒和骗"使中国人"一天一天的堕落着",强调"必须有了真的声音,才能和世界的人同在世界上生活"。然后介绍先生批判"中国人是健忘的","昨天做坏了的事,今天忘记了,明天做起来,也还是'仍旧贯'的老调子"——照着老样子做下去，以致"什么都要从新做过"。先生强调，无论面对现实还是回顾历史，都要坚守真和诚——这是涉及做人资格的重大问题。今读的启示概括为"正视现实和以史为镜"。

　　第四章"论先后，知为先；论轻重，行为重"，这是借用宋代理学家朱熹的观点①，介绍先生如何认识、处理知和行的关系。先生强调做任何事总先得知道这件事"是什么"，在改革的时代，"倘不看清，就无从改革"。先生批评文艺界不注意理解和介绍新思潮的涵义，只是视之为"符咒"用来相互攻击，过了多久便烟消云散，"仿佛都已过去了，其实又何尝出现"。为此，要"竭力启发明白的理性"。知是为了行，先生强调"执着现在，执着地上"，这是存在的基本方式，而"希望是附丽于存在的"。今读的启示概括为"对知行关系作一番深入思考"。

　　第五章"认真，比较，'解剖自己'"，介绍先生有针对性和建设性地提出三种基本方法，即认真的态度和方法、比较的方法、重在"解剖自己"的方法。"认真点"被先生列入做事的"总纲"，他认为中国的很多事没做好，是因为不认真。先生认为对任何事，只有放眼世界作全面比较才能真正搞明白，"比较是医治受骗的好方子"。社会由无数个体组成，先生认为"必须先改造了自己，再改造社会，改造世界"，改造自己就要不留情面地"解剖自己"。今读的启示概括为"掌握三种基本方法"。

　　第六章"锲而不舍，迂回前行"，介绍先生就如何适应现实环境，以求得工作和斗争的最好效果，而提出的两大策略。策略一，先生认为，"急而猛"往往导致失败，"缓而韧"才可能取得成功，"改革，奋斗三十年"，"不够，就再一代，二代……"策略二，先生认为，"在这样的

_____

① 　朱杰人编著：《朱教授讲朱子》，华东师范大学出版社 2017 年版，第 155 页。

岩石似的重压之下，我们就只得宛委曲折"，才可能开出"鲜艳而铁一般的新花"。今读的启示，概括为"在反对盲目求快中抓紧和刚柔相济"。

第七章"专业化，余裕心"，介绍先生针对现代社会的特点所提出的两个方法。一是专业化。先生认为，"社会之事繁"，"人自不得不有所专"，以及"失了专长"就会"逐渐被社会所弃"。专业化是在学习、训练和实践中逐步形成的，形成后仍须积累和发展，处理好输入与输出的关系。二是余裕心。先生提出人是"需要休息和高兴的"，以及留有余地才能把事情做好，葆有余裕心是"时代精神表现之一端"。先生多次表示"想把生活整顿一下"，"在纷扰中寻出一点闲静"。今读的启示，概括为"业有所成和张弛有度靠自己"。

第八章"文学的魅力，别具一格的读书和作文方法"，首先介绍先生对如何改革国民性所选择的方法，认为"最平正的道路，却只有用文艺来沟通"。再介绍先生关于读书方法和作文方法的论述。先生谈读书，在强调"收心读书"的基础上，提出"先看一点基本书"，并"使所读的书活起来"。先生谈作文，强调"当先求内容的充实和技巧的上达"，然后才谈得上文章对人的思想产生什么样的影响。今读的启示概括为"把读书和作文这两件人生大事做好"。

后记"'二十世纪中国经验'与人的现代化"，主要就本人为什么写作"鲁迅'立人'思想今读"系列七本书，从总体上作一个说明。在中国现代化的关键时期，实现人自身的现代化是根本，为此迫切需要五四新文化运动以来以鲁迅为代表的"二十世纪中国经验"（北京大学教授钱理群提出），这一批判性和建设性有机联系的难能可贵的思想文化资源。同时就自己笔耕九年完成鲁迅"立人"思想今读系列写作的有关事宜作出说明，并表明自己矢志不渝学习和研究鲁迅，致力于为大众解读鲁迅"立人"思想的态度。

第一章 Chapter 1
方法关乎事之成败

　　鲁迅在不少作品中强调了方法的重要性，且往往侧重从负面切入，从奋斗者的失败中吸取教训，来阐述方法的重要。先生视野开阔，从外国谈到中国，从历史谈到现实，从当时社会的时事谈到古籍和小说中或真实或虚构的人物和故事。先生还现身说法，谈自己如何从古今中外的人和事中吸取教训，以恰当的方法，不失基本原则地去适应社会环境，以保存自己，为中国人、特别是身处社会底层的平民百姓，为人类，为现在和将来，勇于并善于与黑暗势力、特别是支撑黑暗势力的根深蒂固的旧文化作斗争。先生由人及己的始终清醒和过人睿智，使得我们一接触他的方法论，就能感受到它的独特魅力。

一、"徒以方术之误，结果乃止于无功"

1907 年，留日期间的鲁迅，在用文言文写的《科学史教篇》（《坟》）中，追溯西方思想发展史，分析了有的民族兴衰的经验教训："希腊既苓落，罗马亦衰，而亚剌伯（按：今译阿拉伯）人继起，受学于那思得理亚（按：即基督教中的聂斯托利派，我国古称景教）与儴思（按：今译犹太）人，翻译诠释之业大盛；眩其新异，妄信以生，于是科学之观念漠然，而进步亦遂止。盖希腊罗马之科学，在探未知，而亚剌伯之科学，在模前有，故以注疏易征验，以评骘代会通，博览之风兴，而发见之事少，宇宙见象，在当时乃又神秘而不可测矣。怀念既尔，所学遂妄，科学隐，幻术兴，天学不昌，占星代起，所谓点金通幽之术，皆以昉也。"

希腊没落后，罗马也日渐衰败，随后兴起的民族，他们向基督教和犹太人学习，翻译注释事业大为兴盛；但他们为基督教和犹太人教义中的新奇内容所惑，产生迷信，科学观念淡薄，以致止步不前。希腊和罗马的科学在于探索前所未知的东西，而有的科学则在于模仿前人，用注释代替实验，用评定代替融会贯通，博览群书中新的发现却很少。其后果是科学衰退，幻术盛行，天文学得不到发展，占星术竟代而起之，连那种所谓点金通幽的神幻之术也出现了。先生分析道："顾亦有不可贬者，为尔时学士，实非懒散而无为，精神之弛，因入退守；徒以方术之误，结果乃止于无功，至所致力，固有足以惊叹。"先生特别指出，对于当时学者也有不该批评的方面，那就是造成衰败局面，并非由于他们懒散而无所作为，或精神松懈而陷入倒退保守，只是由于方法的错误，才导致他们劳而无功。①

先生在 1933 年写的《〈解放了的堂·吉诃德〉后记》（《集外集拾遗》）中，这样评价堂·吉诃德："吉诃德的立志去打不平，是不能说他错误的；不自量力，也并非错误。错误是在他的打法。因为胡涂（按："糊涂"的当时写法，下同）的思想，引出了错误的打法。"如果有人嘲笑吉诃德敢于斗争的精神，那是不对的，但如果"有正确的战法，坚强的意志的战士"，嘲笑他的错误打法，则是"最为正当的"。这里出现了三个概念：精神状态（"立志去打不平""坚强的意志"）、方法（"打法""战法"）、思想。一个人的精神状态十分重要，吉诃德值得赞赏的正是这一点，他有志气，类似中国的儒家明知不可为而为之。但要成就一番事业，除了有良好的精神状态，还要有正确的方法，可惜吉诃德方法错了。正确的方法来自正确的思想，吉诃德错误的方法则源自糊涂的思想。这里的"思想"当指思维方式，是方法论的灵魂。

以上两例谈外国，一实一虚，实是外国人兴衰例，虚为世界文学名著中的堂·吉诃德例。其实，就方法论而言，与上述失败案例不同，外国更有成功案例。近代以来，欧美的发展大大超越了中国。究其原因，先生 1907 年在《文化偏至论》（《坟》）中指出："欧美之强"，"根柢在人"。人的现代化促成了社会现代化，而人的现代化就包括方法论的现

---

① 本书鲁迅作品文言文译成白话文，参考了南京师范学院中文系资料室著《鲁迅文言论文试译（初稿）》（1976 年 10 月内部印行）和王士菁著《鲁迅早期五篇论文注译》（天津人民出版社 1978 年版），并根据本人理解多有修改。

10　　代化。也是在《科学史教篇》中，先生介绍了英国哲学家、现代实验科学的创始人弗朗西斯·培根的归纳法，以及法国哲学家、数学家、物理学家、解析几何学的创始人勒内·笛卡尔的演绎法。

　　先生毕生倾力翻译外国优秀文学作品，对翻译有着深层次思考，认为翻译不仅需要把握作品内容的价值，而且应该保留作品独有的表现手法，他在1931年写的《关于翻译的通信（并 J. K. 来信）》（《二心集》）中明确表示，在译文"信"和"顺"的关系处理上，应该把"信"放在前面，如果因此而影响译文的通顺，也在所不惜："我是至今主张'宁信而不顺'的。""这里就来了一个问题：为什么不完全中国化，给读者省些力气呢？这样费解，怎么还可以称为翻译呢？我的答案是：这也是译本。""这也是译本"，是说这也是一种翻译方法，"宁信而不顺"的译本价值何在？先生认为："这样的译本，不但在输入新的内容，也在输入新的表现法。中国的文或话，法子实在太不精密了，作文的秘诀，是在避去熟字，删掉虚字，就是好文章，讲话的时候，也时时要辞不达意，这就是话不够用，所以教员讲书，也必须借助于粉笔。这语法的不精密，就在证明思路的不精密，换一句话，就是脑筋有些胡涂。倘若永远用着胡涂话，即使读的时候，滔滔而下，但归根结蒂，所得的还是一个胡涂的影子。要医这病，我以为只好陆续吃一点苦，装进异样的句法去，古的，外省外府的，外国的，后来便可以据为己有。"借他山之石攻玉，用以改进汉语的语法。

　　先生还以日本为例，来说明适当运用欧化语法的必要性："如日本，他们的文章里，欧化的语法是极平常的了。"特别值得注意的是，先生所言"不但在输入新的内容，也在输入新的表现法"，新在何处？在语法精密。而"语法的不精密"恰恰是中国文化存在的问题，这不是一个小问题，因为"这语法的不精密，就在证明思路的不精密，换一句话，

就是脑筋有些胡涂"。先生在 1934 年写的《玩笑只当它玩笑（上）》
（《花边文学》）中，又作了类似说明："欧化文法的侵入中国白话中的
大原因，并非因为好奇，乃是为了必要。""因为好奇"和"为了必要"，
是两种不同的态度。如何理解"必要"？主要针对中国人传统思维方式
存在的不足。哲学家冯友兰认为："认识论在中国哲学里从未得到发
展"，"中国哲学的语言""是提示性的而并不明晰"，"因为它不代表用
理性演绎得出的概念。哲学家只是告诉人们，他看见了什么。因此，他
所述说的内容非常丰富，而使用的语言却很简短。这就是何以中国哲学
家的语言往往只作提示而并不明确"。①"不明晰""不明确"就是思维
方式存在的不足。鲁迅早在 1925 年写的《论睁了眼看》（《坟》）中就
指出："没有冲破一切传统思想和手法的闯将，中国是不会有真的新文
艺的。""手法"如同"表现法""文法"，是体现在文学作品中的思维
方式和表现形式。"手法"与思想相关，为了冲破旧思想的束缚，需要运
用新的"手法"。

二、"总是吃亏"与方法不当有关

谈到中国，鲁迅在 1925 年底写的《论"费厄泼赖"应该缓行》
（《坟》）的"结末"中，分析了改革难以推进的原因："我敢断言，反
改革者对于改革者的毒害，向来就并未放松过，手段的厉害也已经无以
复加了。只有改革者却还在睡梦里，总是吃亏，因而中国也总是没有改

---

① 冯友兰著，赵复三译：《中国哲学简史》（插图珍藏本），新世界出版社 2004 年
版，第 21 页。

革，自此以后，是应该改换些态度和方法的。""还睡在梦里"，是说还没有真正认识到方法对于改革的重要性，由此造成的后果是，一旦发起行动"总是吃亏"，以致改革无法推进，事与愿违。《坟》是先生的第一本文集，1927 年 3 月由北京未名社初版。《论"费厄泼赖"应该缓行》是编入《坟》的最后一篇，先生特别看重，他在《写在〈坟〉后面》中专门提示："最末的论'费厄泼赖'这一篇，也许可供参考罢，因为这虽然不是我的血所写，却是见了我的同辈和比我年幼的青年们的血而写的。"先生所写，是对辛亥革命前后中国社会变革教训的深刻反思，方法是反思的重要角度之一。

1926 年 3 月 18 日，段祺瑞临时执政府枪杀徒手集会游行、请愿抗议日本帝国主义侵犯中国主权行为的北京市民和学生，死伤 200 多人。"三一八"惨案发生后，先生以悲愤之情接连写了几篇杂文，高度评价进步青年的英勇献身精神，同时告诫他们，为了中国进步事业的胜利，今后不要再采取请愿这种斗争方式，因为这可能使请愿者进入"死地"——被枪杀。他明确提出，历史经验值得重视，经验有成功和失败之分，请愿不属于成功经验。先生在《空谈》（《华盖集续编》）中，也总结了"三一八"事件的惨痛教训："我以为倘要锻炼（按：此处的"锻炼"为文言文，意味罗织罪名，陷人于罪，针对一些"正人君子"把发生惨案的责任算在"群众领袖"头上而言）群众领袖的错处，只有两点：一是还以请愿为有用；二是将对手看得太好了。"对群众领袖的错处，先生予以一定程度的理解，他说："但以上也仍然是事后的话。我想，当这事实没有发生以前，恐怕谁也不会料到要演这般的惨剧，至多，也不过获得照例的徒劳罢了。只有有学问的聪明人能够先料到，承认凡请愿就是送死。""只有有学问的聪明人能够先料到"，是批评"群众领袖"缺少学问，不够聪明。《空谈》的结尾指出："这回死者的遗给后来的功德，是在撕去了许多东西的人相，露出那出于意料之外的阴毒的心，教给继续战斗者以别种方法的战斗。"认识到要"以别种方法的战斗"，是付出了极其沉重的鲜血甚至生命代价的。

先生也借中国古籍和古代小说中的人物和故事来谈方法。1925年，他在给许广平的信（《两地书》）中，引用了《左传》中子路"结缨而死"的故事，并作了如下评论："子路先生确是勇士，但他因为'吾闻君子死冠不免'，于是'结缨而死'，我总觉得有点迂。掉了一顶帽子，又有何妨呢，却看得这么郑重，实在是上了仲尼先生的当了。仲尼先生自己'厄于陈蔡'，却并不饿死，真是滑得可观。子路先生倘若不信他的胡说，披头散发的战起来，也许不至于死的罢。"先生在《空谈》中，则引用了《三国演义》中"许褚赤体上阵"的故事："汉末总算还是人心很古的时候罢，恕我引一个小说上的典故：许褚赤体上阵，也就很中了好几箭。而金圣叹还笑他道：'谁叫你赤膊?'"1933年，先生在《不负责任的坦克车》（《伪自由书》）中，又引用了这个故事，告诫人们不要"像许褚似的充好汉"。1935年，先生在给青年作家萧军、青年女作家萧红的信（《书信（1934—1935）》）中，也用这个故事告诫他们："和朋友谈心，不必留心，但和敌人对面，却必须刻刻防备。我们和朋友在一起，可以脱掉衣服，但上阵要穿甲。您记得《三国志演义》上的许褚赤膊上阵么？中了好几箭。"回到现实，先生提醒他们："鬼魅多得很，不过这些人，你还没有遇见。如果遇见，是要提防，不能赤膊的。""不能赤膊"是因为社会多有压迫人的鬼魅存在，善良的人们不得不防。

先生提出"教给继续战斗者以别种方法的战斗"，是什么样的战法呢？他主张"壕堑战"。据文艺理论家冯雪峰回忆，1930年5月7日，中共中央政治局领导人李立三约鲁迅谈话，希望他公开发表一篇宣言，表示拥护"立三路线"（按：主张全国各地马上举行中心城市首先发动的武装起义，形成革命高潮的"左"倾路线）的各项政治主张。李立三在谈话中提到当时法国作家巴比塞就发表过类似宣言，意思是希望鲁迅也能这样做。先生没有同意，他认为中国革命是不能不是长期的、艰巨的，必须进行"韧战"、持久战。他明确表示不赞成赤膊打仗，说在当时那样的条件下还应多采用"壕堑战""散兵战""袭击战"等战术。①

1927 年，先生在上海国立劳动大学发表题为《关于知识阶级》（《集外集拾遗补编》）的演讲，指出：

我并不想劝青年得到危险，也不劝他人去做牺牲，说为社会死了名望好，高巍巍的镌起铜像来。自己活着的人没有劝别人去死的权利，假使你自己以为死是好的，那末请你自己先去死吧。诸君中恐有钱人不多罢。那末，我们穷人唯一的资本就是生命。以生命来投资，为社会做一点事，总得多赚一点利才好；以生命来做利息很小的牺牲，是不值得的。

尽可能避免危险和牺牲不是胆怯，而是讲究斗争策略。1925 年，先生在给许广平的信（《两地书》）中说："据我看来，要防一个不好的结果，就是白用了许多牺牲，而反为巧人取得自利的机会，这种在中国是常有的。"那些鼓动热血青年不讲策略去硬拼的人，往往是为自己"取得自利"的"巧人"，不要上他们的当！

1918 年，先生在《随感录三十八》（《坟》）中说："我们自己想活，也希望别人都活。"1931 年，他在《上海文艺之一瞥》（《二心

---

① 参阅冯雪峰著：《一九二八至一九三六年的鲁迅·冯雪峰回忆鲁迅全编》，上海文化出版社 2009 年版，第 253 页。

集》）中说："其实革命是并非教人死而是教人活的。"牺牲是为取得革命胜利万不得已时付出的代价，如可能减少就一定要减少。毛泽东作为革命战争的领导者，革命胜利后的1954年，在会见印度总理尼赫鲁快结束时说："我还想跟尼赫鲁总理谈一谈战争作为政策的工具是否有利益的问题。两次世界大战已经证明是利小害大的。如果以后再要搞，究竟会怎么样？"[1]利小害大主要表现为两次世界大战死了很多人，不仅是军人，更多的是平民百姓。

三、"我是不想上这些诱杀手段的当的"

鲁迅强调方法的重要，在告诫国人的同时，自己身体力行。先生的《坟》出版时，写有《题记》和《写在〈坟〉后面》（分别作于1926年10月和11月），方法论占有很重分量。《题记》共四段，第二段主要谈方法。先生说："我的可恶有时自己也觉得，即如我的戒酒，吃鱼肝油，以望延长我的生命，倒不尽是为了我的爱人，大大半乃是为了我的敌人，——给他们说得体面一点，就是敌人罢——要在他的好世界上多留一些缺陷。"说自己生存的目的是为了爱人，更是为了敌人——与敌人作斗争，这里的"敌人"可作广义理解，既指反动统治者及其帮凶文人，也指旧文化。文章接着写道：

君子之徒曰：你何以不骂杀人不眨眼的军阀呢？斯亦卑怯也已！但我是不想上这些诱杀手段的当的。木皮道人（按：应作木皮散人，明代

---

① 中共中央文献研究室编：《毛泽东年谱（1949—1976）》第二卷，中央文献出版社2013年版，第304页。

遗民贾凫西的别号)说得好,"几年家软刀子割头不觉死",我就要专指斥那些自称"无枪阶级"而其实是拿着软刀子的妖魔。即如上面所引的君子之徒的话,也就是一把软刀子。假如遭了笔祸了,你以为他就尊称你为烈士了么?不,那时另有一番风凉话。倘不信,可看他们怎样评论那死于三一八惨杀的青年。

"君子之徒"指当时的现代评论派文人,他们在《现代评论》杂志上指责鲁迅"你何以不骂杀人不眨眼的军阀",甚至说"斗斗法宝,就是到天桥(按:当时北京的刑场在天桥附近)走走,也还值得些"。先生视之为"诱杀手段",没上他们的当,因此就没有"遭笔祸",这是他在当时中国社会的生存智慧。

《写在〈坟〉后面》进一步谈方法,先生说:"偏爱我的作品的读者,有时批评说,我的文字是说真话的。这其实是过誉,那原因就因为他偏爱。我自然不想太欺骗人,但也未尝将心里的话照样说尽,大约只要看得可以交卷就算完。"先生并未否定自己说真话,只是坦陈真话没说尽,分寸掌握在自认为"可以交卷"。"可以交卷"是谓不失风骨,却或又留有些许遗憾和无奈。为何如此把握?先生说明道:

我的确时时解剖别人,然而更多的是更无情面地解剖我自己,发表一点,酷爱温暖的人物已经觉得冷酷了,如果全露出我的血肉来,末路正不知要到怎样。我有时也想就此驱除旁人,到那时还不唾弃我的,即使是枭蛇鬼怪,也是我的朋友,这才真是我的朋友。倘使并这个也没有,则就是我一个人也行。但现在我并不。因为,我还没有这样勇敢,那原因就是我还想生活,在这社会里。

这一段开始两句是格言式经典,好理解。接下去的几句似乎有点深奥,但联系先生的散文诗集《野草》反抗绝望的人生哲学主题,却也不难领会。

先生把现实社会看透了，把人生想明白了，超越了当时绝大多数知识分子，他为此而产生强烈的孤独感。犹如他 1922 年在《呐喊·自序》中所言："凡有一人的主张，得了赞和，是促其前进的，得了反对，是促其奋斗的，独有叫喊于生人中，而生人并无反应，既非赞同，也无反对，如置身毫无边际的荒原，无可措手的了，这是怎样的悲哀呵，我于是以我所感到者为寂寞。"这是先驱者不被理解的孤独。怎么办？需要选择。先生选择了面对现实，"那原因就是我还想生活，在这社会里"。这是如何活在当下的方法论选择。活在"这社会里"，是为了承担自己年轻时在《自题小像》（《集外集拾遗》）中立下的为"改革国民性"而"我以我血荐轩辕"的使命。《写在〈坟〉后面》接下去的一段，是对《坟·题记》的呼应："还有一种小缘故，先前也曾屡次声明，就是偏要使所谓正人君子也者之流多不舒服几天，所以自己便特地留几片铁甲在身上，站着，给他们的世界上多有一点缺陷，到我自己厌倦了，要脱掉了的时候为止。"为了斗争的持久和胜利，"自己便特地留几片铁甲在身上"，实行自我保护，这是非常重要的方法。

先生在 1928 年写的《〈这回是第三次〉按语》（《集外集拾遗补编》）中，联系文艺界的论争指出："据我推想，倘使批判，谣诼，中伤都无效，如果你不懂得几手，则会派人来打你几拳都说不定的。所以为生存起见，也得会打拳，无论你所做的事是文化还是武化。"当对手"来打你几拳"时，你得出手还击，还击就得"会打拳"，就要"懂得几手""拳法"，目的是为生存，生存则是为"作事"。1934 年，青年教师杨霁云写信给鲁迅，在表达了敬仰之情后，请教人生道路问题，先生在复信（《书信（1934—1935）》）中答："平生所作事，决不能如来示之誉，但自问数十年来，于自己保存之外，也时时想到中国，想到将来，愿为大家出一点微力，却可以自白的。"先生决不是为了苟活，保存自己是为了更好地"为社会做一点事",这是他用文学创作和译作来"改革国民性",以图民族复兴的使命感使然。

1922年起,先生把小说题材从现代扩展到古代,至1935年,十三年间创作历史小说八篇,1936年以《故事新编》为名出版。1926年,先生作回忆散文十篇,1928年以《朝花夕拾》为名出版。他在《故事新编·序言》中谈了这两本书创作的有关情况:

> 一九二六年的秋天,一个人住在厦门的石屋(按:指作者在厦门大学任教时居住的"集美楼")里,对着大海,翻着古书,四近无生人气,心里空空洞洞。

> 这时我不愿意想到目前;于是回忆在心里出土了,写了十篇《朝华夕拾》;并且仍旧拾取古代的传说之类,预备足成八则《故事新编》。

之所以"不愿意想到目前",是因为现实太黑暗了,加上文禁严重。先生一方面运用"曲笔"抨击时弊,一方面在《故事新编》中,从古代的神话、传说和史实中,讴歌堪称"中国的脊梁"的人物那种"埋头苦干""拼命硬干"的精神,来鼓舞正在与黑暗作斗争的人们;同时,借古代的神话、传说和史实中的一些内容,鞭挞"吃人"的旧道德、旧文化,借古讽今,批判当时仍然大量存在的假恶丑现象。与《故事新编》不同,先生在《朝花夕拾》中,则通过对故乡的回忆,勾画出平民百姓点点滴滴真善美的光辉,揭露他们的麻木、愚昧以及有些人的劣迹,给人们净化灵魂以启迪。

还值得注意的是,收入《故事新编》的《铸剑》的方法论意义。文学史家、北京大学教授王瑶指出:"《铸剑》写的是正在进行战斗的战士。眉间尺和黑色人,一个是正在成长的复仇者,一个是久经锻炼的老战士,他们共同向'善于猜疑,又极残忍'的国王进行反抗和复仇;这里当然体现了老一代和青年一代在战斗中的关系。""它说明战士的性格

不是天生的，而是像铸剑一样，需要在斗争中去铸炼。"① 眉间尺在母亲
的训导下走上复仇道路后，没有恐惧，没有彷徨，但他缺乏方法、策
略，方法、策略是黑色人教他的，他的复仇成功，也是坚定不移的意志
加上善于复仇的方法共同作用的结果。

四、 正确的方法论是基于实践的智慧

1925 年，鲁迅在《杂忆》（《坟》）中指出："我以为国民倘没有
智，没有勇，而单靠一种所谓'气'，实在是非常危险的。"这里出现了
三个概念，即智、勇、"气"。"气"用了引号，并加了"所谓"二字，
特指"怨愤"——怨恨与愤怒。先生分析说：

> 我觉得中国人所蕴蓄的怨愤已经够多了，自然是受强者的蹂躏所致
> 的。但他们却不很向强者反抗，而反在弱者身上发泄，兵和匪不相争，
> 无枪的百姓却并受兵匪之苦，就是最近便的证据。再露骨地说，怕还可
> 以证明这些人的卑怯。卑怯的人，即使有万丈的愤火，除弱草以外，又
> 能烧掉甚么呢？

蕴蓄的怨愤不敢指向强敌，而是指向比自己更弱的百姓，只能证明
卑怯，所谓"气"的危险性就在这里，且不是一般的危险，而"实在是
非常危险"。因为如果只有这样的"气"，"历史指示过我们，遭殃的不
是什么敌手而是自己的同胞和子孙。那结果，是反为敌人先驱，而敌人
就做了这一国的所谓强者的胜利者，同时也就做了弱者的恩人"。这是

① 参阅王瑶著，陈平原编选：《王瑶文论选》，人民文学出版社 2009 年版，第
188 页。

20　　从不同角度批判"没有智，没有勇，而单靠一种所谓'气'"者所造成的严重后果。这种人不仅不是与敌人作斗争的战士，反而成了"敌人先驱"；他们不是真正的强者，而只是在百姓那里逞强、却败于敌手的所谓"强者"，敌人才是真正的胜利者。为什么这么说呢？"因为自己先已互相残杀过了，所蕴蓄的怨愤都已消除，天下也就成为太平的盛世。"当敌人入侵时，反而缺少反抗了。说敌人"也就做了弱者的恩人"，当然是讽刺，侵略者铁蹄下哪有"太平的盛世"，只是受压迫的人们敢怒不敢言。

　　中国人不要把蕴蓄的怨愤指向弱者的"气"，要的是不畏强敌的智和勇。而勇又不是类似吉诃德、子路和许褚那样的无谋之勇，而是有勇有谋、智勇双全，即既要勇于斗争，又要善于斗争。所谓善于，就是从所处环境的实际出发，来思考和把握正确方法。社会总是真善美与假恶丑交织，光明与黑暗并存。先生所处的时期，中国最后一个封建专制王朝大清帝国已被辛亥革命推翻，民国已建立，但延续两千多年的封建专制的遗毒仍在产生广泛影响。这种遗毒在先生1918年写的《狂人日记》（《呐喊》）中，被概括为"吃人"："我翻开历史一查，这历史没有年代，歪歪斜斜的每叶（按：当时通"页"）上都写着'仁义道德'几个字。我横竖睡不着，仔细看了半夜，才从字缝里看出字来，满本都写着两个字是'吃人'！""吃人"既包括有形的消灭人的躯体的"吃人"，也包括无形的麻痹或摧残人性的旧文化的"吃人"，前者不管怎么说总是少数（当然即使"少数"也是十分可怕的），后者则几乎涵盖所有人（无论你有没有意识到，承认不承认）。为此，一切有正义感、责任感的人，就要勇于并善于同假恶丑、黑暗作斗争。

　　要做到"善于"，有赖于正确方法。方法正确与否、"善于"与否，考验人的智慧。真正的智慧，不是一般意义上说的一个人是否聪明——

用时髦的话来说就是智商高低，而是指有没有在复杂的环境中洞察情势、作出正确判断的能力。笛卡尔指出："单有聪明才智是不够的，主要在于正确地运用才智。"他如此评价自己："我觉得自己非常幸运，从年轻的时候起，就摸索到几条门路，从而作出一些考察，得到一些准则，由此形成了一种方法。凭着这种方法，我觉得有办法使我的知识逐步增长，一步一步提高到我的平庸才智和短暂生命所能容许达到的最高水平。"①智慧基础上产生正确方法，需要知识，更需要实践，还需要在学习知识和投身实践中作理性思考。知识的相对广博和准确理解，实践的相对全面和一定程度的直接经历，思考的符合逻辑和相对深入，决定了智慧大小高低和方法正确与否。知识、实践、思考三者缺一不可，任何一方面的缺失都足以影响智慧和方法。然而，三者并非绝然不可分轻重，如果要分，实践最重要，在终极意义上，实践是检验真理的唯一标准。历史上和现实中，许多人未能掌握正确方法，犯了错误，固然有知识缺乏和思考能力不够的原因，但更多更主要的是脱离实际。在这个意义上可以说，正确的方法是基于实践的智慧。

鲁迅方法论的显著特点，正是它产生于实践。1881 年 9 月 25 日，鲁迅出生在浙江绍兴府会稽县东昌坊口新台门周家。自明万历（1573—1619）以来，二三百年间，周家已是"合有田万余亩，当铺十余所"的世家望族了。1861 年太平军占领绍兴，周家家道中落。但瘦死的骆驼比马大，先生童年时，仍过着衣食无忧的生活，上私塾，读古书，听祖母讲故事。外婆家在一个离海边不远的偏僻的小村庄，这使他有了与农村孩子一起玩耍的机会，从而知道他们过着和自己不一样的苦痛生活。对此，先生在《英译本〈短篇小说集〉自序》（《集外集拾遗》）中，作

---

① ［法］笛卡尔著，王太庆译：《谈谈方法》，商务印书馆 2000 年版，第 3、4 页。

了详细阐述。文章一开始谈到，中国的诗歌有时也说些下层社会的苦痛，但绘画和小说却相反，大抵将他们写得十分幸福，中国的劳苦大众在知识阶级看来，是和花鸟为一类的。先生接着讲自己："我生长于都市的大家庭里，从小就受着古书和师傅的教训，所以也看得劳苦大众和花鸟一样。有时感到所谓上流社会的虚伪和腐败时，我还羡慕他们的安乐。但我母亲的母家是农村，使我能够间或和许多农民相亲近，逐渐知道他们是毕生受着压迫，很多苦痛，和花鸟并不一样了。不过我还没法使大家知道。""间或和许多农民相亲近"，这种直接的实践，使先生改变了原先把他们"看得和花鸟一样"的看法，"逐渐知道他们是毕生受着压迫，很多苦痛"。一句"不过我还没法使大家知道"，埋下了日后从事"为改良人生"的文学创作——"使大家知道"的种子。

文学创作的机会是这样来临的："后来我看到一些外国的小说，尤其是俄国，波兰和巴尔干诸小国的，才明白了世界上也有这许多和我们的劳苦大众同一运命的人，而有些作家正在为此而呼号，而战斗。而历来所见的农村之类的景况，也更加分明地再现于我的眼前。偶然得到一个可写文章的机会，我便将所谓上流社会的堕落和下层社会的不幸，陆续用短篇小说的形式发表出来了。"有自己的实践基础，加上读外国小说，受为劳苦大众呼号战斗的外国作家的启发，先生以"所谓上流社会的堕落和下层社会的不幸"为主题，开创了中国现代白话短篇小说的先河。

先生的童年和少年时期，家庭经历了"从小康人家而坠入困顿"的大变故。这对他以后的文学创作影响更大。1893年，先生当京官的祖父因科场舞弊案锒铛入狱，被常年关押在杭州府狱；1894年父亲病倒，两年后去世。这期间，家里除了要负担一家人的日常生活，还要负担祖父在狱中的开销和重病父亲的医药费，很快就穷落下来了。先生作为这一房的长子，在 12 岁至 16 岁期间，直接感受到重压。他在《呐喊·自序》中，详细叙述了自己当年为父亲的病出入当铺（也称"质铺"）和药店的情形："我有四年多，曾经常常，——几乎是每天，出入于质铺和药店里……药店的柜台正和我一样高，质铺的是比我高一倍，我从一倍高的柜台外送上衣服或首饰去，在侮蔑里接了钱，再到一样高的柜台上给我久病的父亲去买药。"先生由此感叹道："有谁从小康人家而坠入困顿的么，我以为在这途路中，大概可以看见世人的真面目。"先生的原生家庭骤然"坠入困顿"，使他较早认识到世态炎凉的一面。受歧视和污蔑，使他直接尝到国民性弊端造成的人情冷漠，这对他成年后的发展，包括他的方法论的形成，产生了很大影响。

还要看到南京求学和留学日本对先生的重大影响。南京求学，虽然在很大程度上是家境困顿被逼无奈的选择，却成为青年鲁迅人生的重大转折。这与戊戌变法、百日维新有莫大关系。按照先生在《呐喊·自序》里的说法，这是"走异路，逃异地，去寻求别样的人们"的新的人生实践："在这学堂里，我才知道世上还有所谓格致（按：此处指物理），算学，地理，历史和体操。生理学并不教，但我们却看到些木版的《全体新论》（按：生理学的书）和《化学卫生论》（按：营养学的书）之类了。"更重要的是，他还成了近代翻译家、教育家严复译作的热心读者，极有兴趣地读了严复翻译的《天演论》等介绍欧洲近代思想的著作。留学日本，对先生的影响又远远超过南京求学。"鲁迅到达日本的时候，正是明治维新取得巨大成功的时候。他从一个停滞的、几乎凝固的社会里突然来到一群奋发的进取的人们中间，这一对比是这样强烈，使他更加痛感到祖国面临危机的深刻程度，痛感到自己对于祖国的责任。"①

---

① 朱正著：《鲁迅传》（修订本），人民文学出版社 2018 年版，第 44 页。

24　　"七年的留学生活对鲁迅来说太重要了。革命、科学、文学，精神战士的战斗梦想和失败体验，都是在异域获取的。"①

五、 有些问题解决不好得从方法上找原因

　　今读鲁迅关于方法论重要性的论述，深感方法正确与否，直接关系到事半功倍还是事倍功半甚至一事无成，古今中外，概莫能外。这个道理本该是常识，但人们往往犯常识性错误，历史上犯方法错误的人不胜枚举，时至今日没有把握好方法的仍大有人在。原因何在？据我观察和思考，这固然与对方法重视不够，对方法重要性的认识没有到位有关，但更重要的是没有掌握正确方法，或没有真正下功夫去掌握。我们不妨从鲁迅方法论中，去探究一下怎么解决这个问题。联系历史，回顾一下中国共产党历史上这方面的经验教训；面对现实，分析一下如何破解已成顽疾的难题。

（一）"马克思的整个世界观不是教义，而是方法"

　　毛泽东在《新民主主义论》中高度评价鲁迅是"空前的民族英雄"，"鲁迅的方向，就是中华民族新文化的方向"。②从对中华民族思想解放所作的贡献和将继续发挥的作用看，鲁迅作为民族英雄的地位，至今仍是空前的。从把"立人"，并且是和人民大众紧紧联系起来的"立人"，作为文化的使命看，鲁迅的方向，至今仍是中华民族新文化的方向。

---

① 林贤治著：《反抗者鲁迅》，复旦大学出版社 2011 年版，第 45 页。
② 《毛泽东选集》第二卷，人民出版社 1991 年版，第 698 页。

　　毛泽东谈方法的重要性，首推他 1934 年在《关心群众生活，注意工作方法》中的论述。针对当时一些人不注意工作方法的情况，他指出，工作方法的问题，严重地摆在我们的面前。"我们不但要提出任务，而且要解决完成任务的方法问题。我们的任务是过河，但是没有桥或没有船就不能过。不解决桥或船的问题，过河就是一句空话。不解决方法问题，任务也只是瞎说一顿。""一切工作，如果仅仅提出任务而不注意实行时候的工作方法，不反对官僚主义的工作方法而采取实际的具体的工作方法，不抛弃命令主义的工作方法而采取耐心说服的工作方法，那末，什么任务也是不能实现的。"①这里，在强调方法重要性的基础上，又提出了工作方法正确性问题，官僚主义和命令主义的工作方法是错误的，实际的、具体的和耐心说服的工作方法才是正确的。此外，毛泽东还有一些论述是用"策略"谈方法重要性的，譬如他 1941 年在《〈农村调查〉的序言和跋》中指出："中国共产党是在复杂的环境中工作，每个党员，特别是干部，必须锻炼自己成为懂得马克思主义策略的战士，片面地简单地看问题，是无法使革命胜利的。"②再譬如他 1948 年在《关于情况的通报》中指出："政策和策略是党的生命，各级领导同志务必充分注意，万万不可粗心大意。"③把策略和政策一起视为党的生命，没有比这更重要的了！

　　毛泽东 1930 年所著的《反对本本主义》，1941 年所著的《改造我们的学习》，1942 年所著的《整顿党的作风》和《反对党八股》，是从工作作风角度谈方法的名著。1935 年所著的《论反对日本帝国主义的策略》，1938 年所著的《论持久战》，是指导抗日战争的方法论杰作。

① 《毛泽东选集》第一卷，人民出版社 1991 年版，第 139、140 页。
② 《毛泽东选集》第三卷，人民出版社 1991 年版，第 793 页。
③ 《毛泽东选集》第四卷，人民出版社 1991 年版，第 1298 页。

26 1937 年所著的《实践论》和《矛盾论》，则把方法论作了更系统的归纳。1943 年所著的《关于领导方法的若干问题》和 1949 年所著的《党委会的工作方法》，是从实践中提炼总结出来的领导方法代表作。百年党史告诉我们，任何事要做成功，离不开良好的精神状态和正确的方法这两个基本条件，诚如邓小平所说："努力加上方法正确，才能完成任务。"①

以毛泽东、邓小平等为代表的中国共产党人重视方法和运用正确方法，遵循的是马克思开辟的道路。马克思所处的十九世纪四十年代的德国，政治环境和社会氛围严酷。北京大学教授聂锦芳指出："面对如此恶劣的状况，马克思既寻找着斗争的目标，也在不断地探索达到目标的手段和方式。首先是对于专制制度不妥协的态度与自我约束的行事策略。""态度的决绝不意味着行事方式的莽撞和直接。为此，马克思以鲍威尔（按：德国哲学家、青年黑格尔派代表之一）匿名发表的《论中庸》为例，要求慎用'喧嚣的笔调'明确地直接冲撞国家体制，因为这样只会给政府的严厉审查以口实，甚至会使报纸马上遭到查封。"②

恩格斯指出："马克思的整个世界观不是教义，而是方法。它提供的不是现成的教条，而是进一步研究的出发点和供这种研究使用的方法。"③可惜，在岁月的长河里，许多人忘记了这一教诲，教条式地对待马克思主义，结果吃了大亏。

（二）根治顽疾尤其要用对方法

今读鲁迅方法论，重在思考它与我们面临的现实有什么关系，能给

---

① 《邓小平文选》第一卷，人民出版社 1994 年版，第 153 页。
② 参阅聂锦芳著：《"理解马克思并不容易！"》，陕西人民出版社 2019 年版，第 247—248 页。
③ 《马克思恩格斯文集》第十卷，人民出版社 2009 年版，第 691 页。

27

解决当今社会存在的突出问题以什么启示。我想得最多的一点是，如果一个问题长期解决不好，在理论、政策上没有原则性错误的前提下，就要从方法上找原因。据我观察，有些顽疾一直得不到根治，确与方法不对头有很大关系，一旦找到了正确方法，并且认真运用，难题就可能迎刃而解。

以改革不文明的风俗习惯为例。1995 年 6 月 1 日，上海市精神文明建设委员会发出《关于在全市开展"大家从我做起、遵守'七不'规范活动"的通知》，指出：提高市民素质、提高城市文明程度，要从基本素质、基本行为规范抓起，要抓好"突破口"。这个"突破口"就是"七不"规范，即"不随地吐痰、不乱扔垃圾、不损坏公物、不破坏绿化、不乱穿马路、不在公共场所吸烟、不说粗话脏话"，"七不"规范是每个市民应有的社会公德，大家都必须严格遵守执行。二十多年来，市民遵守执行"七不"规范的情况如何呢？可以说，违背"七不"规范的减少了，但远未根治。尤其是不随地吐痰、不乱扔垃圾和不乱穿马路，违背的仍大有人在。2020 年新冠疫情暴发，绝大多数市民养成了戴口罩的习惯，但有人想吐痰脱了口罩就随地吐，口罩脏了随地乱扔。许多区域，乱扔烟头、乱穿马路的现象仍司空见惯。2017 年 1 月 10 日，上海市精神文明建设委员会公布了"新七不"规范，以"马路不乱穿、车辆不乱停、垃圾不乱扔、宠物不扰民、餐食不浪费、言语不喧哗、守序不插队"为主要内容，努力倡导和培育城市文明新风尚。"新七不"规范保留了"七不"规范中的"不乱扔垃圾"和"不乱穿马路"，表述上改为"马路不乱穿"和"垃圾不乱扔"。其他五个"不"是新提出的，新老规范相加，共"十二不"。四年多来，"马路不乱穿"现象未见进一步好转，垃圾分类有序推进，但乱扔烟头等仍屡禁不绝。新提出的五个"不"，距离根治似也还远。

上海是我国文明程度最高的城市之一，为什么四分之一世纪过去了，改变不文明风俗习惯的效果仍不能令人满意？这让我想起鲁迅的相关论述。先生1930年写的《习惯与改革》（《二心集》），集中论述了改革风俗习惯问题。他首先引用列宁关于风俗习惯的论述："真实的革命者，自有独到的见解，例如乌略诺夫先生（按：通译乌里扬诺夫，即列宁），他是将'风俗'和'习惯'，都包括在'文化'之内的，并且以为改革这些，很为困难。"接着，先生谈了自己的看法，认为再难也要改革："我想，但倘不将这些改革，则这革命即等于无成，如沙上建塔，顷刻倒坏。"怎么改呢？先生指出："倘不深入民众的大层中，于他们的风俗习惯，加以研究，解剖，分别好坏，立存废的标准，而于存于废，都慎选施行的方法，则无论怎样的改革，都将为习惯的岩石所压碎，或者只在表面上浮游一些时。"这里提出了改革风俗习惯的具体步骤，一是深入民众中去——不是少数民众，而是民众的"大层"，了解他们的风俗习惯；二是对他们的风俗习惯加以研究——不是表面的研究，而是解剖式研究；三是在区分好坏的基础上，制定哪些风俗习惯要保存、哪些风俗习惯该废除的标准；四是选择施行的方法——不是一般的选择，而是慎重选择。以上四条，是循序渐进的方法，九十多年后的今天看来也丝毫没有陈旧感。无论是上海的"七不"规范还是"新七不"规范，如果全面按照这四个步骤来落实，应该可以取得比现在好得多的效果。

在我看来，提出"七不"规范和"新七不"规范，用先生关于改革风俗习惯的四个步骤来对照，前三个步骤都做得比较好，但第四个步骤"慎选施行的方法"，则做得不够到位。具体表现为三个不够到位，即舆论宣传和监督不够到位，先进分子带头不够到位，法治措施不够到位。像这种涉及每个市民的行为规范，理应运用一切舆论手段，形成强大的声势；在将规范及违反规范的惩罚规定充分告知每一个市民的前提下，

对违反规范者，要不留情面地进行曝光。各级干部和广大共产党员，理
应把遵守规范作为发挥表率作用和先锋模范作用的重要内容，每年在民
主生活会和组织生活会上作对照检查；要求干部和党员在自己以身作则
遵守规范的同时，提醒身边群众遵守规范。对违反规范的行为，理应无
一例外地进行处理，第一次违规者，可先由其所在单位进行诫勉谈话，
再次违规者，就应给以罚款乃至处分。真正这样做了，何愁不文明的劣
习根治不了？能不能下决心这样做，取决于全社会、关键是领导者对这
方面问题的认识到了什么程度。正如先生1933年在《又论"第三种
人"》（《南腔北调集》）中指出："我以为单靠'策略'，是没有用的，
有真切的见解，才有精明的行为"。"策略"即方法，"真切的见解"即
认识，正确的认识加上正确的方法，才能产生"精明的行为"，"精明的
行为"才能收获良好的效果。

第二章 Chapter 2
不走极端，不求全责备

　　1925 年，鲁迅在《通讯》（《华盖集》）中这样谈思想革命："我想，现在的办法，首先还得用那几年以前《新青年》上已经说过的'思想革命'。还是这一句话，虽然未免可悲，但我以为除此没有别的法。而且还是准备'思想革命'的战士，和目下的社会无关。待到战士养成了，于是再决胜负。"所谓思想革命，就是要革除中国两千多年封建专制统治造成的国民性弊端，以跟上人类现代化的步伐。积弊在思维方式方面有诸多表现，尤为突出的莫过于走极端和求全责备、文过饰非和淡忘历史。思想革命是一个艰巨而漫长的历史过程，革除积弊靠思想革命的战士，鲁迅就是"这样的战士"（散文诗集《野草》中一篇的标题）。在思想革命的任务尚未完成的今天，重温先生关于不走极端、不求全责备，关于不文过饰非和不淡忘历史的论述，仍给我们以重要启示。

一、 自命为"爱'中庸'"，其实"走了极端"

1933 年，鲁迅在《由中国女人的脚，推定中国人之非中庸，又由此推定孔夫子有胃病》（《南腔北调集》）一文中，以残害中国女性身心健康的缠足为例，批判这是"走了极端了"："女士们之对于脚，尖还不够，并且勒令它'小'起来了，最高模范，还竟至于以三寸为度。这么一来，可以不必兼买利屣（按：一种舞鞋）和方头履两种，从经济的观点来看，是不算坏的，可是从卫生的观点来看，却未免有些'过火'，换一句话，就是'走了极端'了。"缠足又称"弓足"，指女性用裹布紧缠脚掌使之萎缩变形。这是与"男主外、女主内""男女授受不亲"等陈腐观念和习惯势力联系在一起的。先生早年就对此深恶痛绝，据他同乡、同窗、终生挚友许寿裳回忆，先生赴日留学开始之所以选择学医，动机之一是"起了弘愿"："救济中国女子的小脚，要想解放那些所谓'三寸金莲'，使恢复到天足模样。后来，实地经过了人体解剖，悟到已断的筋骨没有法子可想。这样由热望而苦心研究，终至于断念绝望，使他对于缠足女子的同情特别来得大，更由绝望而愤怒，痛恨赵宋以后历代摧残女子者的无心肝,所以他的著作里写到小脚都是字中含泪的。"①

先生借题发挥说:"我中华民族虽然常常的自命为爱'中庸',行'中庸'的人民,其实是颇不免于过激的。譬如对于敌人罢,有时是压服不够,还要'除恶务尽',杀掉不够,还要'食肉寝皮'。但有时候,却又谦虚到'侵略者要进来,让他们进来。也许他们会杀了十万中国人。不要紧,中国人有的是,我们再有人上去'。这真教人会猜不出是真痴还是假呆。而女人的脚尤其是一个铁证,不小则已,小则必求其三寸,宁可走不成路,摆摆摇摇。"过激,就是走极端。

先生所举走极端的例子,包括两类,一类是把错误的做法引向极端,导致严重危害。如女子为求脚美穿尖头鞋,这多少可以理解——不一定算错,但用裹布紧缠脚掌使之萎缩变形,就不可理喻了,如果一错再错,还要小至"三寸金莲",那就更是走了极端了。对此,先生1919年在《随感录四十二》(《热风》)中愤慨地批判道:"世上有如此不知肉体上的苦痛的女人,以及如此以残酷为乐,丑恶为美的男子,真是奇事怪事。"另一类是把对某种未必错误的做法或看法引向极端,譬如对敌人的态度,"压服"乃至难免"杀掉"未错,"食肉寝皮"以"除恶务尽",就"不免于过激"了。"侵略者要进来,让他们进来",于弱国有时是迫不得已的一种迂回的战略选择——阻止不了敌人进来,那就等他们进来了再打;但"杀了十万中国人也不要紧""中国人有的是",如此极端的奇谈怪论就匪夷所思了——先生斥之为不是"真痴"就是"假呆"。

走极端不符合儒家文化竭力倡导的"中庸"。"然则圣人为什么大呼'中庸'呢?曰:这正因为大家并不中庸的缘故。人必有所缺,这才想

---

① 参阅《鲁迅研究资料(1)》,文物出版社1976年版,第175—176页。

起他所需。"我们不妨看看"圣人"孔子是如何"大呼'中庸'"的。孔子曰："中庸之为德也，其至矣乎！民鲜久矣。"中庸这种道德该是最高的了，可人们缺失已久。孔子为此十分担心。《论语》中，记载了孔子和其弟子子贡的一段对话。"子贡问：'师（按：孔子的弟子颛孙师，即子张）与商（按：孔子的弟子卜商，即子夏）也孰贤？'子曰：'师也过，商也不及。'曰：'然则师愈与？'子曰：'过犹不及。'"子贡问老师，子张和子夏两个人谁强一些？孔子回答说，子张有些过分，子夏有些赶不上。子贡追问，那么，是不是子张要强一些呢？孔子回答说，过分和赶不上同样不好。① "过犹不及"，是一条充满哲理的极为重要的思维原则。

所谓走极端，就是只看到事物的正反两面、两个点，而看不到对立面相互之间的关系和过程中的一个个节点。事实上，事物正反面的两端都具有相对性，呈现你中有我、我中有你的复杂关系。譬如新与旧的关系，1928 年，先生在《我的态度气量和年纪》（《三闲集》）中分析道："旧的和新的，往往有极其相同之点——如：个人主义者和社会主义者往往都反对资产阶级，保守者和改革者往往都主张为人生的艺术，都讳言黑暗。"这是讲新旧政治、社会制度的关系——不同的政治主张、社会制度，往往不是完全对立的，总有着某些联系，乃至某些相同之处。1930 年，先生在《〈浮士德与城〉后记》（《集外集拾遗》）中指出："新的阶级及其文化，并非突然从天而降，大抵是发达于对于旧支配者及其文化的反抗中，亦即发达于和旧者的对立中，所以新文化仍然有所承传，于旧文化也仍然有所择取。""所以他（按：指卢那卡尔斯基，苏

---

① 杨伯峻译注：《论语译注》，中华书局 2006 年版，第 72、130—131 页。文言文白话译文参考了该书。

联文艺评论家，剧本《浮士德与城》的作者）之主张择存文化底遗产，是因为'我们继承着人的过去，也爱人类的未来'的缘故。"这是讲新旧文化的关系。新文化不是推倒一切来重建，旧文化不是绝对腐朽而无用，新文化是在传承旧文化精华、批判旧文化糟粕基础上的创新。

早在 1907 年，先生在《文化偏至论》（《坟》）中，就从总体上谈了如何准确把握中国文化的发展，提出了"外之既不后于世界之思潮，内之仍弗失固有之血脉"的基本原则，既非闭关锁国做井底之蛙，亦非全盘西化成无根浮萍。1934 年，先生在《〈木刻纪程〉小引》（《且介亭杂文》）中，谈及木刻艺术的发展路径：

别的出版者，一方面还正在绍介欧美的新作，一方面则在复印中国的古刻，这也都是中国的新木刻的羽翼。采用外国的良规，加以发挥，使我们的作品更加丰满是一条路；择取中国的遗产，融合新机，使将来的作品别开生面也是一条路。

对一边介绍欧美新作一边复印中国古刻的做法，先生肯定这是"中国的新木刻的羽翼"。进而，他指出了作品未来发展的两种路径，一是"采用外国的良规"，但非照搬照抄，而要"加以发挥"；一是"择取中国的遗产"，但非全盘复古，而要"融合新机"。前者可以使作品"更加丰满"，后者可以使作品"别开生面"。虽是讲木刻艺术，却也适用于整个文化发展。有人说先生全盘否定中国传统文化，显然是因为他们并不真正了解先生。

走极端，往往把一个相对正确的概念引向绝对，过度就错了。先生1928 年写的《文学的阶级性》（《三闲集》），是给业余翻译工作者李恺良的回信。李恺良在给先生的来信中引用了日本经济学家和社会学家林癸未夫作《文学上之个人性与阶级性》中，论唯物史观的一段话："以这种理由若推论下去，有产者的个人性与无产者的个人性，'全个'是不相同的了。就是说不承认有产者与无产者之间有共同的人性。再换一句话说，有产者与无产者只有阶级性，而全然缺少个人性的。"林氏以此来批驳唯物史观。李恺良不同意这种观点，"希望有更了解马克思学说的人来为唯物史观打一打仗"，所以写信向鲁迅求教。

先生在回信中答道："我对于唯物史观是门外汉，不能说什么。但就林氏的那一段文字而论，他将话两次一换，便成为'只有'和'全然缺少'，却似乎决定得太快一点了。大概以弄文学而又讲唯物史观的人，能从基本的书籍上一一钩剔出来的，恐怕不很多，常常是看几本别人的提要就算。而这种提要，又因作者的学识意思而不同，有些作者，意在使阶级意识明了锐利起来，就竭力增强阶级性说，而别一面就也容易招人误解。作为本文根据的林氏别一篇论文，我没有见，不能说他是否因此而走了相反的极端，但中国却有此例，竟会将个性，共同的人性（即林氏之所谓个人性），个人主义即利己主义混为一谈，来加以自以为唯物史观底申斥，倘再有人据此来论唯物史观，那真是糟糕透顶了。"林癸未夫将原来具有相对意义的话两次一换，便成为"只有"和"全然缺少"，作此绝对的理解，先生不赞成。他认为，如此绝对，是因为没有好好读关于唯物史观"基本的书籍"，并把书中关于唯物史观概念的论述"一一钩剔出来"，搞清楚；而只看别人关于唯物史观提要的解说本——这些提要解说往往受提要者本人世界观的影响，从某一个方向偏离了原著的本意。先生还联系中国实际，批评有些人将个人主义和利己主义混为一谈，认为这是"走了相反的极端"。

李恺良在给先生的来信中还说："林氏以此而可以驳唯物史观，那末，何以不拿'人是同样的是圆顶方趾，要吃饭，要睡觉，是有产者和无产者所共同的'而来驳唯物史观，爽快得多了。"先生评论道："来信的'吃饭睡觉'的比喻，虽然不过是讲笑话，但脱罗兹基（按：通译托洛茨基，苏俄早期领导人）曾以对于'死之恐怖'为古今人所共同，来说明文学中有不带阶级性的分子，那方法其实是差不多的。在我自己，是以为若据性格感情等，都受'支配于经济'（也可以说根据于经济组织或依存于经济组织）之说，则这些就一定都带着阶级性。但是'都带'，而非'只有'。"先生肯定托洛茨基关于"文学中有不带阶级性的分子"的论断，并对"都带阶级性"和"只有阶级性"两个概念作了区分，"都带"具有相对性，"只有"就绝对了。先生并不以阶级性否定人性，但也反对以人性抹杀阶级性。联想到先生 1929 年在给未名社主要成员、翻译家韦素园的信（《书信（1927—1933）》）中谈爱情的观点："我以为所谓恋爱，是只有不革命的恋爱的。""不革命"，就是不带阶级性。此处用"只有"，表常识，就像吃饭睡觉一样，和前面批评的走极端的"只有"是两个概念。

　　如前所述，有些概念原本没错，但一走极端就错了。对此，先生还举了其他例子。譬如"驯良"，1934 年，先生在《从孩子的照相说起》（《且介亭杂文》）中分析道："驯良之类并不是恶德。但发展开去，对一切事无不驯良，却决不是美德，也许简直倒是没有出息。'爸爸'和前辈的话，固然也要听的，但也须说得有道理。假使有一个孩子，自以为事事都不如人，鞠躬倒退；或者满脸笑容，实际上却总是阴谋暗箭，我实在宁可听到当面骂我'什么东西'的爽快，而且希望他自己是一个东西。""但中国一般的趋势，却只在向驯良之类——'静'的一方面发展，低眉顺眼，唯唯诺诺，才算一个好孩子，名之曰'有趣'"。驯良，一般是指被教化后的温顺善良，听话且乖巧。先生首先肯定，这没有什么不好——"不是恶德"。但如果变为"对一切事无不驯良"，就走极端了，不仅不是美德，简直是没有出息。令人担忧的是，这却恰恰是中国社会所提倡的。

又譬如"叫苦"，1926 年，先生在给文学团体语丝社成员、青年教师章廷谦的信（《书信（1904—1926）》）中说："伏园（按：孙伏园，鲁迅的学生、《京报副刊》编辑）'叫苦连天'，我不知其何故也。'叫苦'还是情有可原，'连天'则大可不必。""叫苦"尚可理解，"叫苦连天"就过于消极了。再譬如"兴奋"，1933 年，先生在给学者、作家郑振铎的信（《书信（1927—1933）》）中说："'兴奋'我很赞成，但不要'太'，'太'即容易疲劳。""兴奋"是一种积极的精神状态，但过于兴奋，缺少冷静，则不可取，不仅容易疲劳，而且影响对事物作出准确判断。1934 年，先生在《忆韦素园君》（《且介亭杂文》）中，充分肯定韦素园作为未名社的骨干，那种"切切实实的，点点滴滴的做下去的意志"，却认为他也有"致命伤"："他太认真；虽然似乎沉静，然而他激烈。认真会是人的致命伤的么？至少，在那时以至现在，可以是的。一认真，便容易趋于激烈，发扬则送掉自己的命，沉静着，又啮碎了自己的心。"即使对"认真"这样正确而重要的态度和方法，先生认为也不能"过"。从编辑工作看，文章的修改如果没有底——"太认真"地无止境地修改下去，对作者和自己都一味苛求，可能永远也达不到满意的程度，那就会走或过于激烈或过于沉静两个极端，对作者或对编辑都带来不利。

1927 年，先生在《关于知识阶级》（《集外集拾遗补编》）中指出："其实无论什么都是有弊的，就是吃饭也是有弊的，它能滋养我们这方面是有利的；但是一方面使我们消化器官疲乏，那就不好而有弊了。假使做事要面面顾到，那就什么事都不能做了。"任何事都有利有弊，不可绝对化，要懂得趋利避害。值得注意的是先生怎么看待思想自由，他指出："知识和强有力是冲突的，不能并立的；强有力不许人民有自由思想，因为这能使能力分散"，"因为各个人思想发达了，各人的思想不一,民族的思想就不能统一,于是命令不行,团体的力量减小,而渐趋灭亡。在古时野蛮民族常侵略文明很发达的民族,在历史上是常见的。现在知识阶级在国内的弊病,正与古时一样"。先生以英国哲学家、文学家伯特兰·罗素和法国思想家、文学家罗曼·罗兰反对欧战为例说:"大家以为他们了不起,其实幸而他们的话没有实行,否则德国早已打进英国和法国了;因为德国如不能同时实行非战,是没有办法的。"罗素和罗曼·罗兰反战虽有正义性,但这种正义性是相对的,当反人类的战争发生时,制止它惟有以其道还其身。先生还指出:"俄国托尔斯泰(按:列夫·托尔斯泰,俄国作家)的无抵抗主义之所以不能实行,也是这个原因。"在外敌入侵时,怎能不抵抗呢!先生的结论是:"总之,思想一自由,能力要减少,民族就站不住,他的自身也站不住了。现在思想自由和生存还有冲突,这是知识阶级本身的缺点。"这当然不是说不要思想自由,思想自由是民主政治的重要体现,是保持和发展民族活力的基本条件。在长期的封建专制统治下,中国严重缺乏民主自由。先生抨击主奴文化,就是旗帜鲜明地主张民主自由。在《关于知识阶级》中,他仍然毫不动摇地强调这一点,他说:"然而知识阶级将什么样呢?还是在指挥刀下听令行动,还是发表倾向民众的思想呢?要是发表意见,就要想到什么就说什么。真的知识阶级是不顾利害的,如想到种种利害,就是假的,冒充的知识阶级。"这里强调知识分子要有坚定的民众立场,敢于成为民众利益的代言人。

然而先生同时指出,要处理好民主自由与集中统一的关系,不能把思想自由绝对化。如果只讲民主自由,不讲集中统一,"能力要减少,民族就站不住",知识阶级"自身也站不住了"。九十多年前,先生就能如此辩证地把握民主自由与集中统一的关系,是相当深刻和有远见的。比鲁迅稍早些,孙中山1924年在讲三民主义时,对民权作了如下表述:

"对于人民之政治知识能力，政府当训导之，以行使其选举权，行使其

罢官权，行使其创制权，行使其复决权。"关于"国民政府"的建设程序，"分为三期：一曰军政时期；二曰训政时期；三曰宪政时期"①，可以清晰地看到中国资产阶级革命领袖处理民主自由与集中统一关系的思想脉络。

先生对自己的把握，也不走极端，1927年，他在《怎么写》（《三闲集》）中，讲了自己到广州后舆论界的一些情况，报载："自鲁迅先生南来后，一扫广州文学之寂寞，先后创办者有《做什么》，《这样做》两刊物。"先生判断《做什么》是"共产青年主持的"，而《这样做》"该是和《做什么》反对，或对立的"。先生分析说："这里又即刻出了一个问题。为什么这么大相反对的两种刊物都因我'南来'而'先后创办'呢？这在我自己，是容易解答的：因为我新来而且灰色。"怎么理解这里的"灰色"？就是不走极端。先生在1936年发表的《"题未定"草（六至九）》（《且介亭杂文二集》）中说："我也是常常徘徊于雅俗之间的人"。"徘徊于雅俗之间"，是说既面向知识阶层，又面向大众。先生认为："凡论文艺，虚悬了一个'极境'，是要陷入'绝境'的。"事实上，文艺"极境"是不存在的，硬搞只能是虚悬的，那就使自己走进死胡同了。

广而言之，对整个社会的看法不能走极端。1907年，先生在《科学史教篇》（《坟》）中指出："顾犹有不可忽者，为当防社会入于偏，日趋而之一极，精神渐失，则破灭亦随之。""致人性于全，不使之偏倚，因以见今日之文明者也。"不可忽视的是，应当防止社会走偏，一天天地走向某一个极端，结果就会渐渐失去理应坚持的根本精神，而破

① 魏新柏选编：《孙中山著作选编》（下），中华书局2011年版，第663页。

40 灭也就随之而来。人性得到全面发展，不使它有所偏颇，这样才能实现今天的世界文明。所谓"致人性于全"，就是不能满足于物质生活水平提高，还要追求精神境界提升。同年，先生又作题为《文化偏至论》的论文，顾名思义，他认为十九世纪的欧洲文明存在偏至，一是精神被物质所遮蔽，二是个人被"众数"所抹杀。前者表现为"诸凡事物，无不质化，灵明日以亏蚀，旨趣流于平庸"，"林林众生，物欲来蔽，社会憔悴，进步以停"。后者表现为"见异己者兴，必借众以陵寡，托言众治，压制尤烈于暴君"。为此，先生提出"掊物质而张灵明，任个人而排众数"。这里的"掊物质"，当然不是否定物质的重要性，而只是强调不要忽视精神文明；"排众数"当然不是否定群众的地位和作用，而只是强调不要抹杀个性。

走极端是走不通的，1931年，先生在《上海文艺之一瞥》（《二心集》）中指出："激烈得快的，也平和得快，甚至也颓废得快。""激烈得快"是说走极端者往往没有经过理论联系实际的深思熟虑，便急急忙忙发表看法，甚至采取激进行动，以致很快失败，且从此便失去继续斗争的勇气，乃至颓废。1934年，先生在给萧军、萧红的信（《书信（1934—1935）》）中也指出了类似情况：

凡有智识分子，性质不好的多，尤其是所谓"文学家"，左翼兴盛的时候，以为这是时髦，立刻左倾，待到压迫来了，他受不住，又即刻变化，甚而至于卖朋友，作为倒过去的见面礼。这大约是各国都有的事。但我看中国较甚，真不是好现象。

所以1934年先生在给翻译家姚克的信（《书信（1934—1935）》）中提醒说："大约满口激烈之谈者，其人便须留意。"因为"满口激烈之谈"不理智，所以不可信。

二、"倘要完全的人，天下配活的人也就有限"

1907 年，鲁迅在《摩罗诗力说》(《坟》) 中，提出了人无全人的观点："一切人，若去其面具，诚心以思，有纯禀世所谓善性而无恶分者，果几何人？遍观众生，必几无有。"在一切人中，如果把他们的假面具统统拉下来，认真地去想一想，纯粹具有世人所谓善性而无恶念的，到底能有多少呢？遍观芸芸众生，可能一个也难找到。1928 年，先生在《〈思想·山水·人物〉题记》(《译文序跋集》) 中指出："以为倘要完全的书，天下可读的书怕要绝无，倘要完全的人，天下配活的人也就有限。每一本书，从每一个人看来，有是处，也有错处，在现今的时候是一定难免的。"先谈书再谈人，书是人写的，谈书说到底还是谈人。因为人无完人，所以书也无完书。这不仅在先生所处的那个年代如此，现在又何尝不是，未来可能也难改变吧。

1930 年，先生在《非革命的急进革命论者》(《二心集》) 中，对革命军队伍组成作分析指出："倘说，凡大队的革命军，必须一切战士的意识，都十分正确，分明，这才是真的革命军，否则不值一哂。这言论，初看固然的很正当，彻底似的，然而这是不可能的难题，是空洞的高谈，是毒害革命的甜药。"要求参加革命军的所有人"都十分正确，分明"，每个战士都完美无缺，这种脱离实际的说法，或许听起来解渴，却于革命有弊无利。先生具体分析道：

每一革命部队的突起，战士大抵不过是反抗现状这一种意思，大略相同，终极目的是极为歧异的。或者为社会，或者为小集团，或者为一个爱人，或者为自己，或者简直为了自杀。然而革命军仍然能够前行。因为在进军的途中，对于敌人，个人主义者所发的子弹，和集团主义者所发的子弹是一样地能够制其死命；任何战士死伤之际，便要减少些军中的战斗力，也两者相等的。但自然，因为终极目的的不同，在行进时，也时时有人退伍，有人落荒，有人颓唐，有人叛变，然而只要无碍于进行，则愈到后来，这队伍也就愈成为纯粹，精锐的队伍了。

革命军中的战士能够走到一起，只是由于出发点"大略相同"，都出于"反抗现状"的动机，而目的却各异。但从杀伤敌人的效果来看，殊途同归。在战斗实践中，战士由于目的不同，表现自然也不同，大浪淘沙，部队日益纯粹，就成为精锐了。但这是一个过程，"倘若要现在的战士都是意识正确，而且坚于钢铁之战士，不但是乌托邦的空想，也是出于情理之外的苛求"。"现在的人，的事，那里会有十分完全，并无缺陷的呢，为万全计，就只好毫不动弹。然而这毫不动弹，却也就是一个大错。"追求"十分完全，并无缺陷"，那就等于什么人也不能用，什么事也不能做。

1933年，先生在《关于翻译（下）》（《准风月谈》）中，以剜烂苹果为例，来说明对人不要求全责备："苹果一烂，比别的水果更不好吃，但是也有人买的，不过我们另外还有一种相反的脾气：首饰要'足赤'，人物要'完人'。一有缺点，有时就全部都不要了。爱人身上生几个疮，固然不至于就请律师离婚，但对于作者，作品，译品，却总归比较的严紧，萧伯纳（按：乔治·萧伯纳，英国戏剧家、评论家）坐了大船（按：萧伯纳于1933年乘英国"皇后号"轮船周游世界，2月17日途经上海），不好；巴比塞（按：法国作家）不算第一个作家，也不好；译者是'大学教授，下职官员'（按：被鲁迅讽为"富家赘婿和他的帮闲"的新月派诗人邵洵美，在《文人无行》一文中说："大学教授，下职官员，当局欠薪，家有儿女老少，于是在公余之暇，只得把平时借以消遣的外国小说，译一两篇来换些稿费"），更不好。好的又不出来，怎么办呢？我想，还是请批评家用吃烂苹果的方法，来救一救急罢。"显而易见，以上论述的核心观点，是反对金要足赤、人要完人的思维方式。同时主张对文学作品存在的缺点，要善意地开展批评。

接着，先生具体阐述了剜烂苹果的方法："我们先前的批评法，是说，这苹果有烂疤了，要不得，一下子抛掉。然而买者的金钱有限，岂不是大冤枉，而况此后还要穷下去。所以，此后似乎最好还是添几句，倘不是穿心烂，就说：这苹果有着烂疤了，然而这几处没有烂，还可以吃得。"先生进一步指出："但这一类的批评，在中国还不大有"，"我又希望刻苦的批评家来做剜烂苹果的工作，这正如'拾荒'一样，是很辛苦的，但也必要，而且大家有益的"。剜烂苹果，当然要明辨这苹果不是"穿心烂"，虽有烂疤，但还有几处没烂，仍可吃——就是说作品虽有缺点但仍有价值。这就对批评家提出了很高的要求，他们要有眼力，还要有刻苦精神。但因为必要、对大家有益，所以"剜烂苹果"的工作即使辛苦，也值得做。

1936 年，先生在给作家曹聚仁的信（《书信（1936）》）中，谈及自己对别人怎么做到不求全责备：

现在的许多论客，多说我会发脾气，其实我觉得自己倒是从来没有因为一点小事情，就成友或成仇的人，我还不少几十年的老朋友，要点就在彼此略小节而取其大。

"彼此略小节而取其大"，是对人不求全责备的具体把握，其效果是收获了"不少几十年的老朋友"。先生认为，一个人对自己也不要求全责备，1931 年，他在给学生李秉中的信（《书信（1927—1933）》）中说："现在做人，我想，只好大胆一点，恐怕也就通过去了。兄之常常觉得为难，我想，其缺点即在想得太仔细，要毫无错处。其实，这样的事，是极难的。凡细小的事情，都可以不必介意。一旦身临其境，倒也没有什么，譬如在围城中，亦未必如在城外之人所推想者之可怕也。"要求自己"毫无错处"，一般情况下也做不到，那就不要苛求于己。

　　　　1935 年，先生在给萧军的信（《书信（1934—1935）》）中指出："中国的论客，论事论人，向来是极苛酷的。"那么，如果遇到别人对自己求全责备，怎么办呢？1934 年，先生在给郑振铎的信（《书信（1934—1935）》）中指出："我现在得了妙法，是谣言不辩，诬蔑不洗，只管自己做事，而顺便中，则偶刺之。"集中精力"只管自己做事"，让事实说话，是最好的选择。当然，必要时也须回击。同年，他在给青年作家、翻译家徐懋庸的信（《书信（1934—1935）》）中说：

　　我以为应该对于那些批评，完全放开，而自己看书，自己作论，不必和那些批评针锋相对。否则，终日为此事烦劳，能使自己没有进步。批评者的眼界是小的，所以他不能在大处落墨，如果受其影响，那就是自己的眼界也给他们收小了。假使攻击者多，而一一应付，那真能因此白活一世，于自己，于社会，都无益处。

　　这显然是"只管自己做事"的具体展开，"完全放开"，展现了先生的高度自信和豁达胸襟；提出不要受眼界小的批评者的影响而导致自己的眼界小，实乃人生智慧。

　　先生分析了求全责备的害处，1925 年，他在《补白》（《华盖集》）中指出："现在，从读书以至'寻异性朋友讲情话'，似乎都为有些有志者所诟病了。但我想，责人太严，也正是'五分热'的一个病源。"以求全责备的眼光看人，会产生诸多负面影响，如找不到几个自认为满意的人，对自己视野中的人总不满意，致使原有的工作热情迅速消褪——只有"五分钟热"。1933 年，先生在给作家王志之的信（《书信（1927—1933）》）中指出："不要太求全，因为求全责备，则有些人便远避了，坏一点的就来迎合，作违心之论，这样，就不但不会有好文章，而且也是假朋友了。""水至清则无鱼"，你求全责备，自知之明者就远远避开你，同时，对你有意见也不提，而心术不正者则来奉承和吹捧你。在这种氛围下，就出不了好的文学作品，也难有真朋友了。

45

求全责备是谈人际关系，谈人及事，先生认为绝对意义上的"普遍、永久、完全"是不存在的。1934年8月，由青年电影艺术家袁牧之主编，作为《中华日报》副刊的《戏》周刊创刊，自创刊号起连载袁牧之所编《阿Q正传》剧本。第一幕登出后，写公开信向鲁迅征求意见，先生于同年11月作《答〈戏〉周刊编者信》（《且介亭杂文》）一文，谈到剧中主角阿Q该说什么话（用什么语言说话）时指出：

> 我想，普遍，永久，完全，这三件宝贝，自然是了不得的，不过也是作家的棺材钉，会将他钉死。譬如现在的中国，要编一本随时随地，无不可用的剧本，其实是不可能的，要这样编，结果就是编不成。所以我以为现在的办法，只好编一种对话都是比较的容易了解的剧本，倘在学校之类这些地方扮演，可以无须改动，如果到某一省县，某一乡村里面去，那么，这本子就算是一个底本，将其中的说白都改为当地的土话，不但语言，就是背景，人名，也都可变换，使看客觉得更加切实。譬如罢，如果这演剧之处并非水村，那么，航船可以化为大车，七斤（按：鲁迅小说《风波》中的人物，袁牧之改编的《阿Q正传》剧本里，也有一个类似的人物，叫作"航船七斤"）也可以叫作"小辫儿"的。

以上论述中，先生强调了事物的相对性，不存在绝对意义上的"普遍""永久""完全"的东西。1927年，先生在《黄花节的杂感》（《而已集》）中指出："倘使世上真有什么'止于至善'，这人间世便同时变了凝固的东西了。"相对的事物，你硬要把它绝对化，反倒容易使自己走上绝路。

中华文化博大精深，与反对走极端一样，反对求全责备也可以从古典文献中找到它的源头。秦国丞相吕不韦及其门客著《吕氏春秋·离俗览》，旨在论述选拔任用人不能求全责备的道理，文曰："以全举人固难，物之情也。人伤尧以不慈之名，舜以卑父之号，禹以贪位之意，汤、武以放弑之谋，五伯以侵夺之事。由此观之，物岂可全哉？"用十全十美的标准举荐人很难，这是事物的实情。譬如，有人用不爱儿诋毁尧，用不孝父亲诋毁舜，用贪图帝位诋毁禹，用谋划放逐、杀死君主诋毁汤武王，用侵吞掠夺别国诋毁五霸。由此看来，事物怎么可能十全十美呢？文曰："尺之木必有节目，寸之玉必有瑕瓃。先王知物之不可全也，故择物而贵取一也。"先王知道事物不可能十全十美，所以对人的选择只看重其长处。①鲁迅提出看人"略小节而取其大"，与其意一脉相承。

三、"及而不过"和"略小节而取其大"

走极端和求全责备密切相关，走极端用于待人，往往就会求全责备，或者说求全责备是走极端在待人方面的表现。两者的共同特点是脱离实际。走极端，过犹不及，祸害无穷。今读鲁迅关于不走极端的论述，我们应该努力做到"及而不过"，即做任何事既要做到位，又不要做过头。求全责备，看似严格要求，其实挫伤人的积极性。今读鲁迅关于不求全责备的论述，我们应该努力做到待人看主流，不苛求，以最大限度地调动人的积极性、主动性和创造性。处事待人都要有分寸感，分寸把握好了，才能用好人，办好事。

---

① 张双棣、张万彬、殷国光、陈涛译注：《吕氏春秋》，中华书局 2016 年版，第 207—209 页。文言文白话译文参考了该书。

（一）开发"中庸之道"的正面价值

先生所处的年代，走极端现象相当严重。尤为突出的是，这种现象在"同一营垒"里出现，使先生腹背受敌，不得不"横站"着斗争，深受其累。1934 年，先生在给杨霁云的信（《书信（1934—1935）》）中，坦陈自己的苦恼："为了防后方，我就得横站，不能正对敌人，而且瞻前顾后，格外费力。身体不好，倒是年龄关系，和他们不相干，不过我有时确也愤慨，觉得枉费许多气力，用在正经事上，成绩可以好得多。""后方"就是指所谓"同一营垒"，"正对敌人"已够累，再要"防后方"，心情难免悲凉。1935 年，先生在给曹靖华的信（《书信（1934—1935）》）中说："子弹从背后来，真足令人悲愤"。"背后"和"后方"是一个意思。同年，先生在给萧军、萧红的信（《书信（1934—1935）》）中说：

敌人不足惧，最令人寒心而且灰心的，是友军中的从背后来的暗箭；受伤之后，同一营垒中的快意的笑脸。因此，倘受了伤，就得躲入深林，自己舐干，扎好，给谁也不知道。我以为这境遇，是可怕的。我倒没有什么灰心，大抵休息一会，就仍然站起来，然而好像终竟也有影响，不但显于文章上，连自己也觉得近来还是"冷"的时候多了。

"同一营垒"，还包括"友军"。从背后来的暗箭，将人置于伤身伤心的可怕境地，虽不至于令人格强大如先生者"灰心"，可有时终究还是使人感到"冷"。放"暗箭"的行为虽不能都用走极端来解释，但思维方式的极端化无疑是重要原因之一。

先生所述现象，十年前就发生了。1935 年，先生在《故事新编·序言》中，谈及文学团体创造社组织者之一、主要成员成仿吾的批评："他以'庸俗'的罪名，几斧砍杀了《呐喊》，只推《不周山》为佳作，——自然也仍有不好的地方。"鲁迅的《呐喊》出版后不久，1924

48　年2月，成仿吾就发表《〈呐喊〉的评论》一文，认为《呐喊》中的《狂人日记》《孔乙己》《药》和《阿Q正传》等都是"浅薄""庸俗"的"自然主义"作品，只有《不周山》一篇，"虽然也还有不能令人满足的地方"，却是表示作者"要进而入纯文艺的宫廷"的"杰作"。1928年，创造社成员冯乃超发表《艺术与社会生活》一文批评鲁迅："常从幽暗的酒家的楼头，醉眼陶然地眺望窗外的人生"，"他不常追怀过去的昔日，追悼没落的封建情绪，结局他反映的只是社会变革期中的落伍者的悲哀"。同年，创造社组织者之一、主要成员郭沫若也发表文章锋芒毕露地批评鲁迅。

创造社最初以"本着内心的要求，从事文艺的活动"为宗旨，后提倡无产阶级革命文学。创造社的组织者和主要成员，不少人（包括郭沫若、成仿吾、冯乃超等）以后成为文化战线的革命战士。但是，他们那时对革命的理解"走了极端了"，竟然对鲁迅这样的五四新文化运动思想革命的旗手，作出不革命甚至反革命的评价。这种"走了极端"的情况，在中国共产党有关负责人的干预下，得到纠正。之后，随着形势变化，在文化"围剿"与反"围剿"的斗争中，鲁迅与创造社诸人团结起来，1930年，中国左翼作家联盟（简称"左联"）成立，鲁迅被推举为主要领导人。1931年，先生在《上海文艺之一瞥》中，对"革命文学"的兴起作了如下评论：

那时的革命文学运动，据我的意见，是未经好好的计划，很有些错误之处的。例如，第一，他们对于中国社会，未曾加以细密的分析，便将在苏维埃政权之下才能运用的方法，来机械地运用了。再则他们，尤其是成仿吾先生，将革命使一般人理解为非常可怕的事，摆着一种极左倾的凶恶的面貌，好似革命一到，一切非革命者就都得死，令人对革命只抱着恐怖。其实革命是并非教人死而是教人活的。

中庸之道虽是中国文化的一个特征，但遗憾的是，无论是历史还是现实的中国，偏离中庸之道的现象时有发生。时至今日，走极端的思维方式，以及在这种思维方式影响下产生的极端行为，仍然存在。

鲁迅当年关于反对走极端的论述，为我们当下从一些负面事件中吸取教训，提供了弥足珍贵的思想资源。反对走极端，也是马克思主义唯物辩证法的一个重要观点，恩格斯在《自然辩证法》中指出："辩证的思维方法同样不承认什么僵硬和固定的界线，不承认什么普遍绝对有效的'非此即彼！'，它使固定的形而上学的差异互相转移，除了'非此即彼！'，又在恰当的地方承认'亦此亦彼！'，并使对立的各方相互联系起来。这样的辩证思维方法是唯一在最高程度上适合于自然观的这一发展阶段的思维方法。"①反对走极端，恰当掌握好分寸，并非只是政治家和学者的事，而是与人人有关，对各级领导干部来说尤为重要。然而真要做到，又谈何容易。走极端的人，不少并非平庸之辈，有的还是精英，或者曾经是精英。但不易做到，并不是不能做到。我在长期的工作实践和对历史的反思、对现实的观察中意识到，做到不走极端，须牢牢把握三条：一是阅读经典，了解先哲和先贤的思想；二是调查研究，了解实际情况；三是深度思考，作理论联系实际的反复斟酌。我把它说成是三大基本功，三者缺一不可，最重要的是第二条。真正了解了实际情况，实事求是，一般就不会走极端。

（二）为人才成长和使用创造宽松环境

与走极端一样，鲁迅那个年代的中国社会，求全责备现象也相当严重。如上所述，先生本人也一再被求全责备。1925年，先生在《杂感》

① 《马克思恩格斯文集》第九卷，人民出版社2009年版，第471页。

（《华盖集》）中指出："死于敌手的锋刃，不足悲苦；死于不知何来的暗器，却是悲苦。但最悲苦的是死于慈母或爱人误进的毒药，战友乱发的流弹，病菌的并无恶意的侵入，不是我自己制定的死刑。"先生感到"最悲苦"的来自亲人"误进的毒药"、来自战友"乱发的流弹"、不知何来的"并无恶意侵入的病菌"和"不是自己制定的死刑"，一方面因"同一营垒"的人"走极端"而导致，另一方面则与那些人对先生的求全责备相关。先生晚年，这种悲苦有增无减，溢于言表。1936 年，先生在给青年教师王冶秋的信（《书信（1936）》）中，反复诉说了自己的悲苦："我在这里，有些英雄责我不做事，而我实日日译作不息，几乎无生人之乐，但还要受许多闲气，有时真令人愤怒，想什么也不做，因为不做事，责备也就没有了。"这里的"英雄"当然是讥讽，"日日译作不息"仍受责备，使先生愤怒。

从先生饱受被人求全责备中我们可以看到，产生求全责备现象的原因非常复杂。同样以完人要求人，但对何为"完人"的看法却很不一样。有的以是否赞成自己的意见为准，有的以是否服从自己——听从自己的号令为准，有的以是否自己同一团体的人为准。不同的取人标准折射的是同一个问题，即对先生提出的待人要"略小节而取其大"的"大"，该如何准确把握。在教条主义、宗派主义影响下，取人标准会发生很大偏差，先生饱受求全责备之苦就是明证。那么，究竟怎么把握"大"才好呢？理应以真善美作为标准。对真善美内涵的认识当然也会有所不同，但在基本方面理应形成"最大公约数"，譬如讲真话不讲假话，以平等态度善待人，团结大多数、不搞小圈子，等等。先生对他所批评的人，并不求全责备、一概否定。他在《答徐懋庸并关于抗日统一战线问题》一文中，这样谈郭沫若："我和茅盾，郭沫若两位，或相识，或未尝一面，或未冲突，或曾用笔墨相讥，但大战斗却都为着同一的目标，决不日夜记着个人的恩怨。"这样评价周扬："自然，周起应（按：周扬，字起应）也许别有他的优点。也许后来不复如此，仍将成为一个真的革命者。"

今读鲁迅关于反对求全责备的论述，我想得较多的，是反对求全责备与人才工作，与发挥人的特长、开发人的潜能的关系。1933 年，先生在《真假堂吉诃德》（《南腔北调集》）中，针对上海工商界人士发起将该年定为"国货年"指出："他们何尝不知道'国货运动'振兴不了什么民族工业，国际的财神爷扼住了中国的喉咙，连气也透不出，甚么'国货'都跳不出这些财神的手掌心。"国货缺乏市场竞争力，被"国际的财神爷扼住了中国的喉咙"，是技不如人所致。振兴民族工业，靠抵制洋货起不了什么作用。在提升科技水平的基础上，改善产品质量和售后服务，降低成本，才有出路。同年，先生在《黄祸》（《准风月谈》）中，寄希望于中国未来："我们似乎依然是'睡狮'。""但倘说，二十世纪的舞台上没有我们的份，是不合理的。"这是悲情加深情的呼唤，呼唤中国这东方"睡狮"早日觉醒。希望何在？在提高国民素质，在开发人才。今天，我们已进入二十一世纪二十年代，可以告慰先生的是，中国经济总量已稳居全球第二，世界舞台上有了我们的一席之地。当年根本不把我们放在眼里的世界列强，如今已不敢小觑中国。但我国仍处于社会主义初级阶段，"国际的财神爷扼住了中国的喉咙"的情况，不仅仍然存在，而且在新工业革命的大背景下更为突出。与旧中国比，我国科技取得长足进步，但在不少关键领域，还缺乏具有自主知识产权的核心技术，这被称为"卡脖子"技术。怎样才能在科技创新方面实现更大突破，是当下中国面临的最大挑战。

科技进步取决于人才，"卡脖子"技术的存在，固然与我国现代化起步滞后、现代科技积累时间相对短有关，但更是体制机制改革，尤其

52 是人才工作制度改革滞后的结果。人才工作存在的问题，首先是对人才产生条件的认识问题。经济学家吴敬琏提出："发展中国高新技术产业，制度重于技术。"他认为，推动技术发展的主要力量并不是技术自身的演进，而是有利于创新的制度安排，要"摒弃中国传统文化中某些不利于人潜能发挥的评价标准和落后习俗，努力营造宽松、自由、兼收并蓄、鼓励个性发展和创造的文化氛围，从而焕发人们的聪明才智，为高技术产业的发展做出创造性的贡献"。① 能够被称为人才者，或者说可能被造就成人才者，大都有比较强的个性。有的个性很难简单地用优缺点来评价，可能从一个角度看是优点，换一个角度看则是缺点。有的确是缺点，但无碍大节、不伤大雅，更不影响聪明才智的发挥。有的可能是奇才、偏才、怪才，他们的行为举止不被一般人理解，却真有一技之长。如果对人求全责备，不少优秀人才、拔尖人才就可能被埋没，侥幸冒头也可能难以发挥自身专长，甚至遭打击。也就是说，求全责备导致培养不出、使用不好和留不住杰出人才，只有"略小节而取其大"，才是切合人的实际的育才、识才、用才方法。针对求全责备现象，有必要强调为人才成长和使用创造宽松的环境。当然，人才成长和使用的环境不只需要宽松，但宽松是必备要素之一。

---

① 参阅吴敬琏著：《发展中国高新技术产业：制度重于技术》，中国发展出版社2002年版，第4、7、12页。

第三章　Chapter 3

不文过饰非，不淡忘历史

　　在鲁迅看来，中国两千多年封建专制统治造成的国民
性积弊，在思维方式方面的突出表现，除了走极端和求全
责备外，还有文过饰非和淡忘历史。文过饰非就是不敢或
不愿正视现实中存在的阴暗面，并千方百计利用权势通过
舆论控制来加以掩饰。淡忘历史，包括对历史错误的忘却
和对历史上为追求进步而舍生忘死的英烈的忘却。文过饰

54　非和淡忘历史，导致现实的阴暗面难以消除，先烈的可贵精神得不到弘扬，历史错误却反复重蹈。因此，必须直面现实，牢记历史，激浊扬清，坚持真善美，反对假恶丑。这既是人类文明的共同追求，也是对中华民族文化精粹的真正传承。1918 年，先生在给许寿裳的回信（《书信（1904—1926）》）中说："来论谓当灌输诚爱二字，甚当"。爱是最大的动力，诚是真爱、大爱的表现，是真正的自信，是增强实力的不二法门。无论对一个国家、一个民族，还是对一个单位，对每个人，都是如此。

一、"因为不敢正视人生，只好瞒和骗"

二十世纪初，鲁迅在留日期间，与许寿裳深入探讨国民性问题，得出如下结论："我们觉得我们民族最缺乏的东西是诚和爱，——换句话说：便是深中了诈伪无耻和猜疑相贼的毛病。口号只管很好听，标语和宣言只管很好看，书本上只管说得冠冕堂皇，天花乱坠，但按之实际，却完全不是这回事。"①先生踏上文坛后，为弘扬诚和真的文化，对瞒和骗展开了猛烈抨击。

（一）"互相骗骗"，"这实在是关于国民性底问题"

1919 年，先生在《寸铁》（《集外集拾遗补编》）中批评道：

造谣说谎诬陷中伤也都是中国的大宗国粹，这一类事实，古来很多，鬼祟著作却都消灭了。不肖子孙没有悟，还是层出不穷的做。不知

---

① 许寿裳著：《鲁迅传》，九州出版社 2017 年版，第 184 页。

他们做了以后，自己可也觉得无价值么。如果觉得，实在劣得可怜。如果不觉，又实在昏得可怕。

"层出不穷"的造谣说谎诬陷中伤，是瞒和骗的突出表现。对于这种"无价值"的行为，明知故犯说明"劣得可怜"，认识不到则说明"昏得可怕"。先生 1921 年创作的小说《阿 Q 正传》(《呐喊》)，给人留下最深印象的莫过于阿 Q 的"精神胜利法"。"精神胜利"的本质是瞒和骗，否认事实，掩盖缺陷。譬如，"他头皮上，颇有几处不知起于何时的癞疮疤"，便"讳说'癞'以及一切近于'赖'的音，后来推而广之，'光'也讳，'亮'也讳，再后来，连'灯''烛'都讳了"。又如，挨打后，"被人揪住黄辫子，在壁上碰了四五个响头"，便说"我总算被儿子打了"。阿 Q 以自欺欺人的态度对待所遇到的各种问题，生活在假象中，懵懵懂懂地活着，懵懵懂懂地死去。

1925 年，先生在《通讯（致孙伏园）》(《集外集拾遗》)中，谈及文学团体莽原社成员向培良在给他的来信中，批评《晨报》载文"造谣生事，作糟蹋女生之新闻"（指传闻的开封驻军士兵在铁塔奸污女学生之事），先生评论说："其实，中国本来是撒谎国和造谣国的联邦，这些新闻并不足怪。即在北京，也层出不穷：什么'南下洼的大老妖'，什么'借尸还魂'，什么'拍花'（按：旧时称歹徒用迷药诱拐小儿为'拍花'），等等。非'用刺刀割开'他们的魂灵，用净水来好好地洗一洗，这病症是医不好的。""用刺刀割开"一句，假《晨报》载"军士用刺刀割开女生之衣服"的话，意在讽刺，同时说明要改变瞒和骗的文化，须解剖国人的灵魂。

先生重点分析了国民中存在的瞒和骗与文人作品中反映的瞒和骗的关系。1925 年，他看到北京大学教授、政论性刊物《猛进》周刊主编徐炳旭（按：字虚生）的文章，有感而发，写了《论睁了眼看》(《坟》)，集中批判不敢正视现实的瞒和骗现象。文章开头说：

虚生先生所做的时事短评中，曾有一个这样的题目：《我们应该有正眼看各方面的勇气》（《猛进》十九期）。诚然，必须敢于正视，这才可望敢想，敢说，敢作，敢当。然而，不幸这一种勇气，是我们中国人最所缺乏的。

但现在我所想到的是别一方面——

中国的文人，对于人生，——至少是对于社会现象，向来就多没有正视的勇气。我们的圣贤，本来早已教人"非礼勿视"的了；而这"礼"又非常之严，不但"正视"，连"平视""斜视"也不许。

受封建礼教影响，文人"没有正视的勇气"由来已久，"先既不敢，后便不能，再后，就自然不视，不见了"。他们并非都看不到问题，而是有些人看到了问题不敢说："文人究竟是敏感人物，从他们的作品上看来，有些人确也早已感到不满，可是一到快要显露缺陷的危机一髮之际，他们总即刻连说'并无其事'，同时便闭上了眼睛。这闭着的眼睛便看见一切圆满。""因为凡事总要'团圆'，正无须我们焦躁；放心喝茶，睡觉大吉。再说费话，就有'不合时宜'之咎，免不了要受大学教授的纠正了。"先生批评那些文人"万事闭眼睛，聊以自欺，而且欺人，那方法是：瞒和骗"。由一般人谈到文人，指出他们非但不积极作为，反而助长瞒和骗的坏风气。

先生继续批评道："中国人的不敢正视各方面，用瞒和骗，造出奇妙的逃路来，而自以为正路。在这路上，就证明着国民性的怯弱，懒惰，而又巧滑。一天一天的满足着，即一天一天的堕落着，但却又觉得日见其光荣。"瞒和骗，对于现实中存在的假恶丑采取逃避态度，一证明怯弱，缺乏正视社会阴暗面的勇气；二证明懒惰，不愿付出改变现状的努力；三证明巧滑，把"眼不见为净"当作聪明。明明是国民性的堕

落，还自以为光荣，多么可悲！接着，先生集中分析了在形成瞒和骗文
化的过程中，一般人和文人的相互影响：

> 中国人向来因为不敢正视人生，只好瞒和骗，由此也生出瞒和骗的
> 文艺来，由这文艺，更令中国人更深地陷入瞒和骗的大泽中，甚而至于
> 已经自己不觉得。世界日日改变，我们的作家取下假面，真诚地，深入
> 地，大胆地看取人生并且写出他的血和肉的时候早到了；早就应该有一
> 片崭新的文场，早就应该有几个凶猛的闯将！

瞒和骗的文艺，产生于瞒和骗的社会风气，反过来又使生活在那种
环境中的人们"更深地陷入瞒和骗的大泽中"且麻木不仁。先生呼吁作
家们摆脱瞒和骗，写出中国人真实的人生。他深知做到这一点很不容
易，所以期望出现几个能够开辟"崭新的文场"的"凶猛的闯将"。

先生把一般人和文人之间的负面影响概括为"互相骗骗"，1924
年，他在《中国小说的历史的变迁》（《中国小说史略》）中，这样分析
小说作者和读者的关系："中国人不大喜欢麻烦和烦闷，现在倘在小说
里叙了人生底缺陷，便要使读者感着不快。所以凡是历史上不团圆的，
在小说里往往给他团圆；没有报应的，给他报应，互相骗骗。——这实
在是关于国民性底问题。"作家迎合读者"不大喜欢麻烦和烦闷"的心
理需求，为避免"读者感着不快"，就在小说里回避"叙了人生底缺
陷"，而代之以文过饰非。这似乎是为读者好，其实是麻痹他们，使他
们越来越软弱，以至走向怯弱。

与"互相骗骗"同时存在的，还有自欺和欺人，1936年，先生在
《"立此存照"（三）》（《且介亭杂文末编》）中指出："其实，中国人是
并非'没有自知'之明的，缺点只在有些人安于'自欺'，由此并想
'欺人'。譬如病人，患着浮肿，而讳疾忌医，但愿别人胡涂，误认他为
肥胖。妄想既久，时而自己也觉得好像肥胖，并非浮肿；即使还是浮

肿，也是一种特别的好浮肿，与众不同。"明知自己患病，却有意掩饰，讳疾忌医，这就是前述的阿Q精神，其结果只能是病情加重，直至无可救药。

瞒和骗程度轻一点的，是夸大事实，1933年，先生在《文学上的折扣》（《伪自由书》）中指出了这种现象：

凡我所见的研究中国文学的外国人中，往往不满于中国文章之夸大。这真是虽然研究中国文学，恐怕到死也还不会懂得中国文学的外国人。倘使我们中国人，则只要看过几百篇文章，见过十来个所谓"文学家"的行径，又不是刚刚"从民间来"的老实青年，就决不会上当。因为我们惯熟了，恰如钱店伙计的看见钞票一般，知道什么是通行的，什么是该打折扣的，什么是废票，简直要不得。

夸大事实，先生在这里称之为"打折扣"，他列举了许多事例来说明，譬如形容非凡人物的相貌，说他"两耳垂肩"等。先生指出，夸大的描写由来已久："《颂》诗早已拍马，《春秋》已经隐瞒，战国时谈士蜂起，不是以危言耸听，就是以美词动听，于是夸大，装腔，撒谎，层出不穷。现在的文人虽然改着了洋服，而骨髓里却还埋着老祖宗，所以必须取消或折扣，这才显出几分真实。"夸大事实的作品，虽因不全是瞒和骗，而没有失去其全部价值，但阅读时就该有所警觉，有的不要信，有的只能信其一部分。先生强调："'文学家'倘不用事实来证明他已经改变了他的夸大，装腔，撒谎……的老脾气，则即使对天立誓，说是从此要十分正经，否则天诛地灭，也还是徒劳的。"作品是否存在"夸大，装腔，撒谎"，不看作者如何表白，而要看实际内容。

1935年，先生在《逃名》（《且介亭杂文二集》）中，以"文字游戏"作讽刺，批评夸大事实的现象："有人说中国是'文字国'，有些像，却还不充足，中国倒该说是最不看重文字的'文字游戏国'，一切总爱玩些实际以上花样，把字和词的界说，闹得一团糟，弄到暂时非把'解放'解作'辇戮'，'跳舞'解作'救命'（按：针对当时报载"筹赈水灾游艺大会"广告语"化洋五角，救人一命"）不可。捣一场小乱子，就是伟人，编一本教科书，就是学者，造几条文坛消息，就是作家。于是比较自爱的人，一听到这些冠冕堂皇的名目就骇怕了，竭力逃避。逃名，其实是爱名的，逃的是这一团糟的名，不愿意酱在那里面。""一切总爱玩些实际以上花样"，道出了夸大事实的本质，实际上是变相的瞒和骗。不愿意夸大事实的逃避虚名者，是一种自尊自爱。

1925 年，先生针对北京女子师范大学风潮写的《并非闲话》（《华盖集》），揭露了当时教育界有些人存在的瞒和骗：

世上虽然有斩钉截铁的办法，却很少见有敢负责任的宣言。所多的是自在黑幕中，偏说不知道；替暴君奔走，却以局外人自居；满肚子怀着鬼胎，而装出公允的笑脸；有谁明说出自己所观察的是非来的，他便用了"流言"来作不负责任的武器：这种蛆虫充满的"臭毛厕"，是难于打扫干净的。丢尽"教育界的面目"的丑态，现在和将来还多着哩！

瞒和骗的种种伎俩，共同点是不敢说出事实真相，不敢切实负起责任。这是国民性弊端导致，难以改变。然而再难也得改，1925 年，先生在《补白》（《华盖集》）中呼吁："我们仔细查察自己，不再说谎的时候应该到来了，一到不再自欺欺人的时候，也就是到了看见希望的萌芽的时候。"自欺欺人再也不能继续下去了，"不再说谎"中国才有希望。这当然不仅针对教育界，而且面向全体中国人。

（二）"这普遍的做戏，却比真的做戏还要坏"

鲁迅有时用"做戏"来批评当时社会上一些人言行不一的行为，1926 年，他在《马上支日记》（《华盖集续编》）中指出：

　　向来，我总不相信国粹家道德家之类的痛哭流涕是真心，即使眼角上确有珠泪横流，也须检查他手巾上可浸着辣椒水或生姜汁。什么保存国故，什么振兴道德，什么维持公理，什么整顿学风……心里可真是这样想？一做戏，则前台的架子，总与在后台的面目不相同。但看客虽然明知是戏，只要做得像，也仍然能够为它悲喜，于是这出戏就做下去了；有谁来揭穿的，他们反以为扫兴。

　　用"做戏"的态度和方法来对待工作，并习以为常，工作怎么可能做好？先生接着联系到信仰问题：

　　看看中国的一些人，至少是上等人，他们的对于神，宗教，传统的权威，是"信"和"从"呢，还是"怕"和"利用"？只要看他们的善于变化，毫无特操，是什么也不信从的，但总要摆出和内心两样的架子来。要寻虚无党，在中国实在很少；和俄国的不同的处所，只在他们这么想，便这么说，这么做，我们的却虽然这么想，却是那么说，在后台这么做，到前台又那么做……。

　　装模作样地游戏人生，根子在于"毫无特操""什么也不信从"，内心空虚，先生称这些人为"做戏的虚无党"或"体面的虚无党"。

　　1931 年，先生专门写了《宣传与做戏》（《二心集》）一文，开头写道："就是那刚刚说过的日本人，他们做文章论及中国的国民性的时候，内中往往有一条叫作'善于宣传'。看他的说明，这'宣传'两字却又不像是平常的'Propaganda'（按：英语，宣传，指表达、讲解某种观点和主张以影响受众的社会行为），而是'对外说谎'的意思。"先生认为，"这宗话，影子是有一点的"，譬如，教育经费用光了，还要开几个学堂；人们十有八九不识字，还要请几个博士对外国人去讲中国的精神文明；随便拷问、杀头，还要维持几个洋式的"模范监狱"给外国人看；离前敌很远的将军，大打电报说要"为国捐躯"；连体操班也不愿上的学生少爷，偏要穿上军装。"不过，这些究竟还有一点影子；究竟还有几个学堂，几个博士，几个模范监狱，几个通电，几套军装。所以说是'说谎'，是不对的。这就是我之所谓'做戏'。"先生由此评论道："但这普遍的做戏，却比真的做戏还要坏。真的做戏，是只有一时；戏子做完戏，也就恢复为平常状态的。""不幸因为是'天地大戏场'，可以普遍的做戏者，就很难有下台的时候。""普遍的做戏"，不是一步一个脚印，老老实实、扎扎实实做工作，去改变落后面貌；而是重在装门面，给人看，用很小的一点成绩来说明自己多么正确，多么进步，多么了不起。"做戏"虽不等同于瞒和骗，和上述"夸大事实"一样，"究竟还有一点影子"，却深受瞒和骗的影响，在一定程度上仍是瞒和骗。

1932 年，先生在给作家台静农的信（《书信（1927—1933）》）中，谈及自己是否写"一·二八"事件时说："'一二八'的事，可写的也有些，但所见的还嫌太少，所以写不写还不一定；最可恨的是所闻的多不可靠，据我所调查，大半是说谎，连寻人广告，也有自己去登，藉此扬名的。中国人将办事和做戏太混为一谈，而别人却很切实。"这里的"做戏"，表现为"大半是说谎"，接近瞒和骗了。中国已经落后，再"将办事和做戏太混为一谈"，而走在我们前面的别国办事"却很切实"，差距就越来越大了。

1932 年，先生在《林克多〈苏联闻见录〉序》（《南腔北调集》）中，尖锐地批评道：

宣传这两个字，在中国实在是被糟蹋得太不成样子了，人们看惯了什么阔人的通电，什么会议的宣言，什么名人的谈话，发表之后，立刻无影无踪，还不如一个屁的臭得长久，于是渐以为凡有讲述远处或将来的优点的文字，都是欺人之谈，所谓宣传，只是一个为了自利，而漫天说谎的雅号。

宣传被糟蹋，祸首是"漫天说谎"。

自然，在目前的中国，这一类的东西是常有的，靠了钦定或官许的力量，到处推销无阻，可是读的人们却不多，因为宣传的事，是必须有现在或到后来有事实来证明的，这才可以叫作宣传。而中国现行的所谓宣传，则不但后来只有证明这"宣传"确凿就是说谎的事实而已，还有一种坏结果，是令人对于凡有记述文字逐渐起了疑心，临末弄得索性不看。即如我自己就受了这影响，报章上说的什么新旧三都（按：指南京、洛阳和西安）的伟观，南北两京（按：指南京和北京）的新气，固然只要看见标题就觉得肉麻了，而且连讲外国的游记，也竟至于不大想去翻动它。

真正意义上的"宣传"，所宣传的事，必须用现有的事实或后来的事实来证明，如果运用所掌握的权力推销虚假的东西，宣传被异化，失去了公信力，人们就会抛弃它，如此"宣传"，除了在短时期内欺骗一些无知者外，还有什么效果？

1933 年，先生在《推背图》（《伪自由书》）中，引用了"里巷间"的一个笑话："某甲将银子三十两埋在地里面，怕人知道，就在上面竖一块木板，写道'此地无银三十两'。隔壁的阿二因此却将这掘去了，也怕人发觉，就在木板的那一面添上一句道，'隔壁阿二勿曾偷'。"然后指出："这就是在教人'正面文章反看法'。"先生由此发挥道："但我们日日所见的文章，却不能这么简单。有明说要做，其实不做的；有明说不做，其实要做的；有明说做这样，其实做那样的；有其实自己要这么做，倒说别人要这么做的；有一声不响，而其实倒做了的。然而也有说这样，竟这样的。难就在这地方。"行与言严重脱节，宣传名不副实，浪费宝贵的人财物资源不说，更严重的是败坏了社会风气，使瞒和骗的国民性弊端滋生蔓延，所以先生要毫不留情地予以揭露和抨击。

（三）"第一件紧要事是诚实"

鲁迅评价文艺作品，把是否真实放在首位，他高度赞赏清代文学家曹雪芹著《红楼梦》，主要就为它的真实性。1923 年至 1924 年，他在《中国小说史略》中称《红楼梦》："盖叙述皆存本真，闻见悉所亲历，正因写实，转成新鲜。"1925 年，他在《论睁了眼看》中评价说："《红楼梦》中的小悲剧，是社会上常有的事，作者又是比较的敢于实写的，而那结果也并不坏。"《红楼梦》之所以成为中国古代最优秀的小说，是因为"叙述皆存本真""写实""实写"。1924 年，先生在《中国小说的历史的变迁》中这样评价《红楼梦》：

至于说到《红楼梦》的价值，可是在中国底小说中实在是不可多得的。其要点在敢于如实描写，并无讳饰，和从前的小说叙好人完全是好，坏人完全是坏的，大不相同，所以其中所叙的人物，都是真的人物。总之自有《红楼梦》出来以后，传统的思想和写法都打破了。——它那文章的旖旎和缠绵，倒是还在其次的事。

"不可多得"，对《红楼梦》作如此高的评价，首先不在其文采之美，而在其"敢于如实描写"，所写"都是真的人物"。何谓"实"和"真"？在于"并无讳饰"。

先生热情鼓励青年作家发扬求真精神，1934 年，他在给姚克的信（《书信（1934—1935）》）中，认为姚要写小说"极好"，怎么写呢？"其实只要写出实情，即于中国有益，是非曲直，昭然具在，揭其障蔽，便是公道耳。"建议"写出实情"，尤其是体现公道的"揭其障蔽"。1936 年，先生在《论现在我们的文学运动》（《且介亭杂文末编》）中对作家提出希望："我们需要的，不是作品后面添上去的口号和矫作的尾巴，而是那全部作品中的真实的生活，生龙活虎的战斗，跳动着的脉搏，思想和热情，等等。"强调要把人物"真实的生活"贯穿于全部作品，"真实的生活"不仅是人物的行为，而且包括人物的思想和心理状态，以此来体现作品的主题，而不是靠在结尾处空喊口号来表示作品的进步。

1929 年，先生为青年作者叶永蓁的自传体长篇小说《小小十年》作序，名为《叶永蓁作〈小小十年〉小引》（《三闲集》）。先生称作者："他描出了背着传统，又为世界思潮所激荡的一部分的青年的心，逐渐写来，并无遮瞒，也不装点，虽然间或有若干辩解，而这些辩解，却又正是脱去了自己的衣裳。"这"并无遮瞒"的描写，给当时的文坛注入了一股清风。先生指出："多少伟大的招牌，去年以来，在文摊上都挂过了，但不到一年，便以变相和无物，自己告发了全盘的欺骗，中国如果还会有文艺，当然先要以这样直说自己所本有的内容的著作，来打退骗局以后的空虚。因为文艺家至少是须有直抒己见的诚心和勇气的，倘不肯吐露本心，就更谈不到什么意识。"以"直抒己见的诚心和勇气""吐露本心"，"直说自己所本有的内容"，与"全盘的欺骗"形成鲜明对照。先生热忱推荐："我极欣幸能介绍这真实的作品于中国，还渴望看见'重上征途'以后之作的新吐的光芒。""真实"，是先生特别看重的主要原因，文学作品失去真实性，就失去了它的全部意义。

对于外国优秀文学作品，先生同样从"真"的角度给予好评。1926年，他在《〈十二个〉后记》（《集外集拾遗》）中，对长诗《十二个》作者苏联诗人勃洛克及其诗作作了评论：

从一九〇四年发表了最初的象征诗集《美的女人之歌》起，勃洛克便被称为现代都会诗人的第一人了。他之为都会诗人的特色，是在用空想，即诗底幻想的眼，照见都会中的日常生活，将那朦胧的印象，加以象征化。将精气吹入所描写的事象里，使它苏生；也就是在庸俗的生活，尘嚣的市街中，发见诗歌底要素。所以勃洛克所擅长者，是在取卑俗，热闹，杂沓的材料，造成一篇神秘的写实的诗歌。

创作手法是"空想""幻想""象征"的，内容却是对"都会中的日常生活"的写实，赋予"使它苏生"的生命力。先生认为："中国没有这样的都会诗人。我们有馆阁诗人，山林诗人，花月诗人。"这是对中国诗歌的一种批评。先生强调："呼唤血和火的，咏叹酒和女人的，赏味幽林和秋月的，都要真的神往的心，否则一样是空洞。"防止作品"空洞"的关键，是诗人要有"真的神往的心"，而"诗《十二个》里就可以看见这样的心"。

先生认为讽刺作品也要写实，1935 年他专门写了两篇关于讽刺的杂文，他在《论讽刺》（《且介亭杂文二集》）中指出："其实，现在的所谓讽刺作品，大抵倒是写实。非写实不能成为所谓'讽刺'；非写实的讽刺，即使能有这样的东西，也不过是造谣和诬蔑而已。"对于讽刺与其他文学形式一样，先生看重的是"写实"。他在《什么是"讽刺"？》（《且介亭杂文二集》）中进一步指出："'讽刺'的生命是真实；不必是曾有的实事，但必须是会有的实情。所以它不是'捏造'，也不是'诬蔑'；既不是'揭发阴私'，又不是专记骇人听闻的所谓'奇闻'或'怪现状'。它所写的事情是公然的，也是常见的，平时是谁都不以为奇的，而且自然是谁都毫不注意的。"不必"曾有"，是说讽刺可以虚构；必须"会有"，是说讽刺不能胡编乱造。"写实"是讽刺作品的生命。

漫画作品也是如此。1935 年，先生在《漫谈"漫画"》（《且介亭杂文二集》）一文中，对漫画创作发表了如下看法："漫画的第一件紧要事是诚实，要确切的显示了事件或人物的姿态，也就是精神。""漫画是 Karikatur（按：德语，又译"讽刺画"）的译名，那'漫'，并不是中国旧日的文人学士之所谓'漫题''漫书'的'漫'。当然也可以不假思索，一挥而就的，但因为发芽于诚实的心，所以那结果也不会仅是嬉

66　皮笑脸。这一种画，在中国的过去的绘画里很少见，《百丑图》（按：描绘100出丑角戏的图画）或《三十六声粉铎图》（按：描绘昆剧36出丑角戏的图画）庶几近之，可惜的是不过戏文里的丑脚的摹写；罗两峰（按：清代画家，"扬州八怪"之一）的《鬼趣图》（按：指8幅讽刺世态的画），当不得已时，或者也就算进去罢，但它又太离开了人间。""第一件紧要事是诚实""发芽于诚实的心"，这样的漫画才能见人的精神。先生进一步强调："漫画虽然有夸张，却还是要诚实。'燕山雪花大如席'是夸张，但燕山究竟有雪花，就含着一点诚实在里面，使我们立刻知道燕山原来有这么冷。如果说'广州雪花大如席'，那可就变成笑话了。"漫画运用夸张手法，不能脱离"诚实"。惜字如金的先生，在不算长的两段话中，四次用了"诚实"，足见在他心目中诚实对于作文的极端重要性。

从文艺作品谈到人品。1927年，先生在香港青年会发表题为《无声的中国》（《三闲集》）的演讲，针对当时白色恐怖下人们不敢讲真话的现象，他号召：

青年们先可以将中国变成一个有声的中国。大胆地说话，勇敢地进行，忘掉了一切利害，推开了古人，将自己的真心的话发表出来。

强调大胆、勇敢地讲真话，当然不是不讲策略。须从实际效果出发把握好"度"——先生本人就是这么做的，但求真毕竟太重要了，先生指出：

只有真的声音，才能感动中国的人和世界的人；必须有了真的声音，才能和世界的人同在世界上生活。

真话的力量在于能感动人，讲真话才能被"世界的人"所接受，而不至于被鄙弃。1925年，先生在小说《伤逝》（《彷徨》）中，通过主人公涓生指出："我在苦恼中常常想，说真实自然须有极大的勇气的；

假如没有这勇气，而苟安于虚伪，那也便是不能开辟新的生路的人。不
独不是这个，连这人也未尝有！"先生把是否讲真话上升到有没有做人
资格的高度，话讲到底了。

二、"因为能忘却"，"往往照样地再犯前人的错误"

1925 年，鲁迅在《这个与那个》（《华盖集》）中，联系当时的现
实谈读史书的意义："史书本来是过去的陈帐簿，和急进的猛士不相干。
但先前说过，倘若还不能忘情于咿唔（按：象声词，形容读书的声音），
倒也可以翻翻，知道我们现在的情形，和那时的何其神似，而现在的昏
妄举动，胡涂思想，那时也早已有过，并且都闹糟了。""总之：读史，
就愈可以觉悟中国改革之不可缓了。虽是国民性，要改革也得改革，否
则，杂史杂说上所写的就是前车。"读史书可知，历史往往惊人相似，
前车之覆后车之鉴，为了避免历史悲剧重演，就得改革，根本的是改革
国民性。

然而，史书的情况非常复杂。1925 年，先生在《忽然想到四》
（《华盖集》）中写道："先前，听到二十四史不过是'相斫书'，是'独
夫的家谱'一类的话，便以为诚然。后来自己看起来，明白了：何尝如
此。"《二十四史》指清代乾隆时"钦定"为"正史"的从《史记》到
《明史》等 24 部史书。"相斫书"，意为记载互相杀戮的书，语出西晋史
学家陈寿著《三国志·魏书》。"独夫的家谱"，意为记载帝王一姓世系
的书，语出近代思想家梁启超所著的《中国史界革命案》。先生读了
《二十四史》后，不赞成简单地把它看作只是"相斫书"和"独夫的家
谱"。他认为：

　　历史上都写着中国的灵魂，指示着将来的命运，只因为涂饰太厚，废话太多，所以很不容易察出底细来。正如通过密叶投射在莓苔上面的月光，只看见点点的碎影。但如看野史和杂记，可更容易了然了，因为他们究竟不必太摆史官的架子。

　　"写着中国的灵魂，指示着将来的命运"，这是指真实的历史。作为"正史"的《二十四史》"涂饰太厚，废话太多"，"不容易察出底细"。其实，不仅是《二十四史》，从孔子编订鲁国的历史《春秋》，所开创的"春秋笔法"开始，重视的就不是历史事实本身，而是价值观念；首先是"为尊者讳，为贤者讳"，其次是"笔则笔，削则削"（该记的记，该删的删）。①但无论如何，"正史"毕竟还能"看见点点的碎影"，如加上"看野史和杂记"，对历史就比较容易看清楚了。

　　先生看到了什么、想到了什么呢？

　　秦汉远了，和现在的情形相差已多，且不道。元人著作寥寥。至于唐宋明的杂史之类，则现在多有。试将记五代，南宋，明末的事情的，和现今的状况一比较，就当惊心动魄于何其相似之甚，仿佛时间的流驶，独与我们中国无关。现在的中华民国也还是五代，是宋末，是明季。

　　从历史看现在，看到历史重演，时代没有进步。先生分析道："以明末例现在，则中国的情形还可以更腐败，更破烂，更凶酷，更残虐，现在还不算达到极点。但明末的腐败破烂也还未达到极点，因为李自成张献忠闹起来了。而张李的凶酷残虐也还未达到极点，因为满洲兵进来了。""达到极点"的腐败、破烂、凶酷和残虐没能发生，是因为尚未达到极点，统治集团就维持不下去，被推翻了。

---

① 葛剑雄著：《不变与万变：葛剑雄说国史》，岳麓书社 2021 年版，第 127 页。

历史不可淡忘，但在先生看来中国人却得了健忘症，有的是国家有
意识的"遗忘"，有的是社会无意识的遗忘。先生 1920 年写的小说《头
发的故事》（《呐喊》），主题便是批判忘却历史。小说开头以第一人称
写道：

星期日的早晨，我揭去一张隔夜的日历，向着新的那一张上看了又
看的说：

"阿，十月十日，——今天原来正是双十节。这里却一点没有记载！"

我的一位前辈先生 N，正走到我的寓里来谈闲天，一听这话，便很
不高兴的对我说："他们对！他们不记得，你怎样他；你记得，又怎
样呢？"

1911 年 10 月 10 日辛亥革命爆发，结束了中国长达两千年之久的
君主专制统治。从此这一天便成为中华民国国庆日，简称"双十节"。
可是到了这一天，"这里却一点没有记载！""前辈先生 N"的牢骚正话
反说，是对"我"的呼应，批判人们的麻木。接着，全篇通过 N 展开
谈"拒绝遗忘"的主题。

N 说："他们忘却了纪念，纪念也忘却了他们！我也是忘却了纪念
的一个人。倘使纪念起来，那第一个双十节前后的事，便都上我的心
头，使我坐立不稳了。""忘却了纪念"，是批评人们淡忘了应该弘扬的
革新精神。意识到自己的淡忘，N 已从麻木中渐醒，想起辛亥革命前后
的事：

多少故人的脸，都浮在我眼前。几个少年辛苦奔走了十多年，暗地
里一颗弹丸要了他的性命；几个少年一击不中，在监牢里身受一个多月
的苦刑；几个少年怀着远志，忽然踪影全无，连尸首也不知那里去
了。——他们都在社会的冷笑恶骂迫害倾陷里过了一生；现在他们的坟
墓也早在忘却里渐渐平塌下去了。我不堪纪念这些事。我们还是记起一

点得意的事来谈谈罢。

"上我的心头""浮在我眼前""使我坐立不稳"的，是这样一些年轻的革命者：有的奋斗十多年被枪杀，有的在监狱里受苦刑，有的被秘密处决。可悲的是，他们不但生前不被社会理解，且牺牲后又被社会忘却。

往事不堪回首，那就谈一点"得意的事"吧，N 由此开始讲"头发的故事"。1644 年清世祖进入北京后，下令百姓遵从满族发式，男子剃发垂辫。男子留辫，成为满清政府对汉族实行奴化政策的标志，曾引起汉族人民的强烈反抗。"顽民杀尽了，遗老都寿终了，辫子早留定了，洪杨（按：太平天国领袖洪秀全、杨秀清）又闹起来了。""那时做百姓才难哩，全留着头发的被官兵杀，还是辫子的被长毛（按：太平天国起义军留发而不结辫，被称为"长毛"）杀！""不知道有多少中国人只因为这不痛不痒的头发而吃苦，受难，灭亡。"N 出国留学，为方便起见，便剪掉辫子，不料却被仍留辫的同学厌恶，更使监督（按：清末学官名，系管理新办学堂的官员）大怒。N 回国后买了一条假辫子，遭旁人冷笑；干脆不戴假辫，穿着西装在街上走，又被骂为"假洋鬼子"。他任职的师范学堂六个学生，因剪辫被开除。

辛亥革命后，中国男人不用再留辫子了，N 感叹道："老兄，你可知道头发是我们中国人的宝贝和冤家，古今来多少人在这上头吃些毫无价值的苦呵！""推想起来，正不知道曾有多少人们因为光着头皮便被社会践踏了一生世。"他高声说："我最得意的是自从第一个双十节以后，我在路上走，不再被人笑骂了。"N 的自述，何尝不是先生自己的经历；头发的故事，折射出汉族人民受苦受难的辛酸历史。小说结尾是 N 的这样一段话："再见！请你恕我打搅，好在明天便不是双十节，我们统可以忘却了。""统可以忘却了"当然是反讽，揭示的是"不能忘却"的主题。之后几年中，先生反复强调这个主题。

1923 年 12 月 26 日，先生在北京女子高等师范学校文艺会发表题为《娜拉走后怎样》（《坟》）的演讲，指出：

第一需要记性。记性不佳，是有益于己而有害于子孙的。人们因为能忘却，所以自己能渐渐地脱离了受过的苦痛，也因为能忘却，所以往往照样地再犯前人的错误。被虐待的儿媳做了婆婆，仍然虐待儿媳；嫌恶学生的官吏，每是先前痛骂官吏的学生；现在压迫子女的，有时也就是十年前的家庭革命者。

忘却"有益于己"之"益"，是消极的，在"脱离了受过的苦痛"的同时，变得麻木。忘却"有害于子孙"，原因是"往往照样地再犯前人的错误"，对此，先生从三个方面举例，说明后果十分严重。

1925 年，先生在《十四年的"读经"》（《华盖集》）中指出："中国人是健忘的，无论怎样言行不符，名实不副，前后矛盾，撒诳造谣，蝇营狗苟，都不要紧，经过若干时候，自然被忘得干干净净；只要留下一点卫道模样的文字，将来仍不失为'正人君子'。况且即使将来没有'正人君子'之称，于目下的实利又何损哉？"这里的"健忘"并非生理方面失去记忆，而是为"目下的实利"，为掩盖见不得人的东西以维护"正人君子"的名号，是有意为之的选择性忘却。同年，先生在《导师》（《华盖集》）中说：

我们都不大有记性。这也无怪，人生苦痛的事太多了，尤其是在中国。记性好的，大概都被厚重的苦痛压死了；只有记性坏的，适者生存，还能欣然活着。但我们究竟还有一点记忆，回想起来，怎样的"今是昨非"呵，怎样的"口是心非"呵，怎样的"今日之我与昨日之我战"呵。

有意忘却过去太多的苦痛以麻痹自己，却不是毫无记忆，先生描述了对历史的三种议论或思考，一为"今是昨非"，现在好于过去，或许是真的，或许只是自我安慰，或许两者兼而有之；二为"口是心非"，迫于社会压力，不能说现在不好，即使不好也得说比过去好；三为"今日之我与昨日之我战"，这是社会转型期，针对自己的记忆，思考"昨日的旧我，今天怎么变成新我"，这就有点走出忘却了。

记忆具体的人，先生谈到近代革命志士秋瑾，1925 年他在《论"费厄泼赖"应该缓行》(《坟》) 中，以看似平静实则悲凉的语气写道："秋瑾女士，就是死于告密的，革命后暂时称为'女侠'，现在是不大听见有人提起了。""秋瑾的故乡也还是那样的故乡，年复一年，丝毫没有长进。"人们并没有因烈士慷慨就义而觉醒起来奋斗，以致一年年过去，社会却停滞不前。先生又谈到 1911 年在广州起义中牺牲的黄花岗 72 烈士，1927 年，他在《黄花节的杂感》(《而已集》) 中说：

我又愿意知道一点十七年前的三月二十九日的情形，但一时也找不到目击耳闻的耆老。从别的地方——如北京，南京，我的故乡——的例子推想起来，当时大概有若干人痛惜，若干人快意，若干人没有什么意见，若干人当作酒后茶余的谈助的罢。接着便将被人们忘却。久受压制的人们，被压制时只能忍苦，幸而解放了便只知道作乐，悲壮剧是不能久留在记忆里的。

广州起义后，对黄花岗 72 烈士，当时不同的人们自有不同态度。随着时间推移，人们便把他们给忘却了。忘却的原因，是人们久受压制，形成了"只能忍苦"的麻木或"只知作乐"的忘情两极心态，偏偏缺乏那种受先烈精神的激励、奋起为改变奴隶命运而斗争的勇敢和悲壮。

针对中国人的"没有记性"，1925 年，先生在《忽然想到十一》(《华盖集》) 中提出告诫："大概，人必须从此有记性，观四向而听八方，将先前一切自欺欺人的希望之谈全都扫除，将无论是谁的自欺欺人的假面全都撕掉，将无论是谁的自欺欺人的手段全都排斥，总而言之，就是将华夏传统的所有小巧的玩艺儿全都放掉，倒去屈尊学学枪击我们的洋鬼子，这才可望有新的希望的萌芽。"中国人只有改变自欺欺人的忘却——包括自欺欺人的"希望之谈""假面"和"手段"，做到"有记性"，才可能有新的希望。这不是说说就能做到的，需要开阔视野、解放思想。为此，不惜向侵略中国的洋鬼子学习——学习敌人的长处，有时是战胜敌人的最好方法。

面对浩瀚历史记什么？先生提出，首先要记得最近的辛亥革命历史。1925年，先生在《忽然想到三》（《华盖集》）中指出："我觉得仿佛久没有所谓中华民国。我觉得革命以前，我是做奴隶；革命以后不多久，就受了奴隶的骗，变成他们的奴隶了。""我觉得许多烈士的血都被人们踏灭了，然而又不是故意的。我觉得什么都要从新做过。退一万步说罢，我希望有人好好地做一部民国的建国史给少年看，因为我觉得民国的来源，实在已经失传了，虽然还只有十四年！"辛亥革命历史并不久远，感觉上却是"久没有所谓中华民国"，说明革命后出现的新气象持续时间很短，相反，有些方面还在倒退。许多抛头颅洒热血的烈士早被人们淡忘了，这种淡忘令人对现实和未来感到失望。一句"我觉得什么都要从新做过"——"从新"，再来一次，并且向着新的方向，既含有愤慨和无奈，更体现了先生主张改革的坚定意志和坚韧精神。怎么做呢？大的做不了，至少先好好地做一部民国的建国史吧，使已经失传的"民国的来源"得以存续，从青少年开始，使人们牢记革命历史，以推进社会改革，去完成先烈未竟的事业。

先生认为不仅要记得过去不久的革命历史，还应记得远古时代的神话、传说和史实中的英雄故事。先生创作的《故事新编》，其中的《补

天》《奔月》《铸剑》《理水》和《非攻》，分别讴歌了"抟土造人"和
"炼石补天"的女娲，射封豕长蛇、为民除害的后羿，反抗暴虐、慷慨
牺牲的眉间尺和黑色人宴之敖者，忘我劳动、改湮为导、征服水患的大
禹，机智灵活、身体力行、止楚攻宋的墨子。先生以讴歌古代英雄人物
的方式，激励人们投入现实的与一切黑暗势力的抗争。

三、 正视现实和以史为镜

今读鲁迅关于不文过饰非的论述，启示我们增强坚守诚和真的自觉
性，自觉抵制各种形式的瞒和骗。先生关于不淡忘历史的论述，启示我
们重视学习历史，珍惜过去不曾有过的好的条件，尽可能全面了解历史
真相；学习借鉴先哲和先贤的深邃思想，弘扬为社会进步甘洒热血写春
秋的英烈精神；看到曾被掩盖的历史负面，力求不犯或少犯前人犯过的
错误。

（一）坚持诚与真

鲁迅作品的鲜明特色是批判性，他不仅入木三分地抨击社会黑暗
面，对那些不敢直面假恶丑现象的瞒和骗，也毫不留情地予以鞭挞，发
出足以让人警醒的呐喊。相比之下，他的作品很少歌功颂德。先生为什
么作如此把握呢？1936 年，他在给正在日本留学的青年学生尤炳圻的
信（《书信（1936）》）中，对此作了明确回答：

日本国民性，的确很好，但最大的天惠，是未受蒙古之侵入；我们
生于大陆，早营农业，遂历受游牧民族之害，历史上满是血痕，却竟支
撑以至今日，其实是伟大的。但我们还要揭发自己的缺点，这是意在复

兴，在改善……

对少数民族在中国历史上的作用如何评价，当代越来越多的学者倾向于也要充分认识其积极一面，这里暂且不表。先生这段话的核心要义是，放在历史长河中看，中华民族是伟大的，不遗余力地"揭发自己的缺点"，并不是否定历史的光辉，只是"意在复兴，在改善"。在民众深陷"瞒和骗的大泽"时，如不这样做，就无法使他们直面真实的社会和人生，更好地为实现现代化而奋斗。

诚和真与瞒和骗的主要区别，在于敢不敢、愿不愿揭露自己的缺点错误，敢不敢、愿不愿讲真话并鼓励人们讲真话。作家王小波高度评价社会学家费孝通的《江村经济》，认为："它的长处在于十分诚实地描述了江南农村的生活景象，像这样的诚实在中国人写的书里还未曾有过"，"中国的读书人有种毛病，总要对某些事实视而不见"，"像费先生在《江村经济》里表现出的那种诚实，的确是凤毛麟角"。他进而提出了介于诚实和虚伪之间的"浮嚣"概念："人忠于已知事实叫做诚实，不忠于事实就叫做虚伪。还有些人只忠于经过选择的事实，这既不叫诚实，也不叫虚伪，我把它叫做浮嚣。这是个含蓄的说法，乍看起来不够贴切，实际上还是合乎道理的：人选择事实，总是出于浮嚣的心境。"追溯浮嚣的起因："人若把学问当作进身之本来做，心就要往上浮。"①以上评价和分析不乏深刻。

中国共产党领导新民主主义革命、社会主义建设和改革开放、现代化事业取得辉煌胜利，与坚持诚和真密不可分。党不仅提出了充分体现诚和真的实事求是的思想路线，而且创造了做到实事求是的工作方法，那就是调查研究。众所周知，毛泽东极为重视调查研究，反复强调没有

---

① 王小波著：《我的精神家园》，北京十月文艺出版社2018年版，第23、25页。

调查研究就没有发言权。遗憾的是，不少人至今没有认真对待。这突出地表现为形式主义、官僚主义屡禁不止。2020年出版的《整治形式主义官僚主义教育读本》，披露了一个"某市领导调研走'经典调研线路'"案例，称该市2017年7月的22个工作日中，有六位市领导走的是同一调研路线，具体安排都有完备的"脚本"，访的是同一批对象，听到的是同一套说辞。党的调查研究的优良作风，异化为"大伙演、领导看"的作秀。

作为思维方式，对诚和真还是瞒和骗的选择，在当今社会也依然存在。其突出表现之一是如何对待成绩和缺点。是重在讲成绩，大讲特讲，甚至谎报实情，而对缺点则一笔带过，轻描淡写，乃至想方设法掩盖？还是在总体上充分肯定成绩的前提下，重在讲问题，并作展开分析，决不文过饰非？从现状看，许多人往往程度不同地选择前者。究其原因，或担心后者不利于鼓舞人心，所谓"家丑不可外扬""劲可鼓而不可泄"；或害怕后者不利于上级对自己（本人或本单位）的评价和考核，影响仕途发展和单位形象。当形式主义、官僚主义盛行时，报喜得喜，报忧得忧，不少人就会自觉或不自觉地选择多讲甚至夸大成绩，少讲甚至掩饰问题。但这种选择毕竟错了，即使不从世界观角度分析，只讲方法论，也是错的。正确的选择，应该是坚持诚与真。重温鲁迅关于不文过饰非的论述，有助于我们增强选择诚与真的方法自觉。除了以上引用的大量论述外，先生论诚和真的重要性，最经典的莫过于他在《漫谈"漫画"》中提出的一个核心观点："因为真实，所以也有力。"这是讲真实和力量的因果关系，力量来自真实。怎么理解？

一是因为只有真实，才能取信于人，诚信是维系社会正常运转的前提和基础。这本是中国传统文化精华"固有之血脉"。《论语》从不同角度反复论"信"。《为政篇》曰："人而无信，不知其可也。"《卫灵公篇》

曰："言忠信，行笃敬，虽蛮貊之邦，行矣。言不忠信，行不笃敬，虽州 77
里，行乎哉?"这两段强调信的重要性——不讲信誉，就不配做人。如果
言语忠诚老实，行为忠厚严肃，即使到了别的部族国家，也行得通。如
果言语欺诈无信，行为刻薄轻浮，即使在本乡本土，能行得通吗?《学而
篇》曰："吾日三省吾身——为人谋而不忠乎? 与朋友交而不信乎? 传不
习乎?"此段讲交友要以信为准则。《颜渊篇》曰："主忠信，徙义，崇
德也。"《述而篇》曰："子以四教:文，行，忠，信。"这两段讲信与道
德的关系，以忠实诚信为主，唯义是从，才能提升道德水平，所以要把
诚信列为教育的四大内容之一。《子路篇》曰："上好信，则民莫敢不用
情。"此段讲怎么才能做到信——统治者诚恳信实，民众就敢讲真话。①

鲁迅以批判眼光和现代语言，对中国古代文化经典关于"信"的重
要性论述作了阐发，告诉我们诚和真是立人之本。一个社会如果充斥瞒
和骗，人与人之间"互相骗骗"，互相猜忌，不能建立起信任关系，运
转成本很高，乃至成为一盘散沙。在自给自足的小农经济条件下，有时
或许还能勉强维系运转;进入以契约关系为基础的大工业和市场经济时
代，不讲信用就越来越维系不下去了。任何国家，一旦跨进现代社会的
门槛，就必须把讲信用放在最突出的位置，严厉处罚一切失信行为，使
诚信成为道德和法律底线，否则交易链条断裂，市场就会崩溃。在这样
的社会里，一个企业或其他任何单位、任何人，如果在诚信方面出了问
题，就很难立足。那还有什么力量可言? 当下，诚信在我国已列入社会
主义核心价值观，但践行诚信尚须全社会所有人作出艰巨努力。一方
面，舆论要旗帜鲜明地与一切瞒和骗行为作斗争;另一方面，制度建设

① 杨伯峻译注:《论语译注》，中华书局 2006 年版，第 22、183、3—4、143、83、
151 页。文言文白话译文参考了该书。

78　和法制建设须跟上，用纪律和法律来保护讲真话者，惩罚弄虚作假
行为。

二是因为只有真实，才能感动人，而人一旦被感动，产生的力量是
巨大的。讲真话才能感动人，这是从感性角度强调真实的力量。虚假的
东西不能感动人，其真相被掩盖时的"动人"，只能是暂时的，一旦被
揭穿，人们即会对其产生强烈反感、厌恶和鄙视。如上所述，鲁迅之所
以高度评价《红楼梦》，主要和首要的是因为它的真实，因为真实，《红
楼梦》才能感动一代又一代中国人，并使人们从中汲取力量。而被它打
破的"传统的思想和写法"，就是先生批评的文过饰非，甚至瞒和骗。
其实，不仅是《红楼梦》，所有坚持写真的文学作品都是如此。

曾几何时，我们的文艺作品摒弃了《红楼梦》的写实风格，背离了
五四新文化传统，不仅倒退到"从前的小说叙好人完全是好，坏人完全
是坏的"写法，而且所谓的"好"也走极端。"文化大革命"催生的
"样板戏"，"好人"绝对好，"坏人"绝对坏，男女角色都不谈恋爱，都
没配偶，正面人物几乎都是不食人间烟火的"高大上"形象。在特定的
历史条件下，这些文艺作品也"感动"过一些人，但只是昙花一现，时
过境迁，烟消云散。文艺作品是现实社会的反映，我们的工作总是既有
成绩，也有问题，无非要追求成绩多一点、大一点，问题少一点、小一
点。夸大甚至编造成绩，淡化甚至掩盖问题，在舆论封闭的年代或许能
在一定程度上骗取人们信任，在互联网如此发达的今天，只会导致公信
力下降、人心涣散。既报喜，亦报忧，才是真实，才能使人产生共鸣和
感动，为实现一个共同的目标而齐心协力奋斗。

三是因为真实，才可能纠正错误，原因是真实创造了纠正错误的前
提条件，为纠正错误从源头上提供了力量。先生在《论睁了眼看》中，
指出了不敢正视问题的后果："于是无问题，无缺陷，无不平，也就无

解决，无改革，无反抗。"六个"无"，前三个是因，后三个是果，"无问题"自然"无解决"，"无缺陷"自然"无改革"，"无不平"自然"无反抗"。六个"无"阐述了"无问题导向"的思维方式，其实质是瞒和骗，后果是社会停滞不前甚至倒退。现在提出坚持诚与真，就是要直面问题，用"问题导向"的思维方式，这建立在对"无问题导向"批判的基础之上。"问题导向"，就是找准问题、正视问题、千方百计解决问题。"问题导向"不是一句空洞的口号，作为思维方式需要具体化。据我观察，现在提出"问题导向"者比比皆是，而真正做实者并不多。以先生关于不文过饰非的论述为指导，坚持诚与真，把"问题导向"的思维方式落到实处，大有文章可做。

充分肯定成绩是必须的，它能够提增自信心。肯定成绩须实事求是，不应夸大，更不可编造。从当下实际出发，面向社会的公众舆论，以正面宣传、讲成绩为主，自有它的必要性，但同时也该有相当量的批评缺点、针砭时弊的内容。这方面把握得当，只有好处，没有坏处，只会提高领导威信而不会损害其权威。内部会议、研讨培训等活动，除法定的代表大会等，一般则应充分体现问题导向，充分肯定成绩点到即可，不必把每次活动的大部分时间用于肯定成绩。大部分时间应用于针对客观存在的问题，深入分析其产生原因，研究解决问题的措施，开解决问题的会，开展解决问题的研讨培训。不然，怎么坚持诚与真，体现问题导向？如口头上讲问题导向，实际上并没有做到，改革怎么可能真正深化，问题怎么可能较好地得到解决呢？

（二）尊重历史真相，领悟"历史提示"

今读鲁迅关于不淡忘历史的论述，启示我们看重历史。1922 年，先生在给胡适的信（《书信（1904—1926）》）中说："大稿（按：指胡

80　　适所作论文《五十年来中国之文学》）已经读讫，警辟之至，大快人心！我很希望早日印成，因为这种历史的提示，胜过许多空理论。"历史的提示之所以胜过空理论，在于用历史事实说话，事实最有说服力。1925 年，先生在《答 KS 君》（《华盖集》）中，阐明了相同的道理："我们看历史，能够据过去以推知未来，看一个人的已往的经历，也有一样的效用。"1934 年，先生在《随便翻翻》（《且介亭杂文》）中说："无论是学文学的，学科学的，他应该先看一部关于历史的简明而可靠的书。"未来是过去的延伸，相对于未来，如果把现在也算作历史，可以说有什么样的历史就有什么样的未来。读史书，重要的是须选择"可靠的书"。中国社会科学院研究员雷颐说："历史是对过去的记忆。米兰·昆德拉强调，对过去记忆的丧失，将使'人变得比大气还轻，会高高地飞起，离别大地亦即离别真实的生活。他将变得似真非真，运动自由而毫无意义'。这便是'生命中不能承受之轻'的原因所在。摆脱历史记忆，生命将变得毫无意义。""'昨天'如果连飞鸿雪泥都不曾留下就白白逝去，终归令人遗憾，人们确应以自己的心血文字与遗忘抗争。"①雷颐本人就是一个"以自己的心血文字与遗忘抗争"的人，他强调："面向未来并不是要遗忘过去，'忘却'并非通向美好未来的'通行证'。因为有记忆，个人和集体才会对自己的过错、罪孽忏悔，才可能不重蹈覆辙，而且受害者才有可能原谅、宽恕迫害者。而健忘的个人或集体，总会不断地重复错误、罪孽，难以自拔。'忘却'有可能获得一时的麻痹，但总有一天会因此付出代价的。的确，只有记住过去，心灵才能不在'黑暗中行走'。"②

---

① 雷颐著：《精神的年轮》，复旦大学出版社 2011 年版，自序第 3、4 页。
② 雷颐著：《中国的现实与超现实》，语文出版社 2015 年版，第 112 页。

看重历史，首先要尊重历史真相。可是自古至今，却存在着很多历史真相被掩盖、被扭曲的现象。先生以清代编纂《四库全书》为例揭示这个问题。1925 年，他在《这个与那个》中指出："现在中西的学者们，几乎一听到'钦定四库全书'这名目就魂不附体，膝弯总要软下来似的。其实呢，书的原式是改变了，错字是加添了，甚至于连文章都删改了。"1934 年，先生在《买〈小学大全〉记》（《且介亭杂文》）中指出："钦定四库全书，于汉人的著作，无不加以取舍，所取的书，凡有涉及金元之处者，又大抵加以修改，作为定本。"1934 年，先生在《病后杂谈之余》（《且介亭杂文》）中指出："现在不说别的，单看雍正乾隆两朝的对于中国人著作的手段，就足够令人惊心动魄。全毁，抽毁，剜去之类也且不说，最阴险的是删改了古书的内容。乾隆朝的纂修《四库全书》，是许多人颂为一代之盛业的，但他们却不但捣乱了古书的格式，还修改了古人的文章；不但藏之内廷，还颁之文风较盛之处，使天下士子阅读，永不会觉得我们中国的作者里面，也曾经有过很有些骨气的人。"类似评论在先生作品中还有不少。

面对史书中历史真相被掩盖、被扭曲的现象怎么办？先生当时的做法是同时读一点野史、杂说，以尽可能看出历史真相。对古代史，了解真相的最可靠方法是考古和文献研究。对于近现代史，了解真相的最可靠方法是查阅历史档案。近百年来，考古发现和文献发掘不断取得重大成果，历史档案逐渐开放，为我们了解历史真相提供了前所未有的有利条件。但这要靠历史学者的研究，并把研究成果转化为一般读者容易理解的历史知识读物。改革开放以来，一批秉直书写的历史学者，更正了不少被过去的史书掩盖、扭曲乃至篡改的史实。令人遗憾的是，他们的学术成果并没有得到应有重视。2015 年，复旦大学教授葛剑雄在其《历史学是什么》出版时说："20 多年来，我承担了不少科研项目，发表了多种学术专著和论文，也培养了一批历史学博士、硕士。但在这些成果面前，我也经常感到遗憾，这些成果的利用率实在太低！即使在学术界也远远没有普及。与此同时，在商品大潮的冲击下，在多方面的激烈竞争下，传统的历史学面临的危机也越来越明显：一方面是优秀的成果'养在深闺人未识'；另一方面却是历史被金钱或权力廉价收买，或无偿占用。历史学家抱怨到处泛滥的'戏说'和'历史小说'淹没了真正的历史，而爱好历史的人却找不到多少可读的书，初学者不得不面对着过时的教条、刻板的文字和枯燥的数字。"①我作为读者，深感应该增强吸收历史学研究优秀成果的意识，选读一些这方面的专著，以帮助自己了解历史真相。

鲁迅对如何做到不淡忘历史，提出了读一个民族"开国时的文字"的建议。除了 1925 年，先生呼吁好好做一部民国的建国史给少年看之外，1929 年，他在《"皇汉医学"》（《三闲集》）中又提出："冈氏（按：日本作家冈千仞）距明治维新后不久，还有改革的英气，所以他的日记里常有好意的苦言。革命底批评家或云与其看世纪末的烦琐隐晦没奈何之言，不如上观任何民族开国时文字，证以此事，是颇有一理的。"

从倡导读中华民国的建国史，到"上观任何民族开国时的文字"，是很有见地、有价值的。这样的文字最能体现改革者、革命者的初心，只有了解初心，才谈得上不忘初心。我觉得，除了读"任何民族开国时的文字"外，读一些重要历史节点的文字也很有必要，譬如读邓小平著作，改革开放初 1980 年的《党和国家领导制度的改革》和改革开放取得突破的 1992 年的《在武昌、深圳、珠海、上海等地的谈话要点》，就

---

① 葛剑雄著：《读万卷书：葛剑雄自选集》，鹭江出版社 2018 年版，第 50 页。

特别重要。与了解历史真相密切相关的，是不要淡忘为多数人的幸福和历史进步而牺牲的先烈，弘扬他们不朽的献身精神。鲁迅批评人们淡忘了秋瑾、黄花岗七十二烈士，批评"许多烈士的血都被人们踏灭了"。淡忘先烈不仅疏离人类的至高美德，而且不懂起码的感恩，不该。

先生提出不淡忘历史，还有一个重点是提醒人们不要忘记历史的黑暗和错误，要从中吸取教训。在他看来，历史的错误很容易卷土重来，1927 年，他在《老调子已经唱完》（《集外集拾遗》）中，批判忘却历史的害处："中国人没记性，因为没记性，所以昨天听过的话，今天忘记了，明天再听到，还是觉得很新鲜。做事也是如此，昨天做坏的事，今天忘记了，明天做起来，也还是'仍旧贯'（按：语出《论语》，意为照着老样子下去）的老调子。"这里有两个侧面，一是听话，从正面谈——昨天听的是正确的话，忘却，听过算数，就没有积累，没有进步；二是做事，从反面谈——忘却"昨天做坏的事"，重蹈覆辙，历史代价白付了。对待历史，既要看到其辉煌的一面，也要看到其丑陋的一面。对现代史、当代史，包括中共党史和新中国史，既要看到成绩伟大的一面，也要看到问题的一面。历史的经验务必记取并运用于今天的工作之中，同样，历史的教训也务必记取并防止再犯。我很赞成做一些专题性的历史研究，并联系当下实际，提出以史为鉴的建议。

第四章 | Chapter 4
"论先后，知为先；论轻重，行为重"

　　古往今来，关于知行关系的学说主要有三种，即上古时期我国最早的历史文献汇编《尚书》中提出的"知易行难说"、孙中山提出的"知难行易说"和明代思想家王阳明提出的"知行合一说"。鲁迅谈知行关系，没有简单地对这三种学说作评论。对于知，他批判那种急躁、浮躁、不求甚解的态度，强调要有理性，首先把事物的概念搞清楚——定义其基本内涵。在剔除糟粕的前提下，传承民族文化中的方法论智慧。同时，借鉴近现代西方文化中的科学思维方式，以弥补民族文化之不足。对于行，他批判那种脱离现实的倾向，提出在时间的过去、现在和未来三个维度中，要把握现在；在空间的地下、地上和天上三个维度中，要立足地上。他的时空观统一于存在，认为人的希望于存在之中。今读先生的知行观，对改善我们的思维方式和行为方式极具启发。

一、"'懂'是最要紧的"，"倘不看清，就无从改革"

鲁迅生活的年代，中国社会正经历着剧烈变革，处于艰难转型期，在宽泛的意义上可以说，这已是中国的改革时代，先生作品中"改革"一词屡见不鲜。怎么进行改革？先生认为，首先要把与改革相关的基本问题搞清楚、弄懂。1930 年，他在《习惯与改革》（《二心集》）中指出："倘不看清，就无从改革。仅大叫未来的光明，其实是欺骗怠慢的自己和怠慢的听众的。"想改革者没有看清内外实际状况及其发展趋势，就草率地去搞所谓的"改革"，以为一改便能迎来光明的未来，那只是自欺欺人，绝非真正的改革。而受骗者，都与"怠慢"，即缺乏应有的敏锐性有关。1934 年，先生在《连环图画琐谈》（《且介亭杂文》）中指出："艾思奇（按：马克思主义哲学家）先生说：'若能够触到大众真正的切身问题，那恐怕愈是新的，才愈能流行。'这话也并不错。不过要商量的是怎样才能够触到，触到之法，'懂'是最要紧的。""新的"思潮要流行，必须"能够触到大众真正的切身问题"，"触到"要有方法，方法在于使大众"懂"，这与"倘不看清，就无从改革"是类似意思。请注意，先生在这里用了"最要紧"三个字。

（一）"新潮之进中国，往往只有几个名词"

"懂"的评判标准是什么？首先是弄通相关的基本概念。随着中国国门被迫打开，外国新名词接踵而至。怎么对待这些时髦的新概念？1934 年，杭州师范学校教员尤墨君在《新语林》杂志上发表文章，主张"使中学生练习大众语"，而不赞成他们在作文中用"许多时髦字眼"，因为往往会误用，待他们将来能够辨别时再说，理由是与其"食新不化，何如禁用于先"。鲁迅在《奇怪（二）》（《花边文学》）中则认为："我想，为大众而练习大众语，倒是不该禁用那些'时髦字眼'的，最要紧的是教给他定义。""时髦字眼"体现新思潮，应倡导，不该禁用，但要把这些字眼的正确定义教给学生，使他们领会其内涵，而不是停留于时髦的名称。请注意，先生在这里又用了"最要紧"三个字。

对于只是赶时髦的现象，先生早就作过批判，1922 年，他在《对于批评家的希望》（《热风》）中，指出一些文艺批评家在新知识面前缺乏常识：

> 我不敢望他们于解剖裁判别人的作品之前，先将自己的精神来解剖裁判一回，看本身有无浅薄卑劣荒谬之处，因为这事情是颇不容易的。我所希望的不过愿其有一点常识，例如知道裸体画和春画的区别，接吻和性交的区别，尸体解剖和戮尸的区别，出洋留学与"放诸四夷"的区别，笋和竹的区别，猫和老虎的区别，老虎和番菜馆的区别……。

"有一点常识"，就是把基本概念搞清楚，而不至于把一些实质不同的概念混淆起来。这对于从未接触过新事物的人而言，虽然也不易做到，但毕竟不像"将自己的精神来解剖裁判一回"那么难。对打算作出宏观评论的文艺批评家，先生提出建议：

> 更进一步，则批评以英美的老先生学说为主，自然是悉听尊便的，但尤希望知道世界上不止英美两国；看不起托尔斯泰，自然也自由的，

但尤希望先调查一点他的行实，真看过几本他所做的书。

宏观评论超出了常识范畴，就必须具备开阔的眼界和专业知识。在发表评论前须做必要的功课，包括调查了解作者的"行实"——实际情况，认真阅读分析他的代表作，否则就不可能作出中肯的文艺批评。

回到常识，十多年后的 1934 年盛夏，先生写了《水性》（《花边文学》）一文，谈及当时上海发生有些人下河游泳被淹死的情况，并有感而发："天气接连的大热了近二十天，看上海报，几乎每天都有下河洗浴，淹死了人的记载。这在水村里，是很少见的。""水村多水，对于水的知识多，能浮水的也多。倘若不会浮水，是轻易不下水去的。这一种能浮水的本领，俗语谓之'识水性'。"接着，先生从现象谈到本质："我想，要下河，最好是预先学一点浮水工夫，不必到什么公园的游泳场，只要在河滩边就行，但必须有内行人指导"，"最要紧的是要知道水有能淹死不会游泳的人的性质，并且还要牢牢的记住！"先生最后感慨地说："现在还要主张宣传这样的常识，看起来好像发疯，或是志在'花边'（按：先生的杂文在报上刊出时，编辑往往饰以一圈花边作突出处理，被一些人讽为"花边文学"）罢，但事实却证明着断断不如此。"水能淹死不会游泳的人，看似再明白不过的常识，但许多人就是不注意，先生再次用"最要紧"的强调语气告诫人们要牢牢记住"常识"，个中苦心可见一斑。

先生 1928 年写的《扁》（《三闲集》），是一篇集中批评文艺界不注意把"名词的函义"搞清楚的短文，文章一开始就指出："中国文艺界上可怕的现象，是在尽先输入名词，而并不绍介这名词的函义。""输入名词"而"并不绍介这名词的函义"，只是为了赶时髦，由此造成令人啼笑皆非的现象："于是各各以意为之。看见作品上多讲自己，便称之为表现主义；多讲别人，是写实主义；见女郎小腿肚作诗，是浪漫主义；

见女郎小腿肚不准作诗,是古典主义;天上掉下一颗头,头上站着一头牛,爱呀,海中央的青霹雳呀……是未来主义……等等。"不仅"各各以意为之","还要由此生出议论来。这个主义好,那个主义坏……等等"。

接着,先生引用了清代崔述撰《考信录提要》中记载的一个笑话:"乡间一向有一个笑谈:两位近视眼要比眼力,无可质证,便约定到关帝庙去看这一天新挂的扁额。他们都先从漆匠探得字句。但因为探来的详略不同,只知道大字的那一个便不服,争执起来了,说看见小字的人是说谎的。又无可质证,只好一同探问一个过路的人。那人望了一望,回答道:'什么也没有。扁还没有挂哩。'"先生借此类比道:"我想,在文艺批评上要比眼力,也总得先有那块扁额挂起来才行。空空洞洞的争,实在只有两面自己心里明白。""那块扁额"便是比喻文章开头所说"这名词的函义",连"这名词的函义"都没搞清楚,争论的基础是什么? 争论的意义又何在?

1929 年,先生在《〈奔流〉编校后记》(《集外集》)中指出:"我们能听到某人在提倡某主义——如成仿吾之大谈表现主义,高长虹(按:文学团体莽原社主要成员之一)之以未来派自居之类——而从未见某主义的一篇作品,大吹大擂地挂起招牌来,孪生了开张和倒闭,所以欧洲的文艺史潮,在中国毫未开演,而又像已经一一演过了。""孪生了开张和倒闭",多么辛辣的嘲讽!但又何尝不是对外国新思潮在中国的不幸命运的客观描述。

同年,先生在《〈现代新兴文学的诸问题〉小引》(《译文序跋集》)中,再次批评了类似现象。《现代新兴文学的诸问题》,是先生翻译的日本文艺批评家片上伸的论文,先生在该文中译本出版时写了小引,对为何译它作了说明:

> 新潮之进中国,往往只有几个名词,主张者以为可以咒死敌人,敌

对者也以为将被咒死，喧嚷一年半载，终于火灭烟消。如什么罗曼主
义，自然主义，表现主义，未来主义……仿佛都已过去了，其实又何尝
出现。现在借这一篇，看看理论和事实，知道势所必至，平平常常，空
嚷力禁，两皆无用，必先使外国的新兴文学在中国脱离"符咒"气味，
而跟着的中国文学才有新兴的希望——如此而已。

对于进入中国的外国新思潮，不下功夫理解其内涵，而是利用它作
为"符咒"，贴上各种各样的新标签来攻击论敌，热闹一阵便销声匿迹。
"仿佛都已过去了，其实又何尝出现"，类似上述"毫未开演，而又像已
经一一演过了"。先生借助片氏的论文说明，无论从理论还是从实践角
度看，新思潮的产生和传播，都是大势所趋，并将成为常态。无论空喊
提倡，还是竭力抵制，都是徒劳。正确的态度和做法，是老老实实地学
习研究它，先把它的基本内涵搞清楚，然后再考虑怎么联系中国实际借
鉴运用，中国新文化的发展才有希望。

1933 年，先生在《为翻译辩护》(《准风月谈》) 中批评道：

中国的流行，实在也过去得太快，一种学问或文艺介绍进中国来，
多则一年，少则半年，大抵就烟消火灭。靠翻译为生的翻译家，如果精
心作意，推敲起来，则到他脱稿时，社会上早已无人过问。中国大嚷过
托尔斯泰，屠格纳夫（按：通译屠格涅夫，俄国作家），后来又大嚷过
辛克莱（按：美国作家），但他们的选集却一部也没有。

新的"学问或文艺"在中国流行过快，并非有的文人能力强、效率
高，而是有人以轻浮的态度对待外国新思潮，连有关作家的选集还一部
未在中国问世，没懂得一种新思潮是何含义，就急不可待地介绍它。在
这种浮夸氛围中，当负责一点的翻译家过些时日把相关作品译出来时，
反而无人问津了。

同年，先生在《上海所感》(《集外集拾遗》) 中也批评说："中国

是变化繁多的地方，但令人并不觉得怎样变化。变化太多，反而很快的忘却了。倘要记得这么多的变化，实在也非有超人的记忆力就办不到。"'变化繁多'"太多"，并非改革推进得快，而只是图新鲜，做表面文章，并未真的带来新气象。同年，先生在给姚克的信（《书信（1934—1935）》）中尖锐地指出："中国人总只喜欢一个'名'，只要有新鲜的名目，便取来玩一通，不久连这名目也糟蹋了，便放开，另外又取一个。真如黑色的染缸一样，放下去，没有不乌黑的。譬如'伟人''教授''学者''名人''作家'这些称呼，当初何尝不冠冕，现在却听去好像讽刺了，一切无不如此。"不是把"名"视作学问，对每一个"新鲜的名目"都好好学习、好好研究、好好借鉴，而是用它来沽名钓誉，"玩一通"而已。更可怕的是，把外国的好东西放到中国的"黑染缸"里，糟蹋了。

(二)"竭力启发明白的理性"

针对"新潮之进中国，往往只有几个名词"等现象，鲁迅提出了启发理性和传播科学的主张。1925 年，先生在《杂忆》（《坟》）中指出，面对强敌，除了激发国民的"敌忾心"外，还有什么"良法"呢？他认为：

更进一步而希望于点火的青年的，是对于群众，在引起他们的公愤之余，还须设法注入深沉的勇气，当鼓舞他们的感情的时候，还须竭力启发明白的理性；而且还得偏重于勇气和理性，从此继续地训练许多年。

"公愤"是需要的，但远远不够，还得有"勇气和理性"，不是一般的"勇气"，而是"深沉的勇气"；不是一般的"理性"，而是"明白的理性"。"勇气"和"理性"相辅相成，"深沉的勇气"来自"明白的理

性"。先生指出："这声音，自然断乎不及大叫宣战杀贼的大而闳，但我 91
以为却是更紧要而更艰难伟大的工作。""大叫宣战杀贼"并不能战胜敌
人，胜利只能来自"勇气和理性"的长期训练。理性需要训练养成，这
是一个很重要的观点。德国哲学家康德指出："一个被创造物的身上的
理性，乃是一种要把它的全部力量的使用规律和目标都远远突出到自然
的本能之外的能力"，这种能力的获得"需要有探讨、有训练、有教导，
才能够逐步地从一个认识阶段前进到另一个阶段"。①

1934 年，先生在给杨霁云的信（《书信（1934—1935）》）中，分
析当时中国的情形说："中国的事，大抵是由于外铄的，所以世界无大
变动，中国也不见得单独全局变动，待到能变动时，帝国主义必已凋
落，不复有收买的主人了。然而若干叭儿，忽然转向，又挂新招牌以自
利，一面遮掩实情，以欺骗世界的事，却未必会没有。""外铄"意为外
力的推动，近代中国缺乏改革的内部力量，而是在列强入侵后才被惊
醒，沦落为半殖民地半封建社会。在这样的社会里，滋生了一批认敌为
主、依附于入侵者的"叭儿"那样的人物。"叭儿"是主奴文化的产物，
无特操。文化比制度更难改变，一旦中国独立自主，"叭儿"会以另一
种方式谋取私利，而不改怯弱、瞒和骗的本性。怎么对待这种人？先生
认为："这除却与之战斗以外，更无别法。这样的战斗，是要继续得很
久的。所以当今急务之一，是在养成勇敢而明白的斗士，我向来即常常
注意于这一点，虽然人微言轻，终无效果。"与"叭儿"作斗争，需要
"勇敢而明白的斗士"——请注意，不仅要勇敢，而且要明白，这样的斗
士不是自然而然产生的，要靠"养成"——靠"训练许多年"来养成。

---

① ［德］康德著，何兆武译：《历史理性批判文集》，商务印书馆 1990 年版，
第 4 页。

　　怎么才能养成明白？早在 1918 年，先生就在振聋发聩的第一部白话小说《狂人日记》（《呐喊》）中指出："凡事须得研究，才会明白。""凡事总须研究，才会明白。"怎么研究"才会明白"？先生给出的答案是，用科学。科学是五四新文化运动的主题之一，陈独秀在《新青年》第一卷第一号上发表了著名的《敬告青年》，告青年的最后一点是"科学的而非想象的"，他指出："科学者何？吾人对于事物之概念，综合客观之现象，诉之主观之理性，而不矛盾之谓也。想象者何？既超脱客观之现象，复抛弃主观之理性，凭空构造，有假定而无实证，不可以人间已有之智灵，明其理由，道其法则者也。""国人而欲脱蒙昧时代，羞为浅化之民也，则急起直追，当以科学与人权并重。"①1918 年，鲁迅在《随感录三十三》（《热风》）中，针对一些人"讲鬼话"，专门论述了科学的重要作用："现在有一班好讲鬼话的人，最恨科学，因为科学能教道理明白，能教人思路清楚，不许鬼混，所以自然而然的成了讲鬼话的人的对头。于是讲鬼话的人，便须想一个方法排除他。""道理明白"表现为"思路清楚"，使讲鬼话的人混不下去。

　　同年，先生在《随感录三十八》（《热风》）中，把传统文化弊端比喻为"血管里的昏乱分子"，可用科学来医治："我们几百代的祖先里面，昏乱的人，定然不少：有讲道学的儒生，也有讲阴阳五行的道士，有静坐炼丹的仙人，也有打脸打把子（按：打脸，传统戏曲演员按照"脸谱"勾画花脸；打把子，传统戏曲中的武打）的戏子。所以我们现在虽想好好做'人'，难保血管里的昏乱分子不来作怪"，"但我总希望这昏乱思想遗传的祸害，不至于有梅毒那样猛烈，竟至百无一免。即使

————————

①　陈独秀著：《独秀文存·论文》（上），首都经济贸易大学出版社 2018 年版，第 6 页。

同梅毒一样，现在发明了六百零六（按：抗梅毒药名），肉体上的病，既可医治；我希望也有一种七百零七的药，可以医治思想上的病。这药原来也已发明，就是'科学'一味"。五四运动前夕，先生上述两篇随感录都在《新青年》上发表，呼应新文化运动关于科学的主题，民主的主题则更多地通过《狂人日记》那样批判"吃人"的主奴文化的小说来体现。

对于科学，先生特别看重科学的思维方式。早在 1907 年，他就在《科学史教篇》（《坟》）中，介绍了归纳法和演绎法。关于归纳法，先生介绍说："培庚（F. Bacon 1561—1626）（按：即培根）著书，序古来科学之进步，与何以达其主的之法曰《格致新机》。虽后之结果，不如著者所希，而平议其业，决不可云不伟。惟中所张主，为循序内籀之术，而不更云征验：后以是多讶之。"培根写了《新工具》一书，论述自古以来科学的进步，以及怎样才能实现科学主要目标的种种方法。虽然后来的结果不如作者预期，但公正地评论，其贡献不能说不伟大。只是他在书中所主张的全是顺序归纳方法，而不注意实验，后人颇为惊讶。对此，先生说明道："顾培庚之时，学风至异，得一二琐末之事实，辄视为大法之前因，培庚思矫其俗，势自不得不斥前古悬拟夸大之风，而一偏于内籀，则其不崇外籀之事，固非得已矣。"当时，学风不正，有的人往往没有了解事物的全貌，而只是了解了一两件琐屑微末的事实，就认为这是创建重大法则的前因。培根为了矫正这种做法，不得不贬斥前人那种假设夸大之风，而偏于归纳推理，但他并非否定演绎推理。

关于演绎法，先生介绍说："后斯人几三十年，有特嘉尔（R. Descartes 1596—1650）（按：即笛卡尔）生于法，以数学名，近世哲学之基，亦赖以立。""其哲理，盖全本外籀而成，扩而用之，即以驳科学，所谓由因入果，非自果导因，为其著《哲学要义》中所自述，亦特嘉尔方术之本根，思理之枢机也。"培根以后约三十年，笛卡尔在法国诞生了。他以擅长数学闻名，近代哲学的基础也是他创立的。他的哲理，全都是根据演绎推理形成的，扩大而用之，便用来统帅科学研究，所谓从因到果，而不是从果导因，这便是他在《哲学要义》中所述。这是笛卡尔方法论之根本，也是他的思想理论之枢纽和关键。"至其方术，则论者亦谓之不完，奉而不贰，弊亦弗异于偏倚培庚之内籀，惟于过重经验者，可为救正之用而已。"对于笛卡尔的研究方法，批评家们也认为不完整，如果对它信奉不疑，那弊病亦无异于偏信培根的归纳推理，只是对过于偏重经验的人来说，可以作为纠正的方法罢了。

那么，究竟该怎么对待培根的归纳推理和笛卡尔的演绎推理呢？先生指出："若其执中，则偏于培庚之内籀者固非，而笃于特嘉尔之外籀者，亦不云是。二术俱用，真理始昭，而科学之有今日，亦实以有会二术而为之者故。"若能正确对待这两种方法，则只偏重培根的归纳推理的人固然不对，而只笃信笛卡尔的演绎推理的人也不能说完全正确。两种方法都用，真理才能显现，而科学之所以能有今日，也是因为有人融合这两种方法而用之的缘故。先生举例说明：意大利物理学家、天文学家伽利略，英国医学家、现代生理学奠基人哈维，英国物理学家、化学家波义耳，英国数学家、物理学家牛顿，"皆偏内籀不如培庚，守外籀不如特嘉尔，卓然独立，居中道而经营者也"。在偏重归纳法方面，他们都不像培根那样极端，在坚持演绎法方面又不像笛卡尔那样偏执，各自采取适中的方法开展研究，才取得了卓越成就。确实如此，归纳法和演绎法都是科学的思维方式，但在运用时都不该走极端，惟有兼收并蓄，才称得上科学方法。

二十世纪八十年代初，哲学家冯契在《逻辑思维的辩证法》一书

中，对归纳法和演绎法作了如下阐述："归纳和演绎的问题在哲学和科
学发展史上早已提出来了。古代已经提出了归纳法与演绎法，到了欧洲
的近代，实验科学兴起以后，归纳法和演绎法都有了新的发展。"在分
析了培根对发展归纳法和笛卡尔对发展演绎法的贡献后，他指出："培
根和笛卡尔他们各有所侧重，培根不了解数学方法在科学研究中对推理
的重要性，而笛卡尔则忽视了从实验进行归纳的重要性，所以，两者都
不免有片面的地方。事实上，在科学研究中间，归纳和演绎必然是互相
联系着的。"① 他的基本观点，和上述鲁迅在《科学史教篇》中的观点
一致。

二、"希望是附丽于存在的"，"执着现在，执着地上"

1925 年，鲁迅在《杂感》（《华盖集》）中，以散文诗的形式，抒
写了他的时空观："仰慕往古的，回往古去罢！想出世的，快出世罢！
想上天的，快上天罢！灵魂要离开肉体的，赶快离开罢！现在的地上，
应该是执着现在，执着地上的人们居住的。"既然你仰慕古代，为什么
不回到古代去呢？既然你想出世，为什么不出世呢？既然你想上天，为
什么不上天呢？既然你的灵魂可以离开肉体，为什么不离开呢？四个反
诘之后，先生明确提出了"执着现在，执着地上"的主张，时间上"执
着现在"，空间上"执着地上"。

---

① 冯契著：《逻辑思维的辩证法》，华东师范大学出版社 1996 年版，第 428、
430 页。

　　　（一）"失掉了现在，也就没有了未来"

　　先生在多篇作品中分析了过去、现在和将来的关系，在有的作品中分析了地下、地上和天上的关系。1918 年，他写了一首题为《人与时》（《集外集》）的新诗，在《新青年》上发表：

　　一人说，将来胜过现在。

　　一人说，现在远不及从前。

　　一人说，什么？

　　时道，你们都侮辱我的现在。

　　从前好的，自己回去。

　　将来好的，跟我前去。

　　这说什么的，

　　我不知你说什么。

　　这首诗谈了三种人的"时道"（对时间的看法），一种简单地认为"将来胜过现在"，那是浪漫主义者，沉溺于脱离实际的幻想中；一种简单地认为"现在远不及从前"，那是复古主义者，以昔日的辉煌来安慰自己；一种不知"时道"为何物，也不想搞懂，懵懵懂懂过日子。这三种"时道"都忽视了"我"最看重的现在——"都侮辱我的现在"。那么，说"从前好的"人，你自己回到从前去吧，"我"可不与你同行，因为"我"知道复古是行不通的；说"将来好的"人，"我"劝你还是跟着我从现在的努力做起，向前走吧；至于不知道"时道"是"什么"的人，"我"不知道你究竟怎么想的，也就谈不出什么意见给你了。

　　1919 年，先生在《随感录五十七》（《热风》）中，批评了那些忽视"地上"和"现在"的人："做了人类想成仙；生在地上要上天；明明是现代人，吸着现在的空气，却偏要勒派朽腐的名教，僵死的语言，侮蔑尽现在，这都是'现在的屠杀者'。杀了'现在'，也便杀了'将来'。——将来是子孙的时代。"幻想成仙上天的人和梦想复古的人，都对"地上"和"现在"不屑一顾，岂不知人怎能离开地上而生存，岂不知没有现在哪来自己的将来和子孙的明天。1928 年，先生在《文艺与革命》（《三闲集》）中指出："身在现世，怎么离去？这是和说自己用手提着耳朵，就可以离开地球者一样地欺人。"1926 年，先生在《厦门通信（二）》（《华盖集续编》）中评论地狱和天堂："我本来不大喜欢下地狱，因为不但是满眼只有刀山剑树，看得太单调，苦痛怕也很难当。现在可又有些怕上天堂了。四时皆春，一年到头请你看桃花，你想够多乏味？"想象中的"地狱"不仅"太单调"，而且"苦痛难当"；想象中的"天堂"缺了变化的丰富，"多乏味"。地上虽有诸多苦痛，但毕竟是丰富的经历，苦中有乐。

面对当时中国社会的黑暗实际，先生强调作家的创作要立足于"现在抗争"，1935 年，他在《且介亭杂文·序言》中分析道：

现在是多么切迫的时候，作者的任务，是在对于有害的事物，立刻给以反响或抗争，是感应的神经，是攻守的手足。潜心于他的鸿篇巨制，为未来的文化设想，固然是很好的，但为现在抗争，却也正是为现在和未来的战斗的作者，因为失掉了现在，也就没有了未来。

现代中国文学的发展，固然需要有作家潜下心来做学问，乃至制作"鸿篇巨制"；但更需要有作家直面现实、反抗黑暗——"失掉了现在，也就没有了未来"，这是先生论现在和未来关系的精辟概括。1927 年，先生在《魏晋风度及文章与药与酒之关系》（《而已集》）中指出，一个作家要完全"超出于世"是不可能的："据我的意思，即使是从前的人，那诗文完全超于政治的所谓'田园诗人'，'山林诗人'，是没有的。完全超出于人间世的，也是没有的。既然是超出于世，则当然连诗文也没有。诗文也是人事，既有诗，就可以知道于世事未能忘情。"诗人对

98 "田园"和"山林"风光的赞美，往往隐喻对现实的不满，既是心灵的自我调节和对美好生活的向往，又给身处战乱和腐朽社会的人们以安慰。

　　生活在现实的中国，有些人却偏要回避。1925年3月18日，先生在给许广平的信（《两地书》）中指出："我看一切理想家，不是怀念'过去'，就是希望'将来'，而对于'现在'这一个题目，都缴了白卷，因为谁也开不出药方。所有最好的药方，即所谓'希望将来'的就是。"对"现在"这个题目"缴了白卷"，是因为"理想家"对如何医治当下的社会顽疾束手无策，只能空谈"希望将来"。对此，先生评论道："'将来'这回事，虽然不能知道情形怎样，但有是一定会有的，就是一定会到来的，所虑者到了那时，就成了那时的'现在'。然而人们也不必这样悲观，只要'那时的现在'比'现在的现在'好一点，就很好了，这就是进步。"先生对于将来并不悲观，但也没有空洞地高谈弘论、盲目乐观；他认为社会进步是大势所趋、人心所向，但中国社会太复杂，前进的道路崎岖不平，将来比现在"好一点，就很好了"。"好一点"看似要求不高，其实不然，这是渐进式发展的特点。怕的是倒退，尤其是"进一步退两步"。

　　同年3月23日，先生在给许广平的信（《两地书》）中说："'一步步的现在过去'，自然可以比较的不为环境所苦，但'现在的我'中，既然'含有原先的我'，而这'我'又有不满于时代环境之心，则苦痛也依然相续。""一步步的现在过去"是许广平在信中，对先生关于"现在"的论述之回应，意为对客观环境的改变不要抱过高期望，这样，心态或许会好一点。这本也是先生给许广平的劝慰，但先生的思考是多侧面的，他又从主观角度分析，认为追求进步的人们，已经觉醒，不再麻木，难免会有"不满于时代环境之心"，由于"不满"，就会"苦痛"。

悲观中有乐观，乐观中又有悲观，但总体上乐观大于悲观，即"有不平而不悲观"。

当一个人处于突进式革命的现实环境时，心境就不同了。1926年，先生在《〈十二个〉后记》（《集外集拾遗》）中，对人在投身革命时生命的"向前和反顾"现象作了分析。《十二个》是苏联作家勃洛克创作的长诗，被先生称为"俄国十月革命'时代的最重要的作品'"。十月革命"是一个大风暴，怒吼着，震荡着，枯朽的都拉杂崩坏，连乐师画家都茫然失措，诗人也沉默了。"诗人"因为禁不起这连底的大变动，或者脱出国界，便死亡"，"或者在德法做侨民"，"或者虽然并未脱走，却比较的失了生动"，"但也有还是生动的"，勃洛克就是其中之一，"他向着革命这边突进了"。"然而他究竟不是新兴的革命诗人，于是虽然突进，却终于受伤。"为什么会受伤呢？先生分析道："人多是'生命之川'之中的一滴，承着过去，向着未来，倘不是真的特出到异乎寻常的，便都不免并含着向前和反顾。诗《十二个》里就可以看见这样的心：他向前，所以向革命突进了，然而反顾，于是受伤。"一般人都会在某种情况下出现"向前和反顾"，这是因为人都是历史的人，在"向着未来"前行时，背着沉重的历史包袱——"承着过去"。受伤后的勃洛克"看见了戴着白玫瑰花圈的耶稣基督"——心向神了。

"执着现在，执着地上"，说到底就是要面对现实、脚踏实地。1932年，先生在《今春的两种感想》（《集外集拾遗》）中谈了人的眼光大小问题："我们的眼光不可不放大，但不可放的太大。"人无远虑，必有近忧，远和近是相对的。

我们常将眼光收得极近，只在自身，或者放得极远，到北极，或到天外，而这两者之间的一圈可是绝不注意的，譬如食物吧，近来馆子里是比较干净了，这是受了外国影响之故，以前不是这样。例如某家烧卖好，包子好，好的确是好，非常好吃，但盘子是极污秽的，去吃的人看不得盘子，只要专注在吃的包子烧卖就是，倘使你要注意到食物之外的一圈，那就非常为难了。

眼光"收得极近"和"放得极远"是两个极端，共同特点是回避现实，为什么会出现这种现象呢？先生分析道："在中国做人，真非这样不成，不然就活不下去。例如倘使你讲个人主义，或者远而至于宇宙哲学，灵魂灭否，那是不要紧的。但一讲社会问题，可就要出毛病了。北平或者还好，如在上海则一讲社会问题，那就非出毛病不可，这是有验的灵药，常常有无数青年被捉去而无下落了。"先生所说的面对当时的"现实"，当然不是歌功颂德，而是抨击时弊，揭露社会存在的问题。先生有针对性地提出建议："我希望一般人不要只注意在近身的问题，或地球以外的问题，社会上实际问题是也要注意些才好。"可以说，先生是他那个时代"问题导向"的倡导者和践行者。

（二）"我只得走"，"还是走好"

1921年，鲁迅在小说《故乡》（《呐喊》）的结尾，留下了一段意味深长的优美文字：

我在朦胧中，眼前展开一片海边碧绿的沙地来，上面深蓝的天空中挂着一轮金黄的圆月。我想：希望是本无所谓有，无所谓无的。这正如地上的路；其实地上本没有路，走的人多了，也便成了路。

朦胧中看见"海边碧绿的沙地"和"空中金黄的圆月"，字面看只是游子对故乡的情思，却为引出后面寓意深广的格言"地上本没有路，走的人多了，也便成了路"，作了很好的铺垫。在那个军阀混战、风雨如磐的社会，中国的希望何在？在越来越多的人在启蒙的基础上行动起来（先生用"走路"作比喻），探索着前进。1926年，先生在《记谈话》（《华盖集续编》）中指出："希望是附丽于存在的，有存在，便有希望，有希望，便是光明。"何谓"存在"？"行走"便是有活力的健康的存在状态，人应该成为"行走者"，在过去、现在和将来的时间三维里，正在行走的人总是处于现在，中国人行走在中国大地上，所以先生提出"执着现在，执着地上"。

先生的散文诗剧《过客》（《野草》），塑造了一个"反抗绝望"的行走者形象。《过客》一开始，以极简的笔法介绍了故事发生的时间、地点、人物和背景。三个人物，七十来岁的老翁，十岁左右的女孩，三四十岁的过客。主角是过客——一个行走者。他"困顿倔强"，劳累困乏到无以复加，却依然坚毅不屈，支着竹杖顽强前行；他"眼光阴沉"，虽为前途担忧却依然冷静沉着。场景的核心是"一条似路非路的痕迹"，东西走向，不少人走过，但尚未开辟成路，寓意路是人走出来的。诗剧的核心内容是过客与老翁和女孩关于人生三个基本问题的问答。

问题一，老翁问："你是怎么称呼的。"过客答："称呼？——我不知道。从我还能记得的时候起，我就只一个人。我不知道我本来叫什么。我一路走，有时人们也随便称呼我，各式各样地，我也记不清楚了，况且相同的称呼也没有听到过第二回。""我就只一个人"，可见孤独。同时说明每个人都是独立的个体，在人生路上无论遇到什么情况，最终都只能自己对自己负责。"我不知道我本来叫什么"，是说人的名字只是一个符号，并不存在"本来叫什么"的问题。人们对"我"的称呼"各式各样"，似隐喻人们对"我"的看法各不相同。

问题二，老翁问："那么，你是从那里来的呢？"过客答："我不知道。从我还能记得的时候起，我就在这么走。"当然不是说"我"不知道是母亲生了"我"，只是回答不了寻根究底"人到底是从哪里来的"这个问题。"从我还能记得的时候起，我就在这么走"，揭示人生就是

"走"的过程。

问题三，老翁问："那么，我可以问你到那里去么？"过客答："我不知道。从我还能记得的时候起，我就在这么走，要走到一个地方去，这地方就在前面。我单记得走了许多路，现在来到这里了。我接着就要走向那边去，（西指），前面！"过客在重复了上述对答后，补充说自己"要走到一个地方去，这地方就在前面"。可他"单记得走了许多路"，却不清楚"前面"是什么。

对于人生三问，过客都答"我不知道"，但事实上他并非什么都不知道，他知道自己在"走"："我一路走"，"我就在这么走"，"就要走向那边去"。"走"就是活生生的"存在"，过客知道自己活着、存在着。诗剧里，围绕"存在"这个主题，对话在继续。过客问："我就要前去。老丈，你大约是久住在这里的，你可知道前面是怎么一个所在么？"老翁答："前面？前面，是坟。"过客表示诧异："坟？"女孩答："不，不，不的。那里有许多许多野百合，野蔷薇，我常常去玩，去看他们的。"过客说："不错。那些地方有许多许多野百合，野蔷薇，我也常常去玩过，去看过的。但是，那是坟。""前面"是什么？老翁和女孩给出的不同答案，显然与他们的年龄和阅历有关。"坟"代表死亡，野百合、野蔷薇则象征生生不息的鲜活生命。对老翁和女孩的答案，过客其实也知道，然而，他要问的并非老翁和女孩理解的"前面是怎么一个所在"，他想探索更深层次的问题。

过客接着问老翁："老丈，走完了那坟地之后呢？"这就是深究"你到那里去"。老翁答："走完之后？那我可不知道。我没有走过。"女孩答："我也不知道。"老翁展开说："我单知道南边；北边；东边，你的来路。那是我最熟悉的地方，也许倒是于你们最好的地方。你莫怪我多嘴，据我看来，你已经这么劳顿了，还不如回转去，因为你前去也料不定可能走完。"

面对老翁关于"你的来路"也许"倒是于你们最好的地方"的经验之谈，以及"你已经这么劳顿了""还不如回转去"的好心规劝，过客反问："料不定可能走完?"他沉思片刻，忽然惊起："那不行! 我只得走。回到那里去，就没一处没有名目，没一处没有地主，没一处没有驱逐和牢笼，没一处没有皮面的笑容，没一处没有眶外的眼泪。我憎恶他们，我不回转去!"过客是因为憎恶自己所在的黑暗社会才走出来的，那个社会"没一处没有名目"——等级森严，从上到下一级一级制驭着；"没一处没有地主"——到处都是奴役和剥削；"没一处没有驱逐和牢笼"——改革者、革命者均遭迫害；"没一处没有皮面的笑容，没一处没有眶外的眼泪"——人与人之间少有真诚，多是虚伪。老翁再次劝过客："那也不然。你也会遇见心底的眼泪，为你的悲哀。"老翁不赞成过客的意见，他认为社会还是存在着真诚的、从心底里发出的同情像过客那样处境的人。但过客却有不同的看法："不。我不愿看见他们心底的眼泪，不要他们为我的悲哀!"他要独自承担自己的一切。

老翁说："那么，你，你只得走了。"过客答："是的，我只得走了。况且还有声音常在前面催促我，叫唤我，使我息不下。"过客补充了自己"只得走"的一条十分重要的理由，那就是"还有声音常在前面催促我，叫唤我，使我息不下"。这声音指什么? 在形而上的层面，那该是指来自生命深处的召唤；联系先生的人生轨迹，那或是指他年轻时就确立且始终不移的初心——为"改革国民性"而奋斗的使命的召唤。这就不是被动的"只得走"，而是在使命召唤下自觉自主地向前走。老翁劝过客休息一会儿再走，过客却觉得等不及了，他强调："那前面的声音叫我走。"老翁说："我知道。"过客问："你知道? 你知道那声音么?"老翁答："是的。他似乎曾经也叫过我。"过客问："那也就是现在叫我

104 的声音么?"老翁答:"那我可不知道。他也就是叫过几声,我不理他,他也就不叫了,我也就记不清楚了。"老翁原来也被某种理想召唤过,但他未被唤起,召唤者也就没再坚持。

过客在再次沉思中"忽然吃惊",他"倾听"老翁对理想采取"不理他"态度的自白,马上告诫自己:我可不能像他那样!他毫不含糊地说:"不行!我还是走的好。"从相对被动的"我只得走"到完全主动的"我还是走的好"转变,体现了过客认识上的飞跃——再艰辛,再困顿,也要向前走。接下去,他在与老翁和女孩的对话中,三次重申此决心,留下的最后一句话是:"我只得走","我还是走好罢……"一再彰显他勇毅笃行的人生追求。正如先生在《灯下漫笔》(《坟》)中所言:"无须反顾,因为前面还有道路在。"《过客》的结尾着重刻画了过客向前走的姿态:"昂了头,奋然向西走去","向野地里跄踉地闯进去,夜色跟在他后面"。"夜色"比喻前行的路充满险阻,"昂了头""奋然走"和"闯进去",表明过客的勇气与决绝。《过客》生动和深刻地刻画了一个"执着现在,执着地上"的行走者形象。

三、 对知行关系作一番深入思考

知易行难、知难行易和知行合一,这三种学说各从一个重要侧面阐述了知行关系的道理。如何把握?朱熹曰:"知、行常相须,如目无足不行,足无目不见。论先后,知为先;论轻重,行为重。"[1]知行之间是相互依赖关系,知中有行,行中有知,这就是知行合一,但可分先后、

———————————

[1] 朱杰人编著:《朱教授讲朱子》,华东师范大学出版社 2017 年版,第 155 页。

轻重。若要行动，总得先把这件事"是什么"，该"怎么做"，尽可能搞
清楚、弄明白，所谓"凡事预则立，不预则废"。这就是"知难行易"
的价值，也就是"知为先"的理由。知不是为知而知，是为了行，是行
的准备，一件事能否做好，最终取决于行。这就是"知易行难"的价
值，也就是"行为重"的理由。鲁迅运用世界眼光，注入现代中国元
素，对知和行的关系作了深入分析，既与朱熹的观点有异曲同工之妙，
却又超越了它。今读先生的知行观，有利于我们走出当下仍然存在的知
和行的误区。

（一）把 PDCA 循环 P 阶段的功课做足

先生当年指出，人们在知方面存在的突出问题是赶时髦。有的文人
听到外国的一种新思潮，不去理解它的基本内涵，就自以为是地随意解
说一番，刮一阵风，很快便烟消云散。犹如先生在《〈奔流〉编校后记》
中指出，这种做法"孪生了开张和倒闭"，新思潮"在中国毫未开演，
而又像已经——演过了"。就事论事地说，这似乎对社会的影响不大，
影响大的是把这种思维方式用于实际工作，正如先生在《习惯与改革》
中指出："倘不看清，就无从改革。"但偏偏有不少人没有看清楚就去改
革，其效果之差就很难避免了。1999 年，文学评论家王元化在与传记
作家李辉的对话中，回顾五四精神时指出："自然，一般所强调的民主
与科学是重要的。但什么是民主和科学？当时只能说停滞在口号的层面
上。这也是八十年来民主与科学在中国一直不能实现的原因之一。"王
元化对民主问题分析道："我觉得'五四'后长期以来理论钻研上特别
显得贫乏的，是对前人的学说和理论注意不够。不要说研究，就是介绍
也很少。过去我个人就是在这方面吃了亏。与民主问题关系密切的国家
学说，过去我们往往只知道一家之言，这就是卢梭的社约论。我们不知

106 道与他同时的法国百科全书派伏尔泰、狄德罗、达朗贝尔等的学说与他有什么不同，更不知道英国的经验主义，如洛克的政府论又和他有什么不同。至于国内尚未被介绍的苏格兰启蒙学派的理论是怎样，就更加茫茫然了。我们对这些一概不知不晓，只知道一种卢梭的民主学说，而且就是对这一种也还是一知半解，甚至连一知半解也谈不上。试问，以后要建设我们的民主，又用什么去建设呢？"①

当下，类似情况仍然存在。就外国思潮而言，改革开放以来，从黑格尔热到康德热，再到海德格尔热、维特根斯坦热，说的人不少，但真正懂得的人并不多。有那么多人奉为信仰的马克思主义，同样需要真正懂它或努力学懂它。2019 年出版的聂锦芳自选集，定名为《"理解马克思并不容易！"》，并非哗众取宠。怎么才能"真正理解"马克思主义？他指出，应该遵循恩格斯提出的如下原则："按照作者写作的原样去阅读自己要加以利用的著作，并且首先不要读出原著中没有的东西。"他认为："文本研究虽然不构成马克思主义研究的全部内容，但它是这种研究的永恒性基础。"②

哲学家、美学家李泽厚指出："现在许多人大讲文化问题，但大都是大而空，似乎中外古今一两篇文章就能讲清楚，这不大好。其实，讨论中许多概念就不清楚，连基本概念也不大清楚，更不用说判断、推理了。这反映了我们的思维方式太陈旧，太传统。""我们尽管高喊反对传统，但思维方式还是传统的那一套，没有进入现代化，太不严密，缺乏理性，没有经过严格的自然科学训练。"为此，他"一直提倡中国要搞点分析哲学"，指出："分析哲学，主要指日常语言学派所强调的分析和

---

① 李辉著：《纸上苍凉》，复旦大学出版社 2010 年版，第 168、172—173 页。
② 聂锦芳著：《"理解马克思并不容易！"》，陕西人民出版社 2019 年版，第 13、3 页。

澄清观念、概念的工作。""从二三十年代以来，分析哲学逐渐在欧美理论界占统治地位，这不是偶然的。""这应是 20 世纪哲学的最大成果。""中国非常需要这种语言的洗礼。至少在社会—人文学科中，很多概念在使用中常常是多义的，给予澄清，才能更好地进行思维。这是很重要的。"①

对一件事，"看清"了才动手去做，这是"知为先"。怎么才能"看清"？按照我的梳理，鲁迅提出了这样一种科学思维方式：为了"看清"必须有"明白的理性"，它需要综合运用归纳法和演绎法，这得靠长期"训练"来"养成"。人一旦失去理性，就容易陷入狂热和盲动，导致生活、工作和事业的失败。何谓"明白的理性"？张申府指出："第一，有理性的人说话必要有根有据，必不故意造谣生事。第二，有理性的人看事论事必是客观的，解析的，必然有分别，有分寸，有分量，必不因此害彼，也不含混笼统。第三，有理性的认识事物必力求圆融，而不拘执，必不只从一方面着眼，只作一方面的认识。第四，有理性的人对人必是宽容的，体谅的，必肯替他人设想，而不轻凭己见抹杀异己；必贵自由，必主民主，必重说服，必尚理而不尚力。"②他强调："理性的第一要点是说话做事有根有据。而所谓有根有据，第一在事实，第二在逻辑。"③仔细想想，历史上和现实中，我们遭受的由"不明白的理性"乃至错误的理性造成的大大小小的悲剧真不少。有的也许可以用缺乏经验来解释，但往往都与心态浮躁或私利驱动相伴，还与中国传统文化中缺

① 李泽厚著：《李泽厚对话集·八十年代》，中华书局 2014 年版，第 48、62、206—207 页。
② 雷颐编：《中国近代思想家文库·张申府卷》，中国人民大学出版社 2015 年版，第 88 页。
③ 张申府著：《什么是新启蒙运动》，生活·读书·新知三联书店 2014 年版，第 7 页。

108　　乏工具理性有关。对中庸之道从正面意义上诠释并积极倡导,十分必
要。许多人看问题、看人好走极端,非 A 即 B,非白即黑,非好人即坏
人。这种思维方式造成了无数悲剧。其实,任何事物都是复杂的,只有
从多个角度观察,才可能看得清楚。讨论问题如果懂得这个道理,许多
所谓的争论就不必要了,可以节省许多时间,更重要的是可以消除了大
部分误会。

　　怎么才能具备"明白的理性"?如上所述,先生介绍了培根的归纳法和
笛卡尔的演绎法,强调将两者结合起来运用。因为归纳和演绎本就是事物
的两面。学会运用,需要多年训练,是一个养成过程。养成需要具体的科
学方法。我认为,PDCA 循环就是一种简便有效的科学方法。PDCA 循
环,是在第二次世界大战结束后,由美国质量管理专家休哈特博士提出
的,由美国质量管理专家戴明博士采纳、宣传,所以又称戴明环。PDCA
循环由 PLAN(计划)、DO(实施)、CHECK(验证)、ACTION(调
整)四个环节组成。戴明环在日本的普及获得巨大成功,即使到了七十
多年后的今天,作为"高效工作术",它"依旧绽放着灿烂的光芒"。实
践证明,PDCA 能否成功,一半以上取决于 P 阶段计划是否完善;或者
说,PDCA 不成功,50% 失败于订计划的 P 阶段。P 阶段能否制定好一个
计划,首先取决于对所做工作认识清楚,不是大而化之的清楚,而是从
每一个概念到每一个相关因素都要尽可能搞清楚。如果草率地制订计划,
实施和验证计划就难免盲目;相反,如果在制订计划上下一番苦功夫、
真功夫,实施起来就得心应手,验证也可取得良好效果。

　　日本企业家富田和成精心设计了 P 阶段的八个步骤,即定量化目标
管理,找出目标与现状之间的差距,制订课题并提出解决方案,将课题
按照优先顺序排列并锁定三个主要课题,确定绩效指标,制订解决方案
以达成绩效指标,将解决方案按优先顺序排列,将计划可视化。通过这

八个步骤，来保证 P 阶段的高质量。①从知和行的角度来考察，PDCA 循环，P 阶段主要解决"知"的问题，D 阶段主要解决"行"的问题，C 阶段和 A 阶段体现知行合一。所以，高质量地做好 P 阶段的工作，体现了践行"知为先"。

我国改革开放初，许多企业就从日本引进了 PDCA 循环的全面质量管理方法，有的确实取得了明显效果，有的（可能不在少数）则不然。究其原因，大都与 P 阶段的功课没有做足有关。作为一种高效工作方法，PDCA 循环不仅适用于企业，而且适用于所有社会组织和每个人。改革现在仍处于攻坚克难阶段，深化改革的每一个项目，都可以运用 PDCA 循环方法。需要注意的是，遵循"知为先"原则，务必把 P 阶段的功课做足。首先，要把与项目相关的基本概念搞清楚，否则思路不清楚，不得要领，整个项目全局皆乱，全盘皆输。其次，要把与项目相关的主要工作环节，按照逻辑顺序设计好，否则，即使基本概念清楚，思路清晰，项目也不能实施成功。PDCA 循环 P 阶段的功课，相当于我们熟悉的调查研究，可说是调查研究的理性化。调查研究作为优良传统永不过时，但应该注入新的内涵。调查研究包括调查和研究两个方面，调查主要运用归纳法，研究主要运用演绎法。区别于过去，现在的调查研究，亟须运用大数据分析技术。调查阶段，重在大数据的采集；研究阶段，重在大数据的分析与运用。

(二) 在中国梦召唤下把当下的事做得更好

鲁迅从时空两个基本维度谈知行关系之"行"，强调"执着现在，

---

① 参阅［日］富田和成著，王延庆译：《高效 PDCA 工作术》，湖南文艺出版社 2018 年版，前言第 1—2 页，第 11、28—67 页。

执着地上"，可以认为这是对朱熹的"行为重"作了创造性阐发。先生给我们启示，最重要的是立足本职，牢记中国共产党人的初心和使命，把现在正在做的事做得更好。这涉及对人的本质的认识。马克思认为，"人的本质不能到现实生活之外去寻找，人的本质就存在于现实的、可感知的、发展变化着的社会关系之中；离开了人的实践活动，离开了社会关系的变化和发展，就抓不住人的本质，也就不能理解现实的人"。聂锦芳指出："上述思想可以说是马克思哲学最重要的方面，也是马克思一生思考的主题。"①

在时间的三个维度——过去、现在和未来中，每个人真正能够把握的是现在。过去已成为历史，历史影响现在，但现在的人不可能把握前人的历史，了解和研究历史是为了借鉴历史经验，吸取历史教训，摆脱历史包袱，以更好地把握现在。未来具有很大的不确定性，把握好现在，尽心尽力做好当下的事，才可能创造美好的未来。现在虽然也存在很大的不确定性，但和未来的不确定性不同，它在一定程度上是可以把握的，换句话说，人能够有所把握的只有现在。有的年轻人出身贫寒，产生自卑，同时对未来能否有好日子过感到焦虑，问我怎么办。我说，唯一正确的选择是把握好现在。一个人的原生家庭是无法选择的，到了自己这一代，先天不足后天补，只要比别人更努力一点、更智慧一点，比上一代、上几代过得好一些是完全可能的。对未来的不确定性，焦虑没用，有用的也是现在的努力，现在的努力决定未来的自己，影响自己的子孙后代——为后代留下一个比自己的原生家庭好的原生家庭。"执着现在"不忘"执着地上"，两者相连，是执着中国的现在，执着自己所处环境的现在。

---

① 聂锦芳著：《"理解马克思并不容易！"》，陕西人民出版社 2019 年版，第 280 页。

"执着现在，执着地上"，首先是不回到过去。对于"我从哪里来？"
这个问题，先生的《过客》从现实层面作了回答：我从黑暗的旧社会走
来，"我憎恨他们"，所以"我不回转去"，"我"要向前走！但是，向前
走不是盲目地走。《过客》的亮色是"那前面的声音"——在有意义的
理想召唤下，不懈地去开辟新的生路。对所有中国人而言，这声音，这
理想，就是中国梦。1840 年鸦片战争后，中国日益衰败，被列强宰割，
无数中国人过着非人的生活。1926 年，先生在《记念刘和珍君》（《华
盖集续编》）中指出："我实在无话可说。我只觉得所住的并非人间。"
1935 年，先生在《病后杂谈之余》（《且介亭杂文》）中指出："每一考
查，真教人觉得不像活在人间。"站起来、富起来、强起来，人民幸福、
民族复兴，是每个人的期盼。但理想空等不来，须每个人付出有效的努
力。对每一个个体而言，大理想要体现在自己的小目标——一切立足于
把本职工作做得更好。

当下谈"执着现在，执着地上"，对宏观叙事而言，同样切中要害。
我们正面对百年未有之大变局：以互联网为特征的新技术革命方兴未
艾，正在极大地改变着人类的生产和生活方式；人类对自然的过度干扰
导致环境污染，2020 年开始全球蔓延的新冠疫情给人们再次敲响警钟；
中美关系严重恶化，改变了国际经济、政治、社会秩序。我国改革开放
四十多年发展，经济总量早已跃居全球第二，但大而不强，有些核心关
键技术受制于人。全球企业营业收入前 500 排名，我国已超过美国，位
居第一，但入围企业的平均利润只是美国的一半左右。全球创新型企业
前 100 排名和知名品牌前 100 排名，我国企业鲜有上榜。怎么办？惟有
把中国自己当下正在做的事做得更好，主要是密切相关的两件大事，科
技创新和深化改革，而这与每一个中国人都相关。

认真，比较，"解剖自己"

　　鲁迅在深刻批判中国人思维方式存在的各种弊端、深刻论述知行关系的同时，有针对性和建设性地提出了认真的态度和方法、比较的方法、重在"解剖自己"的方法。五四新文化运动的先驱者，几乎都谈"认真"，但没有人谈到先生这么高、这么深。先生谈"比较"，和著名的"拿来主义"联系在一起，强调要有世界眼光，清醒地看到中国与强国的差距，知耻而后勇。重在"解剖自己"是先生改革观的重要特征，既是每个人实现自身现代化的不二法门，也是国家取得改革成功和民族进步的可靠方法。面对现代化进程加快、市场竞争加剧、改革力度加大的现状，我们多么需要切实做到认真，多么需要通过全面比较来认清自己所处的位置，多么需要在不断反思的基础上开展自我批评以实现自我提高。

一、 把"认真点"列入做事的"总纲"

认真，是一种态度，也是一种方法，方法和态度有时很难截然区分，所以鲁迅往往把两者连起来讲，他在《论"费厄泼赖"应该缓行》（《坟》）中提出"应该改换些态度和方法"。不过，我觉得认真首先是一种态度，没有认真的态度，就不会去运用认真的方法。作为态度和方法，认真是基本要求。譬如本章还谈比较的方法和"解剖自己"的方法，认真与否，比较和"解剖自己"的效果大相径庭，其他方法的运用也是如此。

先生谈认真，明显受日本人的影响。这与他留日七年，对日本国民性了解较多、较深有关。1926 年，他在回忆散文《藤野先生》（《朝花夕拾》）中，谈了自己在日本仙台医学专门学校求学时，有一次藤野先生检查他抄的讲义的情况：

我交出所抄的讲义去，他收下了，第二三天便还我，并且说，此后每一星期要送给他看一回。我拿下来打开看时，很吃了一惊，同时也感到一种不安和感激。原来我的讲义已经从头到末，都用红笔添改过了，不但增加了许多脱漏的地方，连文法的错误，也都一一订正。这样一直继续到教完了他所担任的功课：骨学，血管学，神经学。

藤野先生"从头到末"一丝不苟修改讲义的认真态度跃然纸上，"用红笔添改"，既补漏，又改错，则是讲方法的认真。"很吃了一惊"，说明藤野先生的教学态度和方法使鲁迅受到很大触动。难能可贵的是，对藤野先生而言，这样的认真是一种习惯，所以不是偶尔一次，而是一直持续到他的课全部教完。文中接着记载了一件令作者更受触动的事："可惜我那时太不用功，有时也很任性。还记得有一回藤野先生将我叫到他的研究室里去，翻出我那讲义上的一个图来，是下臂的血管，指着，向我和蔼的说道：'你看，你将这条血管移了一点位置了。——自然，这样一移，的确比较的好看些，然而解剖图不是美术，实物是那么样的，我们没法改换它。现在我给你改好了，以后你要全照着黑板上那样的画。'""太不用功"显然有先生的自谦意味，但用在接受老师的批评，却也是诚恳的自责。一丝不苟地照实办事，没有一点走样，是认真的基本要义。

藤野先生的认真，对鲁迅产生了重大影响："他所改正的讲义，我曾经订成三厚本，收藏着的，将作为永久的纪念。""在我所认为我师的之中，他是最使我感激，给我鼓励的一个。""他的性格，在我的眼里和心里是伟大的，虽然他的姓名并不为许多人所知道。"饱含深情，使用"最使我感激，给我鼓励"，尤其是使用"伟大"这种高能级的词来称赞一个人，在鲁迅作品中极为罕见——包括对曾经教过他的其他老师。当然，这不仅是因为藤野先生认真，还和他不歧视中国人有关。文章的结尾谈藤野先生，更是异峰突起："他的照相至今还挂在我北京寓居的东墙上，书桌对面。每当夜间疲倦，仰面在灯光中瞥见他黑瘦的面貌，似乎正要说出抑扬顿挫的话来，便使我忽又良心发现，而且增加勇气了。"一位教师的优秀品质对学生的影响如此之大、之久，令人感慨并深思。

1932 年 11 月，先生利用去北京看望母亲的机会，在北平辅仁大学
作了题为《今春的两种感想》（《集外集拾遗》）的演讲，突出地谈了
"认真"问题。演讲是从介绍上海情况开始的：

> 东北事起，上海有许多抗日团体，有一种团体就有一种徽章。这种
> 徽章，如被日军发现死是很难免的。然而中国青年的记性确是不好，如
> 抗日十人团，一团十人，每人有一个徽章，可是并不一定抗日，不过把
> 它放在袋里。但被捉去后就是死的证据。还有学生军们，以前是天天练
> 操，不久就无形中不练了，只有军装的照片存在，并且把操衣放在家
> 中，自己也忘却了。然而一被日军查出时是又必定要送命的。像这一般
> 青年被杀，大家大为不平，以为日人太残酷。其实这完全是因为脾气不
> 同的缘故，日人太认真，而中国人却太不认真。中国的事情往往是招牌
> 一挂就算成功了。日本则不然。他们不像中国这样只是作戏似的。日本
> 人一看见有徽章，有操衣的，便以为他们一定是真在抗日的人，当然要
> 认为是劲敌。这样不认真的同认真的碰在一起，倒霉是必然的。

先生将中国有些青年对待抗日的不认真，与日军屠杀抗日分子的认
真作了比较，批评"中国的事情往往是招牌一挂就算成功了""只是作
戏似的"，而日本人"则不然"，得出了"这样不认真的同认真的碰在一
起，倒霉是必然的"沉痛结论。

由这个结论，先生作了进一步发挥："中国实在是太不认真，什么
全是一样。文学上所见的常有新主义，以前有所谓民族主义的文学
（按：1930 年由国民党当局策划的文学运动，假借"民族主义"反对正
在兴起的左翼文学运动）也者，闹得很热闹，可是自从日本兵一来，马
上就不见了。我想大概是变成为艺术而艺术了吧。中国的政客，也是今
天谈财政，明日谈照像，后天又谈交通，最后又忽然念起佛来了。"与
外国作比较，先生介绍并评论说："外国不然。以前欧洲有所谓未来派

艺术。未来派的艺术是看不懂的东西。""不过人家是不管看懂与不懂的——看不懂如未来派的文学,虽然看不懂,作者却是拼命的,很认真的在那里讲。但是中国就找不出这样例子。"从抗日谈到文学,前面是与日本人比,这里是与欧洲人比,得出的结论是一致的:中国人太不认真。

演讲结尾,先生道:"上海的事又要一年了,大家好似早已忘掉了,打牌的仍旧打牌,跳舞的仍旧跳舞。不过忘只好忘,全记起来恐怕脑中也放不下。倘使只记着这些,其他事也没工夫记起了。不过也可以记一个总纲。如'认真点','眼光不可不放大但不可放的太大',就是。这本是两句平常话,但我的确知道了这两句话,是在死了许多性命之后。许多历史的教训,都是用极大的牺牲换来的。"除了批评中国人健忘外,至关重要的是把"认真"列为做事的"总纲"。先生很少把什么上升为"纲",记得他在《我们现在怎样做父亲》(《坟》)中,提出了"以爱为纲";列为"总纲"的,"认真点"连同"眼光不可不放大但不可放的太大",在他的作品中是唯一的。可见分量之重。

据先生的好友、日本友人内山完造 1936 年回忆,先生曾对他说:"中国四万万的民众,害着一种病,病源就是那个马马虎虎。就是那随它怎么都行的不认真的态度。""日本人的长处,是不拘何事,对付一件事,真是照字面直解的'拼命'来干的那一种认真的态度。""那认真是应该承认的。我把两国的人民比较了一下。中国把日本全部排斥都行,可是只有那认真却断乎排斥不得。无论有什么事,那一点是非学习不可的。""这一点我一定要说的。"①先生说这些话,是在九一八事变之后,

---

① 李新宇、周海婴主编:《鲁迅大全集·创作篇》第十卷,长江文艺出版社 2011 年版,第 576 页。

全国人民抗日热情日益高涨，舆论氛围普遍排斥日本。一般而言，在这种情况下谈日本人的优点是忌讳的。但先生却认为，对敌国人的优点不仅不该排斥，而且要学习。"无论有什么事"，明显是对日本发动全面侵华战争可能性的预测。在先生看来，即使到了那时，日本人的认真也是"非学习不可的"。正如1934年先生在《从孩子的照相说起》(《且介亭杂文》)中所言：

即使并非中国所固有的罢，只要是优点，我们也应该学习。即使那老师是我们的仇敌罢，我们也应该向他学习。我在这里要提出现在大家所不高兴的日本来，他的会摹仿，少创造，是为中国的许多论者所鄙薄的，但是，只要看看他们的出版物和工业品，早非中国所及，就知道"会摹仿"决不是劣点，我们正应该学习这"会摹仿"的。"会摹仿"又加以有创造，不是更好么？

摹仿往往是创造的必经阶段，摹仿得好，到逼真程度，并非易事。日本人的"会摹仿"，是与他们认真的态度和方法紧紧联系在一起的，由于"会摹仿"，在此基础上的创造才可能会越来越多。

1934年2月，先生在《申报·自由谈》上看到署名"味荔"的《如此广州》一文，讽刺广州人的迷信，即写了《〈如此广州〉读后感》(《花边文学》)，予以评论："广东人的迷信似乎确也很不小"，"然而广东人的迷信却迷信得认真，有魄力"，"与其迷信，模胡(按："模糊"的当时写法)不如认真"。接着，先生指出了不认真造成的严重后果："中国有许多事情都只剩下一个空名和假样，就为了不认真的缘故。"不认真导致许多事情做了等于白做，有时比不做还坏——因为做事或多或少消耗了人财物资源，等于白做就是白白浪费了资源；同时，这种白做的事情留下了"空名和假样"，使得不认真的文化积弊越来越严重，危害越来越大。先生再次评价道："广州人的迷信，是不足为法的，但那认真,是可以取法,值得佩服的。"广州人的例子表明,不是所有中国人做什么事都不认真。即便先生并不赞成广州人的迷信,但对于他们表现出的认真态度和方法,却给予充分肯定。

1926 年,先生在《马上支日记》(《华盖集续编》)中,分析了不认真文化弊端造成的原因:"相传为戏台上的好对联,是'戏场小天地,天地大戏场'。大家本来看得一切事不过是一出戏,有谁认真的,就是蠢物。"联系本书第三章第一节专门批判的"中国人将办事和做戏太混为一谈"的现象,说明之所以不认真,是因为"大家本来看得一切事不过是一出戏",并不把事真当事办,真事假做,那怎么可能做得好呢?不认真危害极大,总要有人冲破它的束缚,身体力行弘扬认真文化,先生本人就是这样。许寿裳评价道:"鲁迅无论在求学,在做事,或在写文章,都是处处认真,字字忠实,不肯有丝毫的苟且,不肯有一点马马虎虎。"①1932 年,先生本人在《鲁迅译著书目》(《三闲集》)中,谈及自己校对别人译著的态度:"我在过去的近十年中,费去的力气实在也并不少,即使校对别人的译著,也真是一个字一个字的看下去,决不肯随便放过,敷衍作者和读者的。""在我自己的,是我确曾认真译著,并不如攻击我的人们所说的取巧,的投机。"

二、"比较既周,爱生自觉"

早在日本留学期间,鲁迅就提出要注意运用比较的方法,1907 年,他在《文化偏至论》(《坟》)中,分析近代中国衰败的原因说:"中国

① 许寿裳著:《鲁迅传》,九州出版社 2017 年版,第 220 页。

既以自尊大昭闻天下"，"屹然出中央而无校雠，则其益自尊大，宝自有而傲睨万物"，"无校雠故，则宴安日久，苶落以胎"。中国以妄自尊大闻名于天下，屹立于世界中心，自以为没有可以较量的对手，傲视一切。正因为没有比较，安逸的日子过得太长久，也就种下了走向没落的祸胎。面对这种情况怎么办？同年，先生在《摩罗诗力说》（《坟》）中给出答案：

> 欲扬宗邦之真大，首在审己，亦必知人，比较既周，爰生自觉。自觉之声发，每响必中于人心，清晰昭明，不同凡响。非然者，口舌一结，众语俱沦，沉默之来，倍于前此。盖魂意方梦，何能有言？即震于外缘，强自扬厉，不惟不大，徒增欷耳。故曰国民精神之发扬，与世界见识之广博有所属。

要弘扬民族的伟大精神，当然要认识自己，同时也须认识别人。只有把自己与别人作周密的比较，才能产生改善的自觉。自觉之声清晰明白，不同凡响，必能打动人心。如果没有这种自觉之声，大家缄口结舌，哑然无声，这样的民族必然会比过去加倍沉默、死寂。试问一个昏昏沉沉、正在梦游的民族，怎能发出新声？即使受外来的刺激，勉强振作一番，也不会发出使本民族真正觉醒的大声呐喊，不过徒增几声哀叹罢了。所以说，弘扬民族精神和扩大国民的世界见识是密切相关的。

（一）"比较是医治受骗的好方子"

比较有一个坐标问题，即和谁比，正确方法是和走在我们前面的强国比。1925 年，先生在《看镜有感》（《坟》）中，谈如何推动中国社会进步：

> 要进步或不退步，总须时时自出新裁，至少也必取材异域，倘若各种顾忌，各种小心，各种唠叨，这么做即违了祖宗，那么做又像了夷

狱，终生惴惴如在薄冰上，发抖尚且来不及，怎么会做出好东西来。所以事实上"今不如古"者，正因为有许多唠叨着"今不如古"的诸位先生们之故。现在情形还如此。倘再不放开度量，大胆地，无畏地，将新文化尽量地吸收，则杨光先似的向西洋主人沥陈中夏的精神文明的时候，大概是不劳久待的罢。

当时的中国因落后正被挨打，救亡图存最好能独立自主拿出良方，如果做不到，那就老老实实放下架子学习借鉴外国的成功经验。如果瞻前顾后，前怕虎后怕狼，怎能形成正确的改革之策呢？改革需要解放思想，解放思想需要有吸收外国新文化的宽广胸怀和胆略。杨光先是反对对外开放的极端保守分子。清顺治年间，德国传教士汤若望任钦天监监正（观察天象，推算节气历法的主要长官），变更历法，新编历书。杨光先上书礼部，说历书封面上不该用"依西洋新法"五字，无果。四年后杨光先再次上书礼部，指责历书推算该年十二月初一日蚀的错误，汤若望因此被判罪，杨光先接任钦天监监正，复用旧历。康熙年间，杨光先推闰失实，被夺官下狱，汤若望获平反。杨光先的"名言"是"宁可使中夏无好历法，不可使中夏有西洋人"——中国人再落后，外国人再先进，中国人也不能向外国人学习。殊不知这等迂腐昏庸会导致国将不国啊！

1929 年，先生在《现今的新文学的概观》（《三闲集》）中，谈吸收外国新文化的具体方法："倘要比较地明白，还只好用我的老话，'多看外国书'，来打破这包围的圈子。""多看些别国的理论和作品之后，再来估量中国的新文艺，便可以清楚得多了。"借助外国新文化的力量来打破本国旧文化的包围圈，就须依靠比较的力量。同年，先生在《致〈近代美术史潮论〉的读者诸君》（《集外集拾遗补编》）中指出："只要一比较，许多事便明白。"这当然有一个怎么比较的问题，1934 年，先生提出了著名的"拿来主义"，对如何进行比较作了精辟阐述。

《拿来主义》(《且介亭杂文》)一开始，分析了中国对待外国的几种态度："中国一向是所谓'闭关主义'，自己不去，别人也不许来。自从给枪炮打破了大门之后，又碰了一串钉子，到现在，成了什么都是'送去主义'了。别的且不说罢，单是学艺上的东西，近来就先送一批古董到巴黎去展览"，"我在这里也并不想对于'送去'再说什么，否则太不'摩登'了。我只想鼓吹我们再吝啬一点，'送去'之外，还得'拿来'，是为'拿来主义'"。除了"闭关主义"和"送去"之外，还有一种"送来"，先生分析道："我们被'送来'的东西吓怕了。先有英国的鸦片，德国的废枪炮，后有法国的香粉，美国的电影，日本的印着'完全国货'的各种小东西。于是连清醒的青年们，也对于洋货发生了恐怖。其实，这正是因为那是'送来'的，而不是'拿来'的缘故。""送来"是被动的为他所用，"拿来"是主动的为我所用，两者有本质区别，我们要的是"拿来"。"拿来"既然称为"主义"，当然不是简单提出"拿来主义"四个字就可解决问题，需要展开论述。

先生首先指出："我们要运用脑髓，放出眼光，自己来拿！"以我为主。做到这一点很不容易，要有宽广的胸襟和清醒的头脑，这是"拿来主义"的核心观点。先生举例说明道：

譬如罢，我们之中的一个穷青年，因为祖上的阴功(姑且让我这么说说罢)，得了一所大宅子，且不问他是骗来的，抢来的，或合法继承的，或是做了女婿换来的。那么，怎么办呢？我想，首先是不管三七二十一，"拿来"！但是，如果反对这宅子的旧主人，怕给他的东西染污了，徘徊不敢走进门，是孱头；勃然大怒，放一把火烧光，算是保存自己的清白，则是昏蛋。不过因为原是羡慕这宅子的旧主人的，而这回接受一切，欣欣然的蹩进卧室，大吸剩下的鸦片，那当然更是废物。"拿来主义"者是全不这样的。

拿来主义，顾名思义首先是"拿来"。对"拿来"有三种不同的错误态度。一是不敢拿，这是胆小怕事的"孱头"；二是不论好坏，完全排斥，这是愚昧无知的"昏蛋"；三是走另一个极端，全盘接收，包括它的糟粕，这是不辨是非、甚至自甘堕落的"废物"。

秉持正确的"拿来"的拿来主义者是什么样的呢？先生说：

他占有，挑选。看见鱼翅，并不就抛在路上以显其"平民化"，只要有养料，也和朋友们像萝卜白菜一样的吃掉，只不用它来宴大宾；看见鸦片，也不当众摔在毛厕里，以见其彻底革命，只送到药房里去，以供治病之用，却不弄"出售存膏，售完即止"的玄虚。只有烟枪和烟灯，虽然形式和印度，波斯，阿剌伯的烟具都不同，确可以算是一种国粹，倘使背着周游世界，一定会有人看，但我想，除了送一点进博物馆之外，其余的是大可以毁掉的了。还有一群姨太太，也大以请她们各自走散为是，要不然，"拿来主义"怕未免有些危机。

拿来主义者在"占有"——拿来之后，采取的方法是"挑选"：好东西就吸收；有好有坏，就取其好弃其坏；坏东西也并非全部无用，毁掉之前留一点送博物馆展览，可教后人；至于对遭受封建专制侵害的女性，无疑不能占有，而要解放她们还其自由。上述四种情况都是借指对不同文化的态度。

先生的结论是：

总之，我们要拿来。我们要或使用，或存放，或毁灭。那么，主人是新主人，宅子也就会成为新宅子。然而首先要这人沉着，勇猛，有辨别，不自私。没有拿来的，人不能自成为新人，没有拿来的，文艺不能自成为新文艺。

从具象到抽象，拿来主义者经过挑选，对拿来的外国文化，采取三种不同的态度："或使用"，好东西为我所用；"或存放"，好坏一时难辨，就用时间来检验；"或毁灭"，糟粕要果断丢弃。这样的拿来，中国人才能成为现代化的新人，中国文化才能成为现代的新文化。这对拿来主义者的要求很高，要沉着冷静，要有胆略，要有辨别能力，要出以公心、不谋私利。这样的"拿来"为中国所必须，舍此，中国人的国民性弊端就得不到克服，现代中国的新文化也就无以生成。

1934 年，先生在《随便翻翻》（《且介亭杂文》）中，这样谈比较："比较是医治受骗的好方子。乡下人常常误认一种硫化铜为金矿，空口是和他说不明白的，或者他还会赶紧藏起来，疑心你要白骗他的宝贝。但如果遇到一点真的金矿，只要用手掂一掂轻重，他就死心塌地：明白了。"举一个通俗的例子，来说明"比较是医治受骗的好方子"这个十分重要的观点。同年，先生在《关于新文字》（《且介亭杂文》）中指出："比较，是最好的事情。当没有知道拼音字之前，就不会想到象形字的难；当没有看见拉丁化的新文字之前，就很难明确的断定以前的注音字母和罗马字拼法，也还是麻烦的，不合实用，也没有前途的文字。"用文字演进作例子，反复强调比较的重要性。

（二）"合群的爱国的自大"导致"不能再见振拔改进"

比较有一个怎么比的问题，先生批评那种以盲目自大的态度来作比较，1918 年，他在《随感录三十八》（《热风》）中指出："中国人向来有点自大。——只可惜没有'个人的自大'，都是'合群的爱国的自大'。这便是文化竞争失败之后，不能再见振拔改进的原因。"先生解释说："'个人的自大'，就是独异，是对庸众宣战。""独异"指确有开阔的视野和出众的独立见解，"独异"的"个人的自大"，是一种能够帮助受封建专制文化弊害的人们摆脱愚昧的自信。"'合群的自大'，'爱国的自大',是党同伐异,是对少数的天才宣战;——至于对别国文明宣战,却尚在其次。""多有这'合群的爱国的自大'的国民,真是可哀,真是不幸!"这种自大的特点是,动机不同但都是怯弱的保守者合伙抱残守缺,抵制改革先驱者所倡导的新文化,他们的共同主张是:"古人所作所说的事,没一件不好,遵行还怕不及,怎敢说到改革?这种爱国的自大家的意见,虽各派略有不同,根柢总是一致。"具体表现可分五种:

甲云:"中国地大物博,开化最早;道德天下第一。"这是完全自负。

乙云:"外国物质文明虽高,中国精神文明更好。"

丙云:"外国的东西,中国都已有过;某种科学,即某子所说的云云",这两种都是"古今中外派"的支流;依据张之洞的格言,以"中学为体西学为用"的人物。

丁云:"外国也有叫化子,——(或云)也有草舍,——娼妓,——臭虫。"这是消极的反抗。

戊云:"中国便是野蛮的好。"又云:"你说中国思想昏乱,那正是我民族所造成的事业的结晶。从祖先昏乱起,直要昏乱到子孙;从过去昏乱起,直要昏乱到未来。……(我们是四万万人,)你能把我们灭绝么?"这比"丁"更进一层,不去拖人下水,反以自己的丑恶骄人;至于口气的强硬,却很有《水浒传》中牛二的态度。

第一种认为中国的一切都比外国好;第二种认为中国虽然物质文明落后于外国,但精神文明却优于外国;第三种认为外国的好东西并没有什么了不起,中国"都已有过";第四种认为中国的坏现象不足为奇,外国也有;第五种认为,即使中国"野蛮""昏乱",又有什么关系,外国又能把中国怎么样?这五种打着"爱国"旗号的比较法都无视客观事实,妄自尊大,甚至恬不知耻"以丑骄人",这样作比较,当然不可能

"振拔改进"，也决不是真正的爱国。一个国家，"多有这'合群的爱国的自大'的国民"，多么可哀、可悲！

先生在其他作品中也对盲目自大进行了批评，1925 年，他在《春末闲谈》（《坟》）中，批评"有些留学生"："现在又似乎有些别开生面了，世上挺生了一种所谓'特殊智识阶级'的留学生，在研究室中研究之结果，说医学不发达是有益于人种改良的，中国妇女的境遇是极其平等的，一切道理都已不错，一切状态都已够好。"用"有益于人种改良"为中国现代医学落后、死亡率高辩解，抹杀了基本的是非界限；把典型的男尊女卑硬说成男女地位"极其平等"，罔顾事实到了无以复加的地步。由此得出中国"一切道理都已不错，一切状态都已够好"的结论，昏聩至不可救药了。几乎同时，先生在《灯下漫笔》（《坟》）中指出："在新近编纂的所谓'历史教科书'一流东西里，""只仿佛说：咱们向来就很好的。""向来就很好"，过去很好，现在仍很好，无须作任何改进，这种自欺欺人的论调，除了让人贻笑大方，更可怕的是否定任何改革、阻碍任何进步。

1933 年，先生在《外国也有》（《准风月谈》）中，对《随感录三十八》中批评的第四种现象作了详细的展开分析："凡中国所有的，外国也都有。外国人说中国多臭虫，但西洋也有臭虫；日本人笑中国人好弄文字，但日本人也一样的弄文字。不抵抗的有甘地（按：印度民族独立运动领袖）；禁打外人的有希特拉（按：通译希特勒，纳粹德国元首）；狄昆希（按：英国散文家）吸鸦片；陀思妥夫斯基（按：通译陀思妥耶夫斯基，俄国作家）赌得发昏。""只有外国人说我们不问公益，只知自利，爱金钱，却还是没法辩解。""不料今天却被我发见了：外国也有的！""与其劳心劳力，不如玩跳舞，喝咖啡。外国也有的，巴黎就有许多跳舞场和咖啡店。""即使连中国都不见了，也何必大惊小怪呢，君不闻迦勒底（按：古代西亚经济繁盛的奴隶制国家，即新巴比伦王国。公元前626年建立，前538年为波斯人所灭）与马基顿（按：通译马其顿，古代巴尔干半岛中部的奴隶制军事强国，约形成于公元前六世纪，前二世纪被罗马帝国吞并）乎？——外国也有的！"上述比较法，或把外国的个别现象等同于中国的普遍现象，或把不同内涵的概念相混淆，都是为了掩饰自己的缺点。犹如1932年先生在《林克多〈苏联见闻录〉序》（《南腔北调集》）中所言："我们中国人实在有一点小毛病，就是不大爱听别国的好处。"反之，就是不大愿意承认自己的坏处。

1919年，先生在《随感录六十一》（《热风》）中，谈到第一次世界大战结束后，一些战胜国的评论家"还是自己责备自己，有许多不满"；相反，中国有的评论家却说外国论者自己责备自己，证明"所谓文明人者，比野蛮尤其野蛮"。先生评论道："不满是向上的车轮，能够载着不自满的人类，向人道前进。""多有不自满的人的种族，永远前进，永远有希望。""多有只知责人不知反省的人的种族，祸哉祸哉！"作比较，一定要有虚心的态度和正确的方法，固然要充分肯定自己的成绩，以增强自信心；更要清醒地认识到自己的缺点，并作深刻反省，这体现更强的自信。

三、"必须先改造了自己，再改造社会，改造世界"

1919年，鲁迅在《随感录六十二》（《热风》）中指出："中国现在的人心中，不平和愤恨的分子太多了。不平还是改造的引线，但必须先改造了自己，再改造社会，改造世界；万不可单是不平。至于愤恨，却几乎全无用处。"不平虽有其积极意义，但毕竟只是一种情绪，要成为

"改造的引线"，须进一步化为改造的行动。改造从何切入？须从自己切入。"先改造了自己，再改造社会，改造世界"，具有十分重要的改革的方法论意义。愤恨在不平基础上产生，是一种更强烈的情绪，同样需要化为改造的实际行动才有意义，如果停留于情绪，"愤恨只是恨恨而死的根苗，古人有过许多，我们不要蹈他们的覆辙"。"恨恨而死"或许也有需要被理解和值得同情的一面，但毕竟不值。"我们更不要借了'天下无公理，无人道'这些话，遮盖自暴自弃的行为，自称'恨人'，一副恨恨而死的脸孔，其实并不恨恨而死。"只说空话的自暴自弃者，还不如"恨恨而死"者，尤其不能效仿。

"先改造了自己"，先生身体力行。改造自己，前提是认识自己。1926 年，先生在《写在〈坟〉后面》说："我的确时时解剖别人，然而更多的是更无情地解剖我自己。""解剖自己"才能认识自己，"无情地解剖"自己才能深刻地认识自己。1927 年，先生在《答有恒先生》（《而已集》）中再次明示："我知道我自己，我解剖自己并不比解剖别人留情面。""解剖自己"极为痛苦，先生在散文诗《墓碣文》（《野草》）中，以"游魂"作比喻写道："有一游魂，化为长蛇，口有毒牙。不以啮人，自啮其身，终以殒颠。""游魂"似可隐喻先生本人，如他在小说《故乡》（《呐喊》）中所说的像自己那样的"辛苦展转而生活"的四处漂泊、过着不安定生活的人。先生 18 岁离开家乡绍兴，先去南京求学，后作为官费生东渡日本，先后在东京和仙台求学。29 岁回国后，先后在杭州和绍兴教书，做监学，当校长。32 岁赴南京任教育部部员，不久随部迁往北京。"化为长蛇，口有毒牙"，不是为了攻击别人，而是为了对自己下"毒手"，进行严格而深刻的灵魂解剖。"自啮其身"，指靠自己的勇气和智慧，毫不留情地进行自我批判，目的是超越自我；"终以殒颠"，是说最终毁灭和颠覆了"旧我"。毁灭和颠覆了"旧我"，却还没有找到"新我",这是自我解剖要进一步解决的问题。诗文进一步写道:"抉心自食,欲知本味。创痛酷烈,本味何能知?""痛定之后,徐徐食之。然其心已陈旧,本味又何由知?""抉心自食"四字,足见自我解剖的勇气和决心。剜心之痛可想而知,比喻自我解剖极其痛苦,极为不易。把自己的心掏出来,想知道它的"本味"——认识自己究竟是一个什么样的人,然而掏心之痛这太大的痛苦掩盖了其他感觉,根本无法尝到"本味"。但"我"不甘心——总想真正认识自己,所以痛定之后仍"徐徐食之"——作不断深入的自我反思,这是一种怎样的勇气啊!然而,"我"身受旧文化影响,已经很难认识到什么是"真的人"了。先生的过人之处在于他执着于自省——借墓碣文表达自己的心声,酷烈的创痛,时时提醒自己要超越"旧我"。

解剖自己,先生令人震惊地提出:在旧文化的影响下,自己也在"吃人"。1918 年,他在《狂人日记》(《呐喊》)的第十二则日记中,通过主人公"我"对自己作了深刻解剖:

不能想了。

四千年来时时吃人的地方,今天才明白,我也在其中混了多年;大哥正管着家务,妹子恰恰死了,他未必不和在饭菜里,暗暗给我们吃。

我未必无意之中,不吃了我妹子的几片肉,现在也轮到我自己,⋯⋯

有了四千年吃人履历的我,当初虽然不知道,现在明白,难见真的人!

先生用"吃人"二字,概括封建专制制度,尤其是为这种制度服务的旧文化的本质。"我"也身处这样的社会中,无意中可能吃了"妹子的几片肉"——旧文化无形"吃人",自己受到旧文化的毒害也影响到妹妹。先生在《答有恒先生》中,再次把锋刃指向自己:"我发现了我自己是一个……。是什么呢？我一时定不出名目来。我曾经说过：中国历来是排着吃人的筵宴，有吃的，有被吃的。被吃的也曾吃人，正吃的也会被吃。但我现在发现了，我自己也帮助着排筵宴。""中国的筵席上有一种'醉虾'，虾越鲜活，吃的人便越高兴，越畅快。我就是做这醉虾的帮手。""帮手"一说与《狂人日记》中自己"无意中可能吃了'妹子的几片肉'"寓意相同。

解剖自己，先生分析了自己所受旧文化的影响，表达了励志革新的心愿。1924 年，他在给李秉中的信（《书信（1904—1926）》）中说："我自己总觉得我的灵魂里有毒气和鬼气，我极憎恶他，想除去他，而不能。我虽然竭力遮蔽着，总还恐怕传染给别人，我之所以对于和我往来较多的人有时不免觉到悲哀者以此。"每个人都生活在既定的社会环境里，受特定文化的影响，包括正负两方面，负面影响带来"毒气和鬼气"，对此，自我解剖才能认识它，认识它才可能"憎恶他""除去他"。"除去他"是一个非常艰辛的过程，过程中要尽可能做到负面的东西少影响别人。1926 年，先生在《写在〈坟〉后面》中道明，自己曾经看过许多旧书，而且为了教书，还在继续看。"因此耳濡目染，影响到所做的白话上，常不免流露出它的字句，体格来。但自己却正苦于背了这些古老的鬼魂，摆脱不开，时常感到一种使人气闷的沉重。"读旧书，难免受其影响，旧书所体现的"古老的鬼魂"，要完全摆脱它很难；它的糟粕阻碍"我"当下的前行，使"我"不时感到"气闷的沉重"。但是，"我"并没有被"古老的鬼魂"压倒：

我以为我倘十分努力，大概也还能够博采口语，来改革我的文章。但因为懒而且忙，至今没有做。我常疑心这和读了古书很有些关系，因为我觉得古人写在书上的可恶思想，我的心里也常有，能否忽而奋勉，是毫无把握的。我常常诅咒我的这思想，也希望不再见于后来的青年。

其实，此时先生的文章"改革"已颇见成效，《呐喊》《彷徨》《野草》和《朝花夕拾》都已完成，《故事新编》已写了一部分，杂文已完成《热风》《华盖集》和《华盖集续编》三本文集。先生说"至今没有做"，可以理解为他还有更高的追求。"解剖自己"，摆脱"古人写在书上的可恶思想"，是一个无止境的升华过程。

解剖自己，先生认为在中国社会转型中，自己是"中间物"。1926年，他在《写在〈坟〉后面》中指出：

一切事物，在转变中，是总有多少中间物的。动植之间，无脊椎和脊椎动物之间，都有中间物；或者简直可以说，在进化的链子上，一切都是中间物。当开首改革文章的时候，有几个不三不四的作者，是当然的，只能这样，也需要这样。他的任务，是在有些警觉之后，喊出一种新声；又因为从旧垒中来，情形看得较为分明，反戈一击，易制强敌的死命。但仍应该和光明偕逝，逐渐消亡，至多不过是桥梁中的一木一石，并非什么前途的目标，范本。

提出"在进化的链子上，一切都是中间物"，成为先生人生哲学的基本命题之一，也是先生方法论的一个基本观点。人类社会生生不息，任何人都处于时代演进过程中，带有过程的特点，在特定的历史条件下发挥前人发挥不了的作用。同时，任何人都不可能完全摆脱过程的局限性，都不可能为未来的人们提供解决问题的现成方案。当然，先哲体现人类真善美的思想具有永恒价值——为后人少走弯路提供珍贵的启示。

1935年，先生在《论毛笔之类》（《且介亭杂文二集》）中指出："改造自己，总比禁止别人来得难。"解剖自己、改造自己虽然十分重要，但却十分不易。一个人在特定文化背景下形成的某种习惯，带来难以克服的思维定势和惰性。但是，既然是解剖，是改造，就得痛下决心。

四、掌握三种基本方法

鲁迅把"认真点"列入做事的"总纲"，认为"只要一比较，许多事便明白"，提出改造社会、改造世界要"先改造了自己""更无情地解剖自己"。今读先生关于认真的态度和方法、比较的方法和重在"解剖自己"的方法的论述，深感不认真、不作全面比较和缺乏自省的现象，当下仍不同程度且相当普遍地存在着，影响着人们待人处事之道和人们实现自身现代化。如果我们能从先生宝贵的思想资源中汲取智慧，必将有助于更好地与人相处，更好地完成各项工作任务，从而更好地实现人生目标。

(一)"不认真"必然"倒霉"的反思

如前文所引，鲁迅曾严肃指出不认真的后果：中国人的不认真碰到日本人的认真必然会倒霉。这是先生在日本发动全面侵华战争前不久，以当时有些青年对待抗日活动不认真为例说的。抗日战争是一个大而不强的弱国与一个小而不弱的强国的对抗，这种强弱对比既是物质上的，更是人的素质层面的。而人的素质高低，就包括不认真和认真的对比。中国抗战歼灭日军 155 万余人，使日本损失资产 1057 亿日元（按照日本 1945 年投降时的价格计）；中国军民伤亡 3500 余万人（民间统计为 4500 余万人），直接经济损失 1000 亿美元，间接经济损失 5000 亿美元以上（按照 1937 年的美元汇率计算）。① 两相对比，可不是中国人"倒了大霉"了吗?! 当然，坏事变成好事，抗日战争是中华民族的伟大觉醒，中国人民虽然付出了惨重代价，但民族素质得到了前所未有的提

---

① 参阅王树增著：《抗日战争》第三卷，人民文学出版社 2015 年版，第 559、562 页。

升，包括克服不认真的文化弊端。同时要看到，作为一种旷日持久的积弊，不认真现象并没有（也不可能）就此销声匿迹。

五四新文化运动的先驱者，几乎都批评中国人的不认真，1919年，胡适专门写过一篇讽刺不认真现象的传记题材寓言《差不多先生传》，民国时期曾入选中学语文教材。寓言的主人公差不多先生认为"凡事只要差不多就好了，何必太认真呢"，他做什么事都马马虎虎，直至自己生了急病，家人"一时寻不着东街汪大夫，却把西街的牛医王大夫请来了"。差不多先生心想："好在王大夫同汪大夫也差不多，让他试试看吧。"王大夫用医牛的法子给差不多先生治病，"不上一点钟，差不多先生就一命呜呼了"。寓言结尾道："后来，他的声名越传越远，越久越大。无数人都学他的榜样，于是人人都成了一个差不多先生——然而，中国从此就成了一个懒人国了。"①把不认真与懒惰联系起来分析，颇有见地。

现代以来，一批又一批先进的中国人，都力图改变不认真的文化。中国共产党人中，最著名的是毛泽东1957年在莫斯科大学会见中国留苏学生时所讲的那段话："世界上怕就怕'认真'二字，共产党就最讲'认真'。"②许多共产党人忠实地贯彻了这一指示，可惜，长期以来，从上到下背离这一精神的情况也不同程度地存在，有时达到相当严重的程度。1998年3月24日，朱镕基在担任国务院总理后召开的国务院第一次全体会议上的讲话中指出："我到国务院工作八个年头了"，"我八年来的体会，就是要办一件事，不开八次、十次会议就没法落实。如果发一个文件，能兑现20%就算成功了，不检查落实根本不行"，"要落实、落实、再落实，你的文件发下去以后，你不下去跟着检

① 鲁迅、林语堂、傅斯年等著：《看不懂的中国人》，新世界出版社2008年版，第147—148页。
② 《建国以来毛泽东文稿》第六册，中央文献出版社1992年版，第651页。

查，没有多少人理你"。①2004 年 1 月 12 日，时任中共中央总书记胡锦涛，在中央纪委第三次全体会议上的讲话中指出："我们经常面临的一个突出问题是：从中央到地方为推进事业发展提出的好思路、好政策、好措施不少，但很多事情往往提出来后只是热闹了一阵，并没有真正落实，也没有达到预期的效果。追根寻源，重要原因还是没有做到求真务实。"②大部分文件落实不好，是不认真的突出表现（当然不只是不认真）。

党的十八大以来，中共中央全面从严治党动真格，从文化角度可以讲在弘扬认真文化方面动真格，刮起反腐败的廉政风暴，取得显著效果："不敢腐的目标初步实现，不能腐的笼子越扎越牢，不想腐的堤坝正在构筑，反腐败斗争压倒性态势已经形成并巩固发展。"③全面从严治党动真格，当然不仅体现在反腐败斗争，还体现在其他方面。过去，上面布置的许多工作，下面落实时大打折扣，现在强化监督，你必须做，不做过不去。但这并不是说，不认真的文化积弊已得到根治。现在的认真，很大程度上是靠强力监督，对不少人来说，认真远未成为习惯。前不久，一位朋友送我一本他为主著的新书，2017 年由一家相当权威的出版社出版。我习惯先看后记，500 来字的短文，文采不评，竟然漏了三个字，最显眼的，"研究员"漏了"员"字。也许这是个案吧，但还是让人吃惊。

下面，着重以我熟悉的企业为例。日本企业之所以有强大的国际竞争力，与认真密不可分。丰田汽车公司的追问五次"为什么"的分析问

① 《朱镕基讲话实录》编辑组编：《朱镕基讲话实录》第三卷，人民出版社 2011 年版，第 6、8 页。

② 中共中央文献研究室编著：《十六大以来重要文献选编》（上），中央文献出版社 2005 年版，第 731 页。

③ 本书编写组编著：《党的十九大报告辅导读本》，人民出版社 2017 年版，第 8 页。

134 题方法，颇有代表性。假如机器发生故障无法转动，一问为什么机器停止了？因为机器超负荷运转导致保险丝烧毁。二问为什么会超负荷？因为轴承的润滑度不够。三问为什么轴承不够润滑？因为润滑泵没能充分吸入进去。四问为什么没能充分吸进去？因为润滑泵的轴承损耗太多。五问为什么会发生损耗？因为没有装过滤器，切割碎屑掉了进去。问到底，机器发生故障的深层次原因清楚了，就可以采取"调换过滤器"这一根本对策，求得机器发生故障无法转动的问题彻底解决。[①]日本人的认真不得不让人佩服。相比之下，中国企业发生类似故障，很少有做到追问五次"为什么"的，这样，很多问题就没法真正得到解决。

中国制造业总体上处于大而不强状态，以做中低端产品为主。这一方面与科技创新能力不够强有关，另一方面与广大员工素质不够高有关。有的中高端产品，技术上已经掌握，做一个、几个行，但批量生产就不行，实验室里的科技成果在生产线上推广不了或推广不好。十多年前，我问某个科技攻关项目负责人："这个项目多久能完成？"答："八到十年。"再问："到那时，相关产品能否达到世界一流水平？"答："不一定，何时能达到，要看这条生产线上全体员工的素质。"员工的高素质，首先体现在认真的工作态度，那种一丝不苟、精益求精的职业精神。舍此，就不可能批量生产出精品和中高端产品。也是十多年前，我去一家中日合资企业调研，用半天时间专门召开了一个日方管理人员和技术人员座谈会。我问："你们认为中日员工各自的特点是什么？"答："中方员工素质高低参差不齐，所以生产出来的产品质量也参差不齐；即使同一个班组，不同日期生产出来的产品质量也有优劣之别。日方员

---

① 参阅［日］若松义人著，史春花、陈言译：《为什么是丰田：成为第一的方法和七个习惯》，京华出版社 2008 年版，第 83—84 页。

工素质比较均衡，高的不是特别高，低的也不是特别低，所以生产出来的产品质量比较稳定。"这是带有一点客气的客观评价。

新中国成立以来，尤其是改革开放以来，中国制造业迅猛发展，成为制造业大国，大多数产业能够进入全球产业链，取得了值得自豪的历史性进步。但同时要看到，我们的大多数产品处于全球产业链的中低端，盈利水平很低。许多出口产品是为外国产品贴牌加工，90%以上的利润被外国企业赚取了。1933年，鲁迅在《真假堂吉诃德》（《南腔北调集》）中，针对上海工商界人士发起将该年定为"国货年"指出："他们何尝不知道'国货运动'振兴不了什么民族工业，国际的财神爷扼住了中国的喉咙，连气也透不出，甚么'国货'都跳不出这些财神的手掌心。"国货在市场上缺乏竞争力。九十年后的今天，不少国货已经跳出"国际财神爷的手掌心"，但仍有一些被他们"扼住了中国的喉咙"，现在称之为"卡脖子"技术。与"卡脖子"技术相关的进口产品，高出天价不说，更严重的是对我国经济安全构成威胁。而要改变这种状况，首先就非得根治不认真的文化弊端不可。近九十年前鲁迅指出"不认真的同认真的碰在一起，倒霉是必然的"，今天仍具有强烈的现实针对性！在认真的基础上，再弘扬创新精神，"中国制造"才能真正由大变强。

根治不认真的文化弊端，需要深究其形成原因。鲁迅在给台静农的信（《书信（1927—1933）》）中分析说："中国人将办事和做戏太混为一谈。"他在《马上支日记》中指出："大家本来看得一切事不过是一出戏，有谁认真的，就是蠢物。"追问，为什么"将办事和做戏太混为一谈"，"看得一切事不过是一出戏"？这是封建专制统治导致的"瞒和骗"的文化弊端作祟。既然是"瞒和骗"，就没有必要认真，而且事实上存在"认真者吃亏、不认真者得利"的情况。"瞒和骗"至今尚未得到根治，不认真的文化弊端也就难以根治。但为了避免"倒霉"，再难也得治。说到底，认真不认真是人生态度问题。根治不认真的文化弊端，要弘扬诚信文化。不认真也与中国传统文化缺少科学精神和科学方法有关，与工业化滞后和法治不完备有关。要认真起来，须双管齐下，一方面解决思想观念问题，另一方面解决制度和方法问题。最重要的是各级领导干部作出表率。在我看来，当代中国要纠正的最大的不正之风，仍是做事不认真的邪气。态度决定一切，真正认真起来，一切才有希望，一切就有希望。

(二) 比较是一门大有讲究的学问

一百多年前，鲁迅在《摩罗诗力说》中提出的"比较既周，爰生自觉"的观点，揭示了对外开放的基本意义。落后的中国必须改革，改革的动力何来呢？一个不可或缺的基本方面，是来自对外开放才可能有的比较，通过周密比较，产生改革自觉，实现人的觉醒、人的精神自觉。中国国门被迫打开前，与外界基本隔绝，1935 年，先生在《在现代中国的孔夫子》(《且介亭杂文二集》) 中，批评清末的儒学家：

清末之所谓儒者的结晶，也是代表的大学士徐桐氏出现了。他不但连算学也斥为洋鬼子的学问；他虽然承认世界上有法兰西和英吉利这些国度，但西班牙和葡萄牙的存在，是决不相信的，他主张这是法国和英国常常来讨利益，连自己也不好意思了，所以随便胡诌出来的国名。

1926 年，先生在回忆散文《琐记》(《朝花夕拾》) 中，谈及清末江南矿务铁路学堂的汉文教员不知华盛顿："第二年的总办是一个新党，他坐在马车上的时候大抵看着《时务报》，考汉文也自己出题目，和教员出的很不同。有一次是《华盛顿论》，汉文教员反而惴惴地来问我们道：'华盛顿是什么东西呀？……'"如此闭塞，无从比较，就只能继续生活在愚昧和麻木中。

今天，生活在改革开放时代的中国人，平民百姓出国旅游已相当普遍，与前辈相比眼界开阔多了。即使这两年全球新冠肺炎疫情阻碍了绝大多数人出国，但借助网络信息了解世界各国情况也非常方便。问题在于，多数中国人是否就已经了解了外国、了解世界了呢？应该说，对外国表面的情况确实有所了解了。譬如，欧美和日本等国环境比较整洁，食品、药品比较安全，人们的行为举止比较文明，各种商品品质比较高，等等。但是，对深层次情况真正了解的人却并不多。譬如，支撑这些表象的历史文化因素是什么，科学技术因素是什么，人的素质因素是什么，法治因素是什么，等等。这些情况不清楚，就很难作出深入比较。鲁迅当年提出"拿来主义"，侧重恰恰是在文化方面，他为倡导翻译外国优秀文学作品大声疾呼，自己也不遗余力。当下中国，翻译事业方兴未艾，虽然许多译本品质不够高是多年来没有解决好的大问题，但毕竟给国人读外国书提供了极大便利。先生当年还提出，为了让普通读者能够理解外国作品，要发展文艺批评。当下中国，高质量、高水平的文艺批评仍不多，但毕竟有一些。可惜，当下形成读书习惯的人不多。这样，大多数中国人就很难真正了解外国。我以为，推广全民阅读的根本途径，是各级领导干部带头，不仅要读政治，而且要读文化，不读文化就不能真正读懂政治。读文化，既要读中国的，也要读外国的。读外国文化，是为了真正了解外国，为与外国作比较创造条件。

比较，有一个怎么比的问题。鲁迅在这方面谈得很多，他在《随感录三十八》中，批评了"合群的爱国的自大"，列举了五种表现，归结起来，强调的无不是要作客观公正的比较，不要否认外国的优点，无视中国的缺点。当下，像先生当年批评的那么极端的看法似已不多见。但"合群的爱国的自大"并未绝迹，只是以其他形式出现，突出表现是夸大中国成就。"我国正处于并将长期处于社会主义初级阶段。这是在原

138　本经济文化落后的中国建设社会主义现代化不可逾越的历史阶段，需要上百年的时间。"①从 1949 年算起，上百年，就是到二十一世纪中叶。但跨进新世纪后不久，有的学者就在展望未来时，提出到 2020 年，我国将"成为名副其实的世界科技强国"，"率先基本实现教育现代化"，"基本建成世界人力资源强国"；"我非常自信地大胆地预言，2020 年中国将成为真正意义上的世界强国。"②这种预测，显然建立在夸大成就的基础之上。

新中国成立七十多年来，尤其是改革开放四十多年来，我国取得的巨大成就谁也无法否定，但不应夸大。夸大并不代表特别爱国，对正视问题、通过深化改革去解决问题，更起不到半点作用。有的企业，技术在世界上处于第二方阵（这很不容易），管理效率、经济效益与世界一流水平存在明显差距，就提出要成为这个产业的全球引领者。这是没有作出正确比较的自说自话。我在宝钢工作多年，宝钢的基本工作方法之一是"对标找差"，就是以世界一流的钢铁企业为标杆作比较，清醒地看到自己的差距，老老实实地改进自己的工作，不断进步。这才是正确的比较。

（三）最聪明有效的方法是不断完善自我

我们正处在深化改革时代，今读鲁迅方法论，梳理先生改革观所体现的逻辑，可以清晰地看到这样一条思路：古老的中国要实现现代化，除了改革没有别的路可走；改革极其艰难，但再难也要改革；改革当然要改革制度，但比制度更重要的是改革国民性；改革国民性，每个人都

---

① 本书编写组编著：《十九大党章修正案学习问答》，党建读物出版社 2017 年版，第 4 页。
② 胡鞍钢著：《2020 中国全面建设小康社会》，清华大学出版社 2007 年版，第 54、90、103 页。

要从自己做起，也就是先生在《随感录六十二》中所言："必须先改造了自己，再改造社会，改造世界。"改造自己，他更多的用"解剖自己"来表述。先生的这一思想，很容易从儒家学说中找到渊源，那就是著名的"修齐治平"说。《大学》曰："古之欲明明德于天下者，先治其国；欲治其国者，先齐其家；欲齐其家者，先修其身。""身修而后家齐，家齐而后国治，国治而后天下平。"①"修齐治平"，修身放在首位。先生的这一思想，也不排除受到西方哲学的影响。传世格言中，刻在古希腊德尔菲神庙的"认识你自己"，永远给人以启迪。古希腊哲学家苏格拉底说："没有经过反省的人生，是不值得活的。"②维特根斯坦说得更彻底："改善你自己"，"那是你为改善世界能做的一切"。③

　　道理说得很清楚，但古往今来能认真践行者并不多。鲁迅1918年在《我之节烈观》（《坟》）中提出的一个重要观点："道德这事，必须普遍，人人应做，人人能行，又于自他两利，才有存在的价值。"何止道德？所有事都如此。提出一种要求或者推荐一种方法，怎么才能让人人践行？关键在于每个人都应该认识到，这是自他两利。"解剖自己"，看到自己的不足，改造自己，并不是自己跟自己过不去，而是为了完善自己；完善自己，不仅为了改造社会、改造世界，而且为了使自己更好地工作和生活。

　　我在长期的工作和生活中意识到，当发生矛盾时（无论是什么矛盾），怪罪于人、寄希望于别人改进去破解，还是反思自己、立足于自己改进去破解，结果大相径庭。任何一件事没有做好，和这件事相关的

---

① 王国轩译注：《大学·中庸》，中华书局2006年版，第4、5页。
② 傅佩荣著：《西方哲学与人生》第一卷，东方出版社2013年版，第7、251页。
③ ［英］瑞·蒙克著，王光宇译：《维特根斯坦传：天才之为责任》，浙江大学出版社2013年版，第17页。

140 　每个人都自觉地去找自己的不足，在自己力所能及的范围内采取措施去弥补，往往很快就能解决问题。反之，则矛盾很容易激化，甚至变得不可收拾。人与人的关系同样如此。两人发生矛盾，如果双方都从自己的角度找原因，看到自己的不足，问题往往很好解决；即使一方能这样做也好，矛盾一般也不太会激化，解决起来也不太难。反之，如果双方都认为是对方的错，看不到自己的原因，小问题就很可能变成大问题，乃至不可调和；即使之后双方都冷静下来，愿意缓和关系，也得付出相当多的宝贵的时间和精力才行。

　　鲁迅通过自我剖析，得出"我自己也帮助着排筵宴""我的灵魂里有毒气和鬼气"的结论，深刻程度令人震撼，刀刃向内的勇气令人感动。常言道，人贵有自知之明，可是古今中外，又有几个人做到了像他那样深刻的自我剖析呢？中共在延安整风时期开创了"批评与自我批评"的做法，使自我剖析的文化得以发扬。但这一传统在以后发生了异变，在"阶级斗争为纲"的年代，自我批评走向"无限上纲"的极端；而后消极吸取教训，又走向几乎取消自我批评的另一极端。2013年中共全党深入开展的群众路线教育实践活动，在恢复"批评与自我批评"的优良传统方面取得了突破，这是很有意义的事情。我入党五十年，也数这次自我批评受益最大。

　　鲁迅提出的"中间物"思想，极具启示意义。人总是历史的人。历史的人总留有历史的痕迹，包括历史局限性，自觉者在于认识这种局限性并且有所克服。历史的人只能做历史的事，超越了历史阶段，做什么事也不可能成功。当然，人在历史面前并不应该是消极的，历史的人总要做历史的事，人在任何历史阶段都可能做一些有益的事。每个人来到这个世界上，都好比参加接力赛，应当尽己力和己能跑好自己这一棒。这一棒跑得怎么样，可以很不一样，人生的价值也就在这里体现。

锲而不舍，迂回前行

出于对中国社会复杂性和改革艰巨性的深切体认，着眼于改革取得实际成效，鲁迅反复强调要发扬韧性精神。韧性表现为不惧艰险、不屈不挠地向黑暗势力作斗争的勇气，且又不操之过急，"锲而不舍"地推进改革和建设。宁可"缓而韧"，不可"急而猛"。先生同时主张，处于弱势的被压迫者的反抗，宜采取"宛委曲折"的方法。改革者既要有目标的坚定性，又要有策略的灵活性，为了实现既定目标而"迂回前行"，以尽可能减少牺牲，避免付出过大代价。当今中国深化改革进入了"啃硬骨头"的攻坚克难阶段，任务依然艰巨，道路仍不平坦，先生当年提出的"锲而不舍"和"迂回前行"，给一切矢志改革的人们以智慧和力量。

一、"要治这麻木状态的国度，只有一法，就是'韧'"

1923 年，鲁迅在《娜拉走后怎样》（《坟》）中，谈到妇女解放最要紧的是取得经济权，却很不容易做到："要求经济权固然是很平凡的事，然而也许比要求高尚的参政权以及博大的女子解放之类更烦难。""一说到经济的平匀分配，或不免面前就遇见敌人，这当然要有剧烈的战斗。"谈战斗特别是"剧烈的战斗"，涉及方法，由此引出要发扬韧性精神，先生借天津青皮的无赖精神作阐述："世间有一种无赖精神，那要义就是韧性。听说拳匪乱后，天津的青皮，就是所谓无赖者很跋扈，譬如给人搬一件行李，他就要两元，对他说这行李小，他说要两元，对他说道路近，他说要两元，对他说不要搬了，他说也仍然要两元。青皮固然是不足为法的，而那韧性却大可以佩服。"回到妇女要求经济权，先生指出："要求经济权也一样，有人说这事情太陈腐了，就答道要经济权；说是太卑鄙了，就答道要经济权；说是经济制度就要改变了，用不着再操心，也仍然答道要经济权。"这就是不达目的决不罢休的韧性。

先生强调要有韧性的战斗，是基于他对中国社会、对国民性弊端的深刻认识，他揭示了中国社会存在的"看客"现象：

群众，——尤其是中国的，——永远是戏剧的看客。牺牲上场，如果显得慷慨，他们就看了悲壮剧；如果显得觳觫，他们就看了滑稽剧。

北京的羊肉铺前常有几个人张着嘴看剥羊，仿佛颇愉快，人的牺牲能给与他们的益处，也不过如此。而况事后走不几步，他们并这一点愉快也就忘却了。

对于这样的群众没有法，只好使他们无戏可看倒是疗救，正无需乎震骇一时的牺牲，不如深沉的韧性的战斗。

"看客"指庸众，对为把他们从奴隶地位解救出来而斗争的改革者、革命者不理解，甚至把改革者、革命者慷慨就义的英勇行为当戏来看。对这样的庸众，先生只能"哀其不幸，怒其不争"。从珍惜改革者、革命者的生命和取得斗争胜利考虑，先生恳切期望他们调整策略，以减少牺牲，使"看客"无戏可看。先生赞赏改革者、革命者的大无畏精神，却并不赞成作无谓的牺牲，他主张尽可能用"深沉的韧性的战斗"来替代"震骇一时的牺牲"。

1925 年，是先生集中对一系列重大问题作出深层次思考的一年，在不少作品中反复论述了要发扬韧性精神，他在《杂感》（《华盖集》）中指出："无论爱什么，——饭，异性，国，民族，人类等等，——只有纠缠如毒蛇，执着如怨鬼，二六时中（按：即十二个时辰，整日整夜的意思），没有已时（按：指上午 9 时至 11 时）者有望。但太觉疲劳时，也无妨休息一会罢；但休息之后，就再来一回罢，而且两回，三回……"饭、异性，指人生存的基本需求，在此基础上才可能考虑国家、民族和人类的大问题。毒蛇般的纠缠、怨鬼般的执着，都是韧性的比喻；不分昼夜地追求，不要幻想到已时就有实现目标的希望，同样强调要有韧性。长期不懈的努力相当艰辛，不宜过劳，该休息时就休息，养精蓄锐后继续奋斗，在长期的不懈努力中曲折前行。

1925 年 5 月 14 日，上海日商内外棉纱厂工人，为抗议资方无故开

144　除工人，举行罢工。次日，该厂日籍职员枪杀工人顾正红，打伤工人十余人，激起各界民众的愤怒。5月30日，上海学生集会声援工人，号召收回租界，被公共租界巡捕逮捕100余人。随后万余群众集中在英租界南京路捕房前，要求释放被捕者，英国巡捕开枪射击，当即伤亡数十人。先生在"五卅"惨案之后写的《忽然想到十》（《华盖集》）中，就"民气"和"民力"问题作了分析，他赞成"前者多则国家终亦渐弱，后者多则强"的观点，指出："可惜中国历来就独多民气论者，到现在还如此。如果长此不改，'再而衰，三而竭'，将来会连辩诬的精力也没有了。所以在不得已而空手鼓舞民气时，尤必须同时设法增长国民的实力，还要永远这样的干下去。"

从重"民气"到重"民力"，是思维方式和行为方式的重大改变。"因此，中国青年负担的烦重，就数倍于别国的青年了。因为我们的古人将心力大抵用到玄虚漂渺平稳圆滑上去了，便将艰难切实的事情留下，都待后人来补做，要一人兼做两三人，四五人，十百人的工作，现在可正到了试练的时候了。对手又是坚强的英人，正是他山的好石，大可以借此来磨练。"由于历史的内部的原因——古人"将艰难切实的事情留下，都待后人来补做"；加上现实的外来的原因——枪杀中国人的"是坚强的英人"；中国青年承担的改革任务异常艰巨。把强大的对手比作磨练自己的"他山的好石"，彰显了英雄主义气概。

由此，就必须发扬韧性精神：

假定现今觉悟的青年的平均年龄为二十，又假定中国人易于衰老的计算，至少也还可以共同抗拒，改革，奋斗三十年。不够，就再一代，二代……。这样的数目，从个体看来，仿佛是可怕的，但倘若这一点就怕，便无药可救，只好甘心灭亡。因为在民族的历史上，这不过是一个极短时期，此外实没有更快的捷径。我们更无须迟疑，只是试练自己，自求生存，对谁也不怀恶意的干下去。

　　为具体地说明韧性奋斗，先生提出了量的概念，大致按照三十年一代人算，一代不够，就二代、三代，乃至更多代，代代相传。不是不想快，更不是能快不快，而是真快不了——"此外实没有更快的捷径"。中国人如此改革、奋斗，"对谁也不怀恶意"——不是为了反过来压迫他人，也不是为了有朝一日称霸世界，而只是为了使自己由弱变强，"自求生存"。

　　紧接着《忽然想到十》之后，先生写了《补白》(《华盖集》)，对"五卅"惨案后北京的情形作了分析，对青年学生的抗议活动作了评论："他们所能做的，也无非是演讲，游行，宣传之类，正如火花一样，在民众的头上点火，引起他们的光焰来，使国势有一点转机。倘若民众并没有可燃性，则火花只能将自身烧完。"令人悲哀的是，在青年学生点起的"火花"面前，中国民众恰恰缺乏"可燃性"；如果这种局面得不到改变，火花很可能面临"只能将自己烧完"的可悲命运——耗尽了所有心力却一事无成，先生悲愤地指出："这已不是学生的耻辱，而是全国民的耻辱了；倘在别的有活力，有生气的国度里，现象该不至于如此的。外人不足责，而本国的别的灰冷的民众，有权者，袖手旁观者，也都于事后来嘲笑，实在是无耻而且昏庸！"点火的青年学生面对的是嘲笑，嘲笑者既有"灰冷的民众"，也包括"有权者"和"袖手旁观者"。先生则站在青年学生一边，对他们进行了善意而中肯的批评："真诚的学生们，我以为自身却有一个颇大的错误，就是正如旁观者所希望或冷笑的一样：开首太自以为有非常的神力，有如意的成功。"他们把中国的事情想得太简单了。文章的结尾，先生谆谆告诫道："记得韩非子曾经教人以竞马的要妙，其一是'不耻最后'。即使慢，驰而不息，纵令落后，纵令失败，但一定可以达到他所向的目标。""驰而不息"就是韧性奋斗，不怕落后和失败，屡败屡战，不断吸取经验教训，韧性奋斗就一定能成功。

先生在《这个与那个》（《华盖集》）中，再提"《韩非子》说赛马的妙法"，对韩非子言"不为最先，不耻最后"评论道："那第一句是只适用于赛马的"，如果用于人的处世方法就错了，"既是'不为最先'，自然也不敢'不耻最后'，所以虽是一大堆群众，略见危机，便'纷纷作鸟兽散'了"。先生断言："多有'不耻最后'的人的民族，无论什么事，怕总不会一下子就'土崩瓦解'的，我每看运动会时，常常这样想：优胜者固然可敬，但那虽然落后而仍非跑至终点不止的竞技者，和见了这样竞技者而肃然不笑的看客，乃正是中国将来的脊梁。"勇于面对自己的落后，不以落后为耻，更不因此而放弃努力，咬住既定目标，毫不退缩地不懈努力，具有这种韧性精神的人和懂得尊重这种精神的人，"是中国将来的脊梁"，中国的希望在这样的人身上。

同样在 1925 年，先生在给许广平的信中，结合对她的关心与引导，也反复重申要发扬韧性精神。他在 4 月 14 日给许广平的信（《两地书》）中，针对许广平的"苦闷"（按：许广平给先生的信中，接连写了六个"苦闷"）分析道：

"小鬼"（按：先生对许广平的昵称）的"苦闷"的原因是在"性急"。在进取的国民中，性急是好的，但生在麻木如中国的地方，却容易吃亏，纵使如何牺牲，也无非毁灭自己，于国度没有影响。我记得先前在学校演说时候也曾说过，要治这麻木状态的国度，只有一法，就是"韧"，也就是"锲而不舍"。逐渐的做一点，总不肯休，不至于比"踔厉风发"无效的。但其间自然免不了"苦闷，苦闷……（此下还有四个并）"，可是只好便与这"苦闷……"反抗。这虽然近于劝人耐心做奴隶，而其实很不同，甘心乐意的奴隶是无望的，但若怀着不平，总可以逐渐做些有效的事。

改革者之所以必须发扬锲而不舍的韧性精神，是因为当时大多数中国人处于麻木状态。冰冻三尺非一日之寒，麻木是积弊，要化解它、革除它，唤醒麻木的国民，得有足够耐心。过于着急，不仅"容易吃亏"，欲速则不达，而且很可能"毁灭自己"。提倡韧性的战斗，不是"劝人耐心做奴隶"，恰恰相反，"逐渐做些有效的事"，积小胜为大胜，是摆脱奴隶地位唯一正确的方法。悟透了韧性精神，就不会没完没了的苦闷了。

先生在 6 月 13 日给许广平的信（《两地书》）中，再劝她：

小鬼不要变成狂人，也不要发脾气了。人一发狂，自己或者没有什么——俄国的梭罗古勃（按：俄国作家，著有长篇小说《小鬼》，其中表现了一种以发狂为幸福的厌世思想）以为倒是幸福——但从别人看来，却似乎一切都已完结。所以我倘力所能及，决不肯使自己发狂，实未发狂而有人硬说我有神经病，那自然无法可想。性急就容易发脾气，最好要酌减"急"的角度，否则，要防自己吃亏，因为现在的中国，总是阴柔人物得胜。

一个人性急至发脾气，发脾气至变成狂人，失去了必要的冷静和理性，很可能一切都"完结"——事和人都完了。"酌减'急'的角度"，或是说不是反对"急"，而是不要过"急"，更不要把"急"变成发脾气。先生再谈操之过急可能带来的害处："据我看来，要防一个不好的结果，就是白用了许多牺牲，而反为巧人取得自利的机会，这种在中国是常有的。"奋斗中难免有牺牲，但牺牲不能"白用"，总要换得一些胜利，胜利越大越好，牺牲则越小越好。"白用"牺牲者，牺牲了自己，于事业无补，却使那些自己并不牺牲的"巧人"得利，这是双重的得不偿失。先生强调指出：

要缓而韧，不要急而猛。中国青年中，有些很有太"急"的毛病（小鬼即其一），因此，就难于耐久（因为开首太猛，易将力气用完），也容易碰钉子，吃亏而发脾气，此不佞所再三申说者也，亦自己所曾经实验者也。

"要缓而韧，不要急而猛"，是先生关于韧性精神的一个核心观点。他反复劝说正在与黑暗势力斗争的许广平"不要急而猛"，既是深入分析中国国情得出的结论，也是自己的切身体会，实乃经验之谈。

1930年，先生在《对于左翼作家联盟的意见》（《二心集》）中，再次比较集中地谈了文化界如何发扬韧性精神，他指出："对于旧社会和旧势力的斗争，必须坚决，持久不断，而且注重实力。旧社会的根柢原是非常坚固的，新运动非有更大的力不能动摇它什么。并且旧社会还有它使新势力妥协的好办法，但它自己是决不妥协的。在中国也有过许多新的运动了，却每次都是新的敌不过旧的。""坚决，持久不断"，就是韧性。强调"坚决，持久不断"，不仅因为旧社会旧势力根柢坚固，而且它还采取"使新势力妥协的好办法"。什么办法这里没有说，可能是用名和利收买有些意志薄弱的提倡新运动的人士，也可能是在某些非原则事项方面作些许改善，以缓和冲突。为此，"我们急于要造出大群的新的战士，但同时，在文学战线上的人还要'韧'"。两句话连起来，就是运用"韧"的方法，来造就文化界的新战士。接着，先生从另一个角度对"韧"作了诠释："所谓韧，就是不要像前清做八股文的'敲门砖'似的办法。""借以进了'秀才举人'，便可丢掉八股文。""这种办法，直到现在，也还有许多人在使用，我们常常看见有些人出了一二本诗集或小说集以后，他们便永远不见了。"把写作当成"敲门砖"，不是持之以恒地做下去，"所以在中国无论文学或科学都没有东西"。先生的结论是："要在文化上有成绩，则非韧不可。"做好各项工作都需要不断

积累，积累不可能一蹴而就，须发扬韧性精神，思想文化工作尤其
如此。

先生的散文诗集《野草》中，1924 年创作的《秋夜》，1925 年创作
的《过客》和《这样的战士》，突出地体现了韧性精神。以《这样的战
士》为例，战士走进"无物之阵"，面对"许多战士都在此灭亡"，自己
也"无所用其力"，"他举起了投枪"；面对编织"无物之阵"的文人学
士——"无物之物"的谎言，"他举起了投枪"；面对披着外套的"无物
之物"被掷中后逃脱，"他举起了投枪"；他继续在"无物之阵"中战
斗，"无物之物"仍用"一式的点头，各种的旗帜，各样的外套"来对
付他，他依然"举起了投枪"。战士"终于在无物之阵中老衰，寿终"，
在人们不敢再"闻战叫"的"太平"境地里，"他举起了投枪"。不屈不
挠地五次"举起了投枪"，何等可贵的韧性精神！

先生强调韧性、锲而不舍，丝毫没有放松工作的意思，相反，他总
是批评中国人做事慢。1931 年，他在给翻译家孙用的信（《书信
（1927—1933）》）中说："中国的做事，真是慢极，倘印 Zola（按：
左拉，法国作家）全集，恐怕要费一百年。"1936 年，他在给曹靖华
的信（《书信（1936）》）中说："中国人做事，什么都慢，即使活到
一百岁，也做不成多少事。"1934 年，先生在《门外文谈》（《且介亭
杂文》）中论时间之珍贵："美国人说，时间就是金钱；但我想：时
间就是性命。无端的空耗别人的时间，其实是无异于谋财害命的。"
"时间就是金钱"强调了时间的效率和功用，"时间就是性命"则揭示
了时间的本质，无疑高于"时间就是金钱"。浪费时间就是浪费生命，
对己对人都是。

1933 年，先生在《禁用和自造》（《准风月谈》）中，借日本人的
铅笔和墨水笔比中国人的毛笔用起来方便，谈珍惜时间："所谓'便

150 当'，并不是偷懒，是说在同一时间内，可以由此做成较多的事情。这就是节省时间，也就是使一个人的有限的生命，更加有效，而也即等于延长了人的生命。古人说，'非人磨墨墨磨人'，就在悲愤人生之消磨于纸墨中，而墨水笔之制成，是正可以弥这缺憾的。""但它的存在，却必须在宝贵时间，宝贵生命的地方。中国不然，这当然不会是国货。"科学技术的进步，可以大大节省时间，具有本质上延长人的生命的重要意义，人应该乐于运用能够帮助自己提高办事效率的科技成果。这样做的前提是懂得时间与生命的宝贵，中国人要增强这种意识。

先生强调做事要抓紧，1926年，他在《有趣的消息》（《华盖集续编》）中说："在我们不从容的人们的世界中，实在没有那许多工夫来摆臭绅士的臭架子了，要做就做，与其说明年喝酒，不如立刻喝水；待廿一世纪的剖拨戮尸，倒不如马上就给他一个嘴巴。至于将来，自有后起的人们，决不是现在人即将来所谓古人的世界，如果还是现在的世界，中国就会完！"着手做一件事，固然应尽可能考虑周全，但也不能老是犹豫不决。"要做就做"，体现了时代紧迫感，能否抓紧改革，关系到中国的生死存亡。1936年，先生在《死》（《且介亭杂文末编》）中说：

从去年起，每当病后休养，躺在藤躺椅上，每不免想到体力恢复后应该动手的事情：做什么文章，翻译或印行什么书籍。想定之后，就结束道：就是这样罢——但要赶快做。这"要赶快做"的想头，是为先前所没有的，就因为在不知不觉中，记得了自己的年龄。

人生苦短，什么事想明白了就赶快做，以少留遗憾。赶快做不是"急而猛"，仍是"缓而韧"，但须把握好分寸，"缓"不是绝对慢，更不是越慢越好，韧中抓紧，这是辩证法。

二、"重压之下"，"我们就只得宛委曲折"

鲁迅在提出发扬韧性精神、锲而不舍奋斗的同时，还主张运用"宛委曲折"的策略，这两种策略本就存在内在联系——两者都反对硬拼、蛮干。"宛委曲折"强调正视现实，不求表面声势浩大、轰轰烈烈，而是采取迂回战术，但求取得实际效果。"宛委曲折"的对立面是锋芒毕露，直接进行不考虑力量对比、不计后果的激烈对抗。这种做法似乎"踔厉风发"，但往往是进一步、退两步，对推动社会进步不仅没有益处，而且适得其反。

(一)"'请愿'的事，从此可以停止了"

1925 年，先生在《杂感》中，先强调开展"纠缠如毒蛇，执着如怨鬼"的韧性斗争，而后指出："血书，章程，请愿，讲学，哭，电报，开会，挽联，演说，神经衰弱，则一切无用。"他特别善意地嘲讽道："血书所能挣来的是什么？不过就是你的一张血书，况且并不好看。至于神经衰弱，其实倒是自己生了病，你不要再当作宝贝了，我的可敬爱而讨厌的朋友呀！""在麻木如中国的地方"，写血书、请愿等，往往并不能产生多大实际效果。效果不佳导致自己苦闷，以致神经衰弱，也没有多少人会同情你。联系先生的其他作品（特别如 1926 年"三一八"惨案后所作《记念刘和珍君》）看，他由衷赞赏勇于采用这种方式与反动统治作斗争的青年学生的浩然正气，但对他们在斗争中不懂得自卫深感痛惜。

1932 年，先生在《不负责任的坦克车》（《伪自由书》）中，揭露了某些"高等人"嘲笑"下等人"自卫的险恶用心："高等人向来就善于躲在厚厚的东西后面来杀人的。古时候有厚厚的城墙，为的要防备盗匪和流寇。现在就有钢马甲，铁甲车，坦克车。就是保障'民国'和私产的法律，也总是厚厚的一大本。甚至于自天子以至卿大夫的棺材，也比庶民的要厚些。至于脸皮的厚，也是合于古礼的。"以上这些"厚厚的东西"，主要是那些所谓的"高等人"用来保护自己的。"独有下等人要这么自卫一下，就要受到'不负责任'等类的嘲笑：'你敢出来！出来！躲在背后说风凉话不算好汉！'但是，如果你上了他的当，真的赤膊奔上前阵，像许褚似的充好汉，那他那边立刻就会给你一枪，老实不客气，然后，再学着金圣叹批《三国演义》的笔法，骂一声'谁叫你赤膊的'——活该。总之，死活都有罪。"先生在其他作品中也几次引用许褚赤膊上阵吃亏的故事，来说明自卫的重要性，本书第一章第二节作了介绍，此处不再重复。

从斗争策略的角度，先生一贯反对群众尤其是青年学生上街"请愿"。1926 年"三一八"惨案发生的当天，先生就写了《无花的蔷薇之二》(《华盖集续编》)，称"三月十八日，民国以来最黑暗的一天"，他强烈谴责反动政府的暴行："如此残虐险狠的行为，不但在禽兽中所未曾见，便是在人类中也极少有的，除却俄皇尼古拉二世使可萨克兵击杀民众的事，仅有一点相像。"3 月 25 日，先生写了《"死地"》(《华盖集续编》)，继续抨击枪杀徒手请愿群众的刽子手，悲愤地控诉"只使我们觉得所住的并非人间"，批判"几个论客，以为学生们本不应当自蹈死地"——把责任推给无辜的热血青年，同时恳切希望"觉悟的青年"："'请愿'的事，从此可以停止了。倘用了这许多血，竟换得一个这样的觉悟和决心，而且永远纪念着，则似乎还不算是很大的折本。"反对请愿是因为珍惜生命，为了最大可能地减少流血牺牲，这是一种十分重要的"觉悟和决心"。

先生举例进一步分析道："现在恰有一本罗曼罗兰的《Le Jeu de L'Amour et de La Mort》(按：《爱与死的搏斗》，罗曼·罗兰以法国大革命为题材的剧本之一，作于 1924 年）在我面前，其中说：加尔是主张人类为进步计，即不妨有少许污点，万不得已，也不妨有一点罪恶的；但他们却不愿意杀库尔跋齐，因为共和国不喜欢在臂膊上抱着他的死尸，因为这过于沉重。"剧中，加尔是政治委员会委员，库尔跋齐是国约议会议员。先生对此评论道："会觉得死尸的沉重，不愿抱持的民族里，先烈的'死'是后人的'生'的唯一的灵药，但倘在不再觉得沉重的民族里，却不过是压得一同沦灭的东西。"先烈的"死"，是为了后人的"生"，正如先生 1931 年在《上海文艺之一瞥》（《二心集》）中所言："革命是并非教人死而是教人活的。"回到《"死地"》，先生说："中国的有志于改革的青年，是知道死尸的沉重的，所以总是'请愿'。殊不知别有不觉得死尸的沉重的人们在，而且一并屠杀了'知道死尸的沉重'的心。"反动派不仅杀人，而且诛心，面对中国这样的现实怎么办？"死地确乎已在前面。为中国计，觉悟的青年应该不肯轻死了罢。""不肯轻死"，那就不要请愿了吧。

1926 年 4 月 1 日，先生在《记念刘和珍君》（《华盖集续编》）中，浓墨歌颂在"三一八"惨案中英勇牺牲的三位女性："这是怎样的一个惊心动魄的伟大呵！"同时，仍不忘提醒人们不要请愿："人类的血战前行的历史，正如煤的形成，当时用大量的木材，结果却只是一小块，但请愿是不在其中的，更何况是徒手。"从总结历史经验的角度，明确否定采取请愿尤其是徒手请愿的方法。4 月 2 日，先生在《空谈》（《华盖集续编》）中，再谈反对请愿：

改革自然常不免于流血，但流血非即等于改革。血的应用，正如金钱一般，吝啬固然是不行的，浪费也大大的失算。我对于这回的牺牲者，非常觉得哀伤。

但愿这样的请愿，从此停止就好。

请愿虽然是无论那一国度里常有的事，不至于死的事，但我们已经知道中国是例外，除非你能将"枪林弹雨"消除。正规的战法，也必须对手是英雄才适用。

反对采用请愿的方法，是从当时中国社会的实际出发——既然请愿可能被残酷镇压，那就必须换一种方法，要珍惜生命，不能白白牺牲。先生强调："请愿的事，我一向就不以为然的，但并非因为怕有三月十八日那样的惨杀。"但惨案发生后，迫使先生更坚决地反对请愿，却是事实。他善意地批评"群众领袖"："一是还以请愿为有用；二是将对手看得太好了。"他强调："但愿这样的请愿，从此停止就好。"1935年，先生在《"题未定"草（六至九）》（《且介亭杂文二集》）中，引用上海的英文报纸《大美晚报》上刊载的北京"一二·九"学生运动的报道后指出："石在，火种是不会绝的。但我要重申九年前的主张：不要再请愿！"前一句体现坚定和自信，后一句体现策略和智慧。反对请愿，深层次讲是珍惜生命，在先生看来，请愿的代价实在太大了！

在反对请愿的同时，先生还提出了运用"壕堑战"的战法，1925年3月11日，他在给许广平的信（《两地书》）中坦陈：

对于社会的战斗，我是并不挺身而出的，我不劝别人牺牲什么之类者就为此。欧战的时候，最重"壕堑战"，战士伏在壕中，有时吸烟，也唱歌，打纸牌，喝酒，也在壕内开美术展览会，但有时忽向敌人开他几枪。中国多暗箭，挺身而出的勇士容易丧命，这种战法是必要的罢。但恐怕也有时会迫到非短兵相接不可的，这时候，没有法子，就短兵相接。

战士在"壕"中，边生活边战斗——生活包括物质生活和精神生活。先生主张采用"壕堑战"，既是受欧战的启发，更是从中国的实际出发。当然，"壕堑战"不是绝对的，必要时，战士也须冲出战壕与敌人短兵相接，殊死搏斗。纵观先生一生，"不挺身而出"特指讲求斗争方法，不作无谓牺牲，保存自己是为了更好地战斗。同月 18 日，先生在给许广平的信（《两地书》）中再谈斗争方法：

我想，在青年，须是有不平而不悲观，常抗战而亦自卫，倘荆棘非践不可，固然不得不践，但若无须必践，即不必随便去践，这就是我之所以主张"壕堑战"的原因，其实也无非想多留下几个战士，以得更多的战绩。

"常抗战而亦自卫"是"壕堑战"的基本原则，离开了自卫就失去了抗战的前提条件。"践荆棘"比喻走危险的路，如果有无危险或危险小一点、少一点的路可走，为什么不走呢？"壕堑战"就是这样的路啊。

先生在《空谈》中分析道："至于现在似的发明了许多火器的时代，交兵就都用壕堑战。这并非吝惜生命，乃是不肯虚掷生命，因为战士的生命是宝贵的。在战士不多的地方，这生命就愈宝贵。所谓宝贵者，并非'珍藏于家'，乃是要以小本钱换得极大的利息，至少，也必须卖买相当。以血的洪流淹死一个敌人，以同胞的尸体填满一个缺陷，已经是陈腐的话了。从最新的战术的眼光看起来，这是多么大的损失。""壕堑战"不是不战，而是反对不计得失的鲁莽战法，最大限度地减少牺牲，这是"最新的战术的眼光"。

1934 年，先生在给杨霁云的信（《书信（1934—1935）》）中指出："至于费去了许多牺牲，那是无可免的，但自然愈少愈好，我的一向主张'壕堑战'，就为此。"绝对而言牺牲在所难免，相对而言许多牺牲则可以避免，那么，为什么不选择后者呢？1935 年，先生在给萧军的信（《书信（1934—1935）》）中指出："德国腓力大帝的'密集突击'那时是会打胜仗的,不过用于现在,却不相宜,所以我所采取的战术,是:散兵战,堑壕战,持久战——不过我是步兵,和你炮兵的法子也许不见得一致。"壕堑战(堑壕战)之外,又加了散兵战和持久战,目的相同,都是为了减少牺牲,争取胜利。

先生在主张"壕堑战"和反对请愿的同时,还提出在文学创作和译作上运用"宛委曲折"的方法。1931年,他在《〈铁流〉编校后记》(《集外集拾遗》)中,介绍了《铁流》(按:长篇小说,苏联作家绥拉菲摩维支著,曹靖华译)翻译出版的过程。该文开门见山地说:"到这一部译本能和读者相见为止,是经历了一段小小的艰难的历史的。"起初,与神州国光社谈好,"出一种收罗新俄文艺作品的丛书",选十种世界上早有定评的剧本和小说,并约好了译者,名之为《现代文艺丛书》,《铁流》便是其中之一。第一种译好后出版了,接着译好交出版社的三种(《铁流》不在其中)却出现了意外——"对于左翼作家的压迫,是一天一天的吃紧起来,终于紧到使书店都骇怕了"。神州国光社声明废约,连已译好的三种也没能出版。"上海出版界的情形早已大异从前了:没有一个书店敢于承印。"但后来《铁流》为什么还能出版呢?是由先生拟了一个出版单位叫三闲书屋,自费出版。先生说明道:"在这样的岩石似的重压之下,我们就只得宛委曲折,但还是使她在读者眼前开出了鲜艳而铁一般的新花。"这是运用宛委曲折方法取得成功的一个实例。

先生倡导运用宛委曲折方法,受到古代文人的启发,1927年,他在《魏晋风度及文章与药及酒之关系》(《而已集》)中,谈魏晋名士、"竹林七贤"之一刘伶为何拼命喝酒:"他的饮酒不独由于他的思想,大半倒在环境。其时司马氏(按:魏明帝时大将军司马懿之子司马昭)已想篡位,而阮籍(按:诗人,与嵇康齐名)名声很大,所以他讲话就极难，只好多饮酒，少讲话，而且即使讲话讲错了，也可以借醉得到人的原谅。"再看阮籍："只要看有一次司马懿求和阮籍结亲，而阮籍一醉就是两个月，没有提出的机会，就可以知道了。""因为他们生于乱世，不得已，才有这样的行为，并非他们的本态。"王瑶写过《文人与酒》，认为魏晋文人的任真自然"饮酒实在是一种很好的寄托和表现的方法"，"但更重要的理由，还是实际的社会情势逼得他们不得不饮酒；为了逃避现实，为了保全生命，他们不得不韬晦，不得不沉湎。""饮酒好像只是快乐的追求，而实际却有更大的忧患背景在后面。这是对现实底不满和迫害的逃避，心里是充满了悲痛的感觉的。"饮酒"是自己来布置一层烟幕，一层保护色的烟幕"。①

（二）作品怎么写"必须察看环境和时候"

1925 年，鲁迅在给许广平的信（《两地书》）中，对她写的文章评论道："来稿有过火处，或者须改一点。"改是为了能够发表。类似的，1934 年先生在给徐懋庸的信（《书信（1934—1935）》）中，就向报刊投稿问题给出建议："至于投稿，则可以做得隐藏一点，或讲中国文学，或讲外国文学，均可。""自己的真意，留待他日发表就是了。""做得隐藏一点"，是因为不具备直接发表"自己的真意"的社会条件，待以后环境可能宽松了再说。1933 年，先生在给山西文学团体榴花社的信（《书信（1927—1933）》）中说：

新文艺之在太原，还在开垦时代，作品似以浅显为宜，也不要激烈，这是必须察看环境和时候的。别处不明情形，或者要评为灰色也难说，但可以置之不理，万勿贪一种虚名，而反致不能出版。战斗当首先

---

① 王瑶著：《中古文学史论》，北京大学出版社 1998 年版，第 131 页。

158 守住营垒，若专一冲锋，而反遭覆灭，乃无谋之勇，非真勇也。

处于"开垦时代"的新文艺，作品怎么写"必须察看环境和时候"，首先要立足于能够出版、"守住营垒"、站稳脚跟。为此先生主张，一要"以浅显为宜"，二"不要激烈"，即使被"评为灰色"也不必介意。随着时空条件的改变，再研究如何"冲锋"。这是具体指导文学青年怎么做到有勇有谋。

先生本人是如何"察看环境和时候"开展创作的呢？他采用的是"曲笔"或"抽去几根骨头"的方法。1927年，先生为自己的散文诗集《野草》写的《题辞》，开头是一段在读者中广为流传的格言式诗句："当我沉默着的时候，我觉得充实；我将开口，同时感到空虚。"沉默中的"充实"，是指思考有所得，但能否把这种"所得"比较顺利地说出来，存在着不确定性，让人感到"空虚"。这可能有两种情况，一种是"无从写"，即不知道怎么写才好，这里暂且不说。另一种是"不能写"，即在特定的社会环境中，自己想要写的东西不能发表。同年，先生在给作家、好友台静农的信中说："我眼前所见的依然黑暗，有些疲倦，有些颓唐，此后能否创作，尚在不可知之数。"面对这种情况，就须采取适当的策略。1931年，先生在《〈野草〉英文译本序》（《二心集》）中指出："因为那时难于直说，所以有时措辞就很含糊了。"含糊的措辞就是"曲笔"。即使私人之间通信，也存在类似问题，1932年，先生在《两地书·序言》中坦露："常听得有人说，书信是最不掩饰，最显真面的文章，但我也并不，我无论给谁写信，最初，总是敷敷衍衍，口是心非的，即在这一本中，遇有较为紧要的地方，到后来也还是往往故意写得含胡些，因为我们所处，是在'当地长官'，邮局，校长……，都可以随意检查信件的国度里。但自然，明白的话，是也不少的。""故意写得含胡些"，就是有意运用"曲笔"。"曲笔"不能让人一目了然，但基本内涵还保留着。1935 年，先生在《〈花边文学〉序言》中坦言，"向一种日报上的副刊去投稿"，"我是自己先抽去了几根骨头的"。"抽去几根骨头"，是指自己先删去一些可能被编辑和检查官视为敏感的内容，但基本要旨大部分还在；编辑和检查官再删去一些他们认为"不合时宜"的内容，作品会在不同程度上"走样"，但毕竟还是面世了。在先生看来，这两种方法都比不开口——不能发表好。

具体分析，"曲笔"问题不大，当时，有能力看出"曲笔"中藏有深意的编辑和检查官不多，无非是读者要更用心。"抽去几根骨头"则有时效果不好，如先生所说："副刊编辑先抽去几根骨头，总编辑又抽去几根骨头，检查官又抽去几根骨头，剩下来还有什么呢？"即便如此，先生仍肯定"抽去了几根骨头"的做法，"否则，连'剩下来'的也不剩"。有时，"抽去几根骨头"的做法效果还不错，如先生所说："我的投稿，目的是在发表的，当然不给它见得有骨气，所以被'花边'所装饰者，大约确比青年作家的作品多，而且奇怪，被删掉的地方倒很少。"可见先生对言论分寸的把握水平之高。

1927 年，先生在《答有恒先生》（《而已集》）中坦言："我先前的攻击社会，其实也是无聊的。社会没有知道我在攻击，倘一知道，我早已死无葬身之所了。""近来我悟到凡带一点改革性的主张，倘与社会无涉，才可以作为'废话'而存留，万一见效，提倡者即大概不免吃苦或杀身之祸。"所谓"无聊"，或指由于采用了适当的斗争策略，先生对社会黑暗现象的批判没有引起专制统治者注意——"没有知道我在攻击"。但有心者却能从中悟出深意。先生在文网密布的环境中"钻网"成功，还与大量使用笔名有关。资深编辑林贤治说："文网遍于国中，鲁迅不能不找寻'钻网'的法子。事实证明，他是世界上一流的游击专家。首先是使用笔名。他一生共使用笔名 140 多个，仅 1932 年到 1936 年四年间就多达 80 多个。一个作家笔名之多，在世界文学史上，恐怕也是首屈一指的。"①

三、 在反对盲目求快中抓紧和刚柔相济

当下读鲁迅发扬韧性精神而"锲而不舍"，通过"宛委曲折"而迂回前行，可以得到多方面启示。我考虑较多的有两点，一是如何处理快与慢的关系。想快一点改变落后面貌是每一代中国人的迫切愿望，但我们究竟需要什么样的快，怎么才能实现我们所需要的快，却是长久没有解决好的难题。在一次又一次为"急而猛"付出了沉重代价之后，我们理应变得聪明一点。二是如何处理坚持原则与适应社会的关系。做人做事都有原则，但有的原则往往会与现实社会产生矛盾，特别是在改革开放的年代。如何在不失基本原则的前提下适应社会，是先生教给我们的正确方法。

（一）"缓而韧"才能实现相对快

鲁迅强调韧，提出"缓而韧"，并非不想快，而是快不了，或者过快了效果不好，甚至造成灾难。"缓而韧"，看起来似乎慢了，实际上快了。反之，"急而猛"，看起来快了，实际上慢了。中国的事情太复杂，要改革、要进步太难，只有锲而不舍地奋斗才能成功。中国现代史上，最能说明问题的是抗日战争。自 1931 年九一八事变发生，日寇占领东三省，至七七事变发动全面侵华战争，哪个中国人不想早日驱除日寇！

---

① 林贤治著：《鲁迅的最后十年》，东方出版中心 2006 年版，第 75 页。

但想不想是一回事，能不能则是另一回事。这取决于对交战双方军队战
斗力和综合国力的客观分析。全民族抗战前，国内一直存在着"亡国
论"和"速胜论"两种思潮。而早在 1936 年 7 月，毛泽东在同美国记
者埃德加·斯诺的谈话中，就已经一般地估计抗日战争的形势，提出了
通过持久抗战争取胜利的方针。1937 年 7 月，朱德在《实行对日抗战》
一文中，指出中国的抗日战争"将是一个持久的艰苦的抗战"。与此同
时，国民党也确立了以"持久战"作为全国抗战的基本战略方针。同年
8 月，国民政府以大本营名义颁发的《国军作战指导计划》提出：全国
抗战"以达成'持久战'为作战指导之基础主旨"。蒋介石等人还先后
提出"持久消耗战""以空间换时间""积小胜为大胜"等口号。然而，
如何理解持久战，许多人还没有清楚的认识和明确的概念。1938 年 5
月，毛泽东集中全党智慧写了《论持久战》，形成了持久战理论，解决
了这个当时中国面临的最大难题。抗日战争伟大胜利的历史早已证明，
持久战是中国抗战唯一正确的战略方针。①

　　负面的重大教训是"大跃进"。"大跃进"的盲目蛮干，极大地浪费
了人力、物力和财力，给国民经济发展造成严重破坏，给人民群众生活
带来严重影响。②当然，对"大跃进"时期（"大跃进"和"大跃进时
期"是两个不同的概念）的经济建设不应全盘否定，1958 年起兴建了
一大批工业企业，为之后工业发展奠定了基础。

　　如何正确处理发展速度与发展质量的关系，是一个长期以来难以解
决的大问题。虽然中共中央、国务院反复强调提高经济发展质量的重要

---

① 参阅中共中央党史研究室著：《中国共产党历史（1921—1949）》第一卷（下），
　　中共党史出版社 2011 年版，第 509—513 页。
② 参阅中共中央党史研究室著：《中国共产党历史（1949—1978）》第二卷（上），
　　中共党史出版社 2011 年版，第 491 页。

162　　性，但重速度轻质量的倾向长期未得到彻底纠正。我长期在工业企业工作，思考经济发展速度问题。我认为，速度问题是经济发展的一个基本问题，会影响经济全局和长远。在特殊时期，能快则快是必要的；在特殊条件下，能快则快也是可能的。发达国家几乎都有过这样的时期，中国的改革开放也创造了这样一个时期的奇迹。但在常态下，经济发展速度并非越快越好——其实，即使在能快则快方针指导下的经济发展，也不是越快越好，需要把握"能快"的条件。经济学家厉以宁指出："持续的高速增长不符合经济发展规律，也不能够持久。""高速增长带来五方面的不利影响：一是资源过度消耗；二是生态恶化；三是部分产业产能过剩；四是经济效益普遍低效；五是为了促进高速增长我们错过了技术创新和结构调整的最佳时机。2008 年国际金融危机爆发后，包括美国、德国、日本在内的发达国家都是尽量地从技术创新找出未来经济发展的道路，而我们忙于高速增长，耽误了时间，所以这是我们要牢记的重要问题。"①

　　鲁迅提出"缓而韧"，针对中国做事特别难的国情，鼓励我们沿着正确的方向，执着地、锲而不舍地奋斗，"驰而不息"排除万难，一步一个脚印地做建设性的工作，逐渐接近既定目标，最后实现目标。这不仅是对高层领导而言，而且对每个人都很重要。一个人要真正做成功一件事，就得有坚韧不拔的意志，坚持不懈奋斗。机遇不给没有准备的人，偶然性中有必然性。"缓而韧"，讲的是实事求是，按照客观规律办事，决非主张做事可以松松垮垮、拖拖沓沓、慢慢吞吞。相反，如前所述，先生批评中国人做事慢、不讲效率，他主张说做就做、抓紧做。抓

---

① 吴敬琏、厉以宁、林毅夫等著，朱克力主编：《读懂新常态（2）：大变局与新动力》，中信出版社 2016 年版，第 11—12 页。

紧做与"缓而韧"相辅相成，越是做成功一件事不易、需要一个相对慢的过程，越要韧中抓紧、慢中有快，才不至于遥不可及、遥遥无期。反对操之过急，不是不要急，而是要"急"而不"过"。当下，面对日益激烈的国际竞争，我们仍要有时不我待的紧迫感。毛泽东1963年作《满江红·和郭沫若同志》词曰："多少事，从来急；天地转，光阴迫。一万年太久，只争朝夕。"①今天读来，它与鲁迅的"缓而韧"和"抓紧做"遥相呼应，给我们以深沉的激励。

（二）不失基本原则前提下适应社会环境

鲁迅主张"壕堑战"，创作时运用"曲笔"或者"抽去几根骨头"那样"宛委曲折"的方法，体现的皆是不失基本原则前提下适应当时社会环境的斗争策略，这种策略运用取得了成功。八十多年后的今天，一般自然不应再简单套用"壕堑战"概念，但"宛委曲折"作为一种策略，依然具有重要的方法论价值，这是改革的需要。先生以改革国民性为己任，不留情面地批判各种假恶丑现象，他是具有硬骨头精神而又善于改革的改革者，"宛委曲折"就是"善于"的体现。改革的对象无一不是现实社会中的顽症，总是涉及相关人员既得利益的调整，必然会与现实发生冲突，有时甚至可能是激烈冲突。

针对这种现实，改革开放初的1980年，邓小平在被称为"中国改革宣言书"的《党和国家领导制度的改革》中，以干部人事制度改革为例，发出号召："现行的组织制度和为数不少的干部的思想方法，不利于选拔和使用四个现代化所急需的人才。希望各级党委和组织部门在这

① 中共中央文献研究室编：《毛泽东诗词集》，中央文献出版社1996年版，第135页。

164 个问题上来个大转变，坚决解放思想，克服重重障碍，打破老框框，勇于改革不合时宜的组织制度、人事制度，大力培养、发现和破格使用优秀人才，坚决同一切压制和摧残人才的现象作斗争。"①1992年，邓小平在武昌、深圳、珠海、上海的谈话中再次明确指出："改革开放胆子要大一些，敢于试验，不能像小脚女人一样。看准了的，就大胆地试，大胆地闯。深圳的重要经验就是敢闯。没有一点闯的精神，没有一点'冒'的精神，没有一股子气呀、劲呀，就走不出一条好路，走不出一条新路，就干不出新的事业。"②

国有企业劳动用工、人事和收入分配三项制度改革，是改了四十多年虽有所进展，但至今还没有从根本上得到破解的难题。面对这道跨世纪难题，吸取当年有的国企改革失败的教训——包括不注意方法、硬着头皮改的教训，不少人采取消极回避态度。能不能用"宛委曲折"的方法来深化改革呢？我想是可以的。三十多年前那种大批职工下岗的"壮士断腕"式改革，不太可能重复；十多年前国际金融危机爆发时，要求国企"不让一个职工下岗"的做法，也未必可取。但至少有两种改革举措，是完全可行的。一种是在科技人员的核心关键人才中，实行有市场竞争优势的薪酬制度和超额利润分享机制。实行这样的改革举措，虽然也会遇到阻力，但在着力攻克"卡脖子"技术难题的大背景下，只要配套实行重点科研攻关项目"揭榜挂帅"等措施，应该能有比较乐观的改革预期。另一种是精简领导人员职数。几乎所有人都明白，国企相当普遍存在的管理效率低的重要原因之一，是领导干部职数过多，但精简的动力却不足。有的认为，现在调动干部积极性的手段少，领导岗位多至

① 《邓小平文选》第二卷，人民出版社1994年版，第326页。
② 《邓小平文选》第三卷，人民出版社1993年版，第372页。

少增加了通过提拔来调动干部积极性的机会。殊不知，且不说管理效率 165 问题，干部提拔的机会太多，还会造成大多数干部在不够稳定的状态下工作，其害无穷。国企理应下决心加大精简领导人员职数力度，精简前把道理说透，精简时遵循领导班子结构优化原则，精简后善待下来的人员，一般就可以比较顺利地推进这项改革。

"宛委曲折"，是适应现实社会环境，采取现实社会环境能够接受的方法来深化改革。改革方案设计要彻底，实施可以分步。"宛委曲折"，不失原则是前提，原则是坚持改革，是前进，目的正是为了有效地实行改革。这样做看上去缺乏大刀阔斧的豪情，但改革毕竟在深化，社会毕竟在进步。这不是胆怯，而是智慧。值得警惕的是，改革口号喊得震天响，改革实施时或满足于形式、换汤不换药，或停留于表面、并未解决应该解决的深层次问题，更严重的是打着改革的旗号走倒退的路。这就失去原则了，和为求得改革实效而采取"宛委曲折"的方法没有任何关系。

第七章 Chapter 7

专业化，余裕心

专业和专业化与社会分工相联，在分工相当粗放的古代社会也有专业，但那只是少数人的事，与大多数人并无多大关系。所以在古代，专业化不会成为一个重要的社会关注点。随着科学技术发展，尤其是工业革命后，人类社会进入近现代，分工越来越细，要求越来越高，对越来越多的人提出了专业化的要求，专业化日益成为近现代社会的显著特征。二十世纪初，还在中国在外国列强威逼下步履蹒跚地起步现代化之际，鲁迅就敏锐地觉察到这一点，把专业化纳入他的"立人"思想。同时，人能否葆有余裕心，也是一个古即有之，近现代随着社会节奏不断加快、竞争日趋激烈，而愈益突出的问题。与专业化相比，先生对余裕心给予更多关注，不仅认为它与每个人生活是否幸福密切相关，而且认为这关乎民族的前途和命运。对正在加快现代化步伐的今天的中国人而言，如何在专业化和余裕心问题上尽可能做得好些，不妨从先生当年充满智慧的相关论述中寻求帮助。

一、"社会之事繁"，"人自不得不有所专"

1907 年，鲁迅在《科学史教篇》（《坟》）中，介绍了十八世纪中叶以来，英、法、德、意等国科学发展呈现出一片灿烂景象，奠定了欧洲十九世纪物质文明的基础，在此历史背景下："社会之事繁，分业之要起，人自不得不有所专，相互为援，于以两进。"社会各项事业发达了，便产生了越来越细、越来越多的社会分工，人们自然而然需要各有所专长，来相互援助和补充，以求得共同发展和进步。

(一) "一个人做事不专"，"怎么弄得好呢?"

虽然中国是一个近现代化滞后的国家，但到了二十世纪二三十年代，在北京、上海和广州等大城市，社会分工的细化也已逐渐兴起。1926 年 11 月 18 日，先生在给许广平的信（《两地书》）中说："你初出来办事，到各处看看，历练历练，本来也很好的，但到太不熟悉的地方去，或兼任的事情太多，或在一个小地方拜帅，却并无益处，甚至会

168 变成浅薄的政客之流。我不知道你自己是否仍旧愿在广州，抑非走开不可，倘非决欲离开，则伏园（按：孙伏园）下月中旬当赴粤，我可以托他问一问，看中大女生指导员之类有无缺额，他一定肯绍介的。"先生直言相劝，希望许广平不要太分散精力，提醒她如果注意力不集中于某一专业，弄不好"会变成浅薄的政客之流"。按照先生对许广平的了解，她还是适合在学校工作。

　　同年 12 月 12 日，许广平在给先生的信中，谈到国民党广东省党部与中山大学特别党部联合举办妇女运动人员训练所，要她"担任讲'妇女与经济政治之关系'，为时三周，每周二小时"，许"推却而不能，已答应"；却又"自思甚好笑，自己实无所长，而时机迫得我硬干，真是苦恼"。同月 16 日，先生在给许广平的回信（《两地书》）中，对此事谈了看法："政治经济，我晓得你是没有研究的，幸而只有三星期。我也有这类苦恼，常不免被逼去做'非所长'，'非所好'的事。然而往往只得做，如在戏台下一般，被挤在中间，退不开去了，不但于己有损，事情也做不好。而别人见你推辞，却以为谦虚或偷懒，仍然坚执要你去做。这样地玩'杂耍'一两年，就只剩下些油滑学问，失了专长，而也逐渐被社会所弃，变了'药渣'了，虽然也曾煎熬了请人喝过汁。"勉为其难地做自己不擅长的事，先生称之为"玩'杂耍'"，不仅做不好事，而且"于己有损"，时间一长，"只剩下些油滑学问，失了专长"，成了被抛弃的"药渣"，损人又损己，多么可悲！

　　1930 年，先生在《对于左翼作家联盟的意见》（《二心集》）中，分析了当时左联的情况后指出：

　　我们应当造出大群的新的战士。因为现在人手实在太少了，譬如我们有好几种杂志，单行本的书也出版得不少，但做文章的总同是这几个人，所以内容就不能不单薄。一个人做事不专，这样弄一点，那样弄一点，既要翻译，又要做小说，还要做批评，并且也要做诗，这怎么弄得好呢？

一个人精力有限，集中精力于自己擅长的事，把它做专，才可能做好、做得有深度，否则能量稀释，事情做到单薄的程度已属不错的结果了。"这都因为人手太少的缘故，如果人多了，则翻译的可以专翻译，创作的可以专创作，批评的专批评；对敌人应战，也军势雄厚，容易克服。"这里所说的人手，当指专业人才，否则人再多也无济于事，先生举例："关于这点，我可带便地说一件事。前年创造社和太阳社向我进攻的时候，那力量实在单薄，到后来连我都觉得有点无聊，没有意思反攻了，因为我后来看出了敌军在演'空城计'。"创造社和太阳社成员自诩为"无产阶级革命"的化身，却没有真正弄懂马克思主义，就自以为是地对鲁迅开展"马克思主义"式的批评，显然太不专业。先生说："我那时就等待有一个能操马克斯主义批评的枪法的人来狙击我的，然而他终于没有出现。"这是中国文学界和思想界的悲哀。

对具有一定专业能力的人，专业化做事，前提是有自知之明，认识到自己的专长是什么，擅长做什么，而不轻易跨界。先生本人很注意这一点，1925 年，他在给许广平的信（《两地书》）中说："希望我做一点什么事的人，颇有几个了，但我自己知道，是不行的。凡做领导的人，一须勇猛，而我看事情太仔细，即多疑虑，不易勇往直前；二须不惜用牺牲，而我最不愿使别人做牺牲（这其实还是革命以前的种种事情的刺激的结果），也就不能有大局面。所以，其结果，终于不外乎用空论来发牢骚，印一通书籍杂志。"先生认为自己的专长在文学创作和译作，而不在做领导工作，他把自己定位为职业作家和翻译家。1933 年，他在给文学青年胡今虚的信（《书信（1927—1933）》）中说："年来所受迫压更甚，但幸未至窒息。先生所揣测的过高，领导决不敢，呐喊助威，则从不辞让。今后也还如此。可以干的，总要干下去。只因精力有限，未能尽如人意，招怨自然不免的了。"胡氏"揣测的过高"，该是期望鲁迅领导文学界吧。先生再次声明自己不适合做领导，自己擅长的是"呐喊助威"，且当仁不让，今后还是这样。可见先生给自己的定位，选择的道路是多么坚定！

1927 年 9 月，先生从广州去上海之前，在给作家翟永坤的信（《书信（1927—1933）》）中，谈了到上海后的打算："我先到上海，无非想寻一点饭，但政，教两界，我不想涉足，因为实在外行，莫名其妙。也许翻译一点东西卖卖罢。"还是出于专业化角度考虑，先生说自己不仅不适合政界（做领导），而且不适合教育界（做教师）。关于后者，先生也是作过认真思考的。1926 年 11 月，他在《厦门通信（二）》（《华盖集续编》）中说："别的学者们教授们又作别论，从我们平常人看来，教书和写东西是势不两立的，或者死心塌地地教书，或者发狂变死地写东西，一个人走不了方向不同的两条路。"初看起来，"教书和写东西势不两立"不易理解。直到写这篇文章之前，先生本人不是又写东西又教书吗？但细究一下，却能体会先生分析问题的客观和深刻。以一般标准来看，写作和教书兼顾是可能的；但以高标准看却不然，无论写作还是教书，要真正做好一样就很难，写作要"发狂变死"写才能写好，教书要"死心塌地"教才能教好。先生固然又写作又教书，但毕竟以写作为主，产生的影响主要也是他的作品。他想把作品写得更好，就不能再在教书上多花精力。

几乎同时，先生在给许广平的信（《两地书》）中，展开谈了这个问题：

我对于此后的方针，实在很有些徘徊不决，那就是：做文章呢，还是教书？因为这两件事，是势不两立的：作文要热情，教书要冷静。兼做两样的，倘不认真，便两面都油滑浅薄，倘都认真，则一时使热血沸腾，一时使心平气和，精神便不胜困惫，结果也还是两面不讨好。看外国，兼做教授的文学家，是从来很少有的。我自己想，我如写点东西，也许如中国不无小好处，不写也可惜；但如果使我研究一种关于中国文学的事，大概也可以说出一点别人没有见到的话来，所以放下也似乎可惜。但我想，或者还不如做些有益的文章，至于研究，则于余暇时做，不过倘使应酬一多，可又不行了。

先生具体分析了做文章和教书是如何"势不两立"，他选择写作。"做些有益的文章"，"也许对中国不无小好处"，有底气，充满自信。搞中国文学研究（其实是不同于文学创作的另一种写作），自信会有独到的见解，但有没有可能做到写作与文学研究兼顾，要看自己的精力够不够。

对于一个作家而言，写作也不是什么都能写，所擅长的，也总是某一个方面，最多是若干个方面。1921年9月，先生在给二弟周作人的信（《书信（1904—1926）》）中，谈了这样一件事："雁冰令我做新犹太事（按：指沈雁冰约请鲁迅撰文介绍新犹太文学），实无异请庆老爷（按：鲁迅本家叔祖周庆蕃，曾任江南水师学堂汉文教习）讲化学，可谓不届之至。"同月，先生在给周作人的信（《书信（1904—1926）》）中，又讲了类似的事："雁冰又曾约我讲小露西亚（按：日语小俄罗斯，即乌克兰，指沈雁冰约请鲁迅介绍乌克兰文学），我实在已无此勇气矣。"先生坚持不做自己不熟悉的事。1935年，先生在给青年作家叶紫的信（《书信（1934—1935）》）中说："吴先生（按：吴清友，《殖民地问题》作者）要我给《殖民地问题》一个批评，那可真像要我批评诸葛武侯八卦阵一样，无从动笔。"先生认为像殖民地这样的政治经济问题，不是自己熟悉的领域，不能勉为其难地答应作者作评论。

一个人为了做好专业，不能满足于既有知识，要有持续学习意识，1936 年，先生在给编辑家、出版家赵家璧的信（《书信（1936）》）中，谈到与专业书籍相关的问题时说："有关本业的东西，是无论怎样节衣缩食也应该购买的，试看绿林强盗，怎样不惜钱财以买盒子炮，就可知道。然而文艺界中人，却好像并无此种风气，所以出书真难。"为了提升自己的专业水平，需要阅读相关的专业书籍，其中的经典不是读过算数，得反复读，往往还要边读边做记号，在当时的情况下，借阅不方便，就要买下来，这是必不可少的投入。

（二）"输出多而输入少"，"要空虚的"

一个人的专业化不是天生的，是在学习、训练和实践中逐步形成的，这就需要处理好输入与输出的关系。1935 年，鲁迅在给萧军的信（《书信（1934—1935）》）中，以文学青年为例说：

一个作者，"自卑"固然不好，"自负"也不好的，容易停滞。我想，顶好是不要自馁，总是干；但也不可自满，仍旧总是用功。要不然，输出多而输入少，后来要空虚的。

不要四个"自"（自卑和自负，自馁和自满），要两个"总是"（总是干和总是用功）。自卑、自馁、不敢干不好，要有干的勇气；自负、自满、以为什么都能干也不好，要有自知之明。"总是干"侧重讲输出，"总是用功"侧重讲输入，输入大于输出，"总是用功"才能保证"总是干"有成效，否则容易停滞乃至空虚、落后。

"总是用功"，须从打基础做起，基础具有根本性质，所以称为"根基"。1907 年，先生在《科学史教篇》中，从科学史谈到认识事物之根本的重要。欧洲的发展，最迷惑人的，莫过于振兴实业和训练军队两件事了，但先生认为，这些不是根本而只是枝叶，根本、根基在科学，他说自己：“特信进步有序，曼衍有源，虑举国惟枝叶之求，而无一二士寻其本，则有源者日长，逐末者仍立拨耳。”事物的进步有次序，发展有根源，如果举国上下只去追求枝叶，没有少数有识之士去寻求根本，那么，有根源的国家将长久发展下去，而舍本求末的国家就会很快灭亡。先生举了许多例子后说：“今试总观前例，本根之要，洞然可知。盖末虽亦能灿烂于一时，而所宅不坚，顷刻可以蕉萃，储能于初，始长久耳。”看了前面所有的例子，“本根”的重要性一目了然。细枝末节虽然也能一时绽放夺目光彩，但如果根基不牢，很快就会枯萎，只有在开始时把能量储备足，方能长久发力。一个人真要在某一方面的专业上有所成就，并且避免昙花一现，就必须打牢根基。

如前所述，1926 年先生在厦门与在广州的许广平的通信中，几次讨论她的职业选择：做职员办事还是做教员教书？许广平犹豫不决，先生给她的意见是做教员。先生同时对她怎么才能做好教员给出了具体建议，他在当年 12 月 2 日的信（《两地书》）中说：

其实，你的事情，我想还是教几点钟书好。要豫备足，则钟点不宜多。办事与教书，在目下都是淘气之事，但我们舍此亦无可为。我觉得教书与办别事实在不能并行，即使没有风潮，也往往顾此失彼，不知你此后可有教书之处（国文之类），有则可以教几点钟，不必多，每日匀出三四点钟来看书，也算豫备，也算是自己的享乐，就好了；暂时也算是一种职业。你大约世故没有我这么深，所以思想虽较简单，却也较为明快，研究一种东西，不会困难的，不过那粗心要纠正。

先生可能怕许广平对他的意见重视不够，第二天还没等她回信，就再写信（《两地书》）劝她说：

你如离开师范，不知在本地可有做事之处，我想还不如教一点国

174   文，钟点以少为妙，可以多豫备。

以上两段话意味深长：无论什么事要做好都不容易，所以应选择自己相对擅长的事做，并且集中精力去做；做事要仔细，不要粗心。先生谈的重点是输入与输出的关系，强调为了上好课，要"多豫备""豫备足"，即输入充分。提出"每日匀出三四点钟来看书"，是对"总是用功"（输入）量的要求；如果备课的看书"也算是自己的享乐"，那就更好。提出授课"钟点不宜多""以少为妙"，与老子所言"少则得，多则惑"①相通。一个人精力有限，只有适当少做才能做好，做得太多只会陷入困惑，乃至一事无成。"总是干"不是干得越多越好，输出过多，输入（"总是用功"）难以跟上，再好的东西也就稀释了——至少变得不如原来那样好了。

1935 年，先生在给许寿裳的信（《书信（1934—1935）》）中，谈及自己的创作情况："近亦仍忙，颇苦于写多而读少，长此以往，必将空疏。"读是输入，写是输出，要多读少写，以避免空疏，这是对自己的提醒。专业化须与时俱进，一个人的专业知识和能力不可能一劳永逸，必须持续积累、不断更新，否则，原来的专业人士也可能很快变得不专业，而被时代淘汰。一个人要实现专业化虽不容易，却也并非高不可攀，1934 年，先生在给日本友人山本初枝的信（《书信·致外国人士》）中，谈及一位日本作家"太客气""谦虚"时说："我想如现在就专心致志做起来，一定能够成功。倘按中国俗话说的'慢慢交'（按：上海方言，慢慢地做的意思），就会误事。"成功的要诀是"专心致志做起来"，并且抓紧。

---

① ［魏］王弼注，楼宇烈校释：《老子道德经注》，中华书局 2011 年版，第 58 页。

二、 有没有余裕心是"时代精神表现之一端"

先生以小见大，由大及小，层层深入地论述了余裕心与民族精神和物质文明的关系，与文艺作品的关系，与人们生活的关系。先生的论述，"大""小"之间切换自如，时有出其不意，却令人信服。先生本人向往有余裕的工作和生活，一次次感叹，一次次努力，虽有收获，却终未达到理想境界。

(一)"满抱了不留余地心时，这民族的将来恐怕就可虑"

1925 年，先生在《忽然想到二》（《华盖集》）的开头说："校着《苦闷的象征》（按：文艺论文集，日本作家厨川白村著，鲁迅译）的排印样本时，想到一些琐事——我于书的形式上有一种偏见，就是在书的开头和每个题目前后，总喜欢留些空白，所以付印的时候，一定明白地注明。但待排出寄来，却大抵一篇一篇挤得很紧，并不依所注的办。查看别的书，也一样，多是行行挤得极紧的。"这是从审美角度看书的排印，对此，有些人可能也会有先生这样的感觉，但也许其中的多数人并不会真把它当作什么了不起的事，一般皱皱眉头就过去了。但先生不是，他似乎非得"小题大做"不可，所谓"偏见"其实是别具深意的独特见解：

较好的中国书和西洋书，每本前后总有一两张空白的副页，上下的天地头也很宽。而近来中国的排印的新书则大抵没有副页，天地头又都很短，想要写上一点意见或别的什么，也无地可容，翻开书来，满本是密密层层的黑字；加以油臭扑鼻，使人发生一种压迫和窘促之感，不特很少"读书之乐"，且觉得仿佛人生已没有"余裕"，"不留余地"了。

对比中外书的排印版式，批评"没有副页，天地头又都很短"的排

176 印，使人"发生一种压迫和窘促之感"，语气够重了，但还是就事论事。接着说"不特很少'读书之乐'，且觉得仿佛人生已没有'余裕'，'不留余地'了"，就事论理，则上升到人生哲理高度了。

先生进一步分析道：

或者也许以这样的为质朴罢。但质朴是开始的"陋"，精力弥满，不惜物力的。现在的却是复归于陋，而质朴的精神已失，所以只能算窳败，算堕落，也就是常谈之所谓"因陋就简"。在这样"不留余地"的空气的围绕里，人们的精神大抵要被挤小的。

对于"没有副页，天地头又都很短"的排印，有的人可能认为是"质朴"。先生认为质朴与否，要看是开始的"陋"，还是复归于"陋"。开始的"陋"，是"精力弥满，不惜物力"，留有余地的"陋"，就像毛坯，可以经过打磨加工，去掉多余部分，从粗陋的半成品变为精品。精力弥满才可能留有余地，留有余地才可能制造出真正的良品，正如先生1929年在《〈近代木刻选集〉小引》（《集外集拾遗》）中谈艺术所言："有精力弥满的作家和观者，才会生出'力'的艺术来。"而复归于"陋"，则是结果的"陋"，已经制成粗陋的上市商品，没有提升品质的余地了。这就丧失了"质朴的精神"，而"只能算窳败，算堕落"。先生再从人生哲理高度分析了"不留余地"的危害性，提出了一个十分重要的观点："在这样'不留余地'的空气的围绕里，人们的精神大抵要被挤小的。"人处于不留余地的过分紧张状态，没有时间对事物作深入思考，物极必反，精神不仅得不到扩展，反而会被"挤小"。

上述分析已很深入，但先生并未就此打住，他接着发表了更重要的长篇大论：

外国的平易地讲述学术文艺的书，往往夹杂些闲话或笑谈，使文章增添活气，读者感到格外的兴趣，不易于疲倦。但中国的有些译本，却将这些删去，单留下艰难的讲学语，使他复近于教科书。这正如折花者，除尽枝叶，单留花朵，折花固然是折花，然而花枝的活气却灭尽了。

先生的大论，又是从具体的小事谈起。他把中国的有些译本与原著作比较，原著"留有余地"，往往在论述中"夹杂些闲话或笑谈"，其效果是"使文章增添活气"，引起读者的阅读兴趣，还不易疲倦。而中国的有些译本却自作聪明地把这些都删掉，好比折花者，"除尽枝叶，单留花朵"，这种不留余地的做法，灭尽了"花枝的活气"。"留有余地"使文章生动活泼，不留余地则显呆板沉闷，先生在不经意间讲述了十分深刻的人生哲理。

他进一步论述道："人们到了失去余裕心，或不自觉地满抱了不留余地心时，这民族的将来恐怕就可虑。上述的那两样，固然是比牛毛还细小的事，但究竟是时代精神表现之一端，所以也可以类推到别样。例如现在器具之轻薄草率（世间误以为灵便），建筑之偷工减料，办事之敷衍一时，不要'好看'，不想'持久'，就都是出于同一病源的。即再用这来类推更大的事，我以为也行。"从"人们"自然过渡到"民族"，多么精辟、多么重要的论断！书的排印格式，翻译的详略取舍，似乎是"比牛毛还细小的事"，但在先生看来，这"究竟是时代精神表现之一端"。怎么理解？先生从反面举了三个例子，如果不留余地，就制造不出精品，建不成经得起时间检验的工程，办不成或办不好一件事。先生还断言："即再用这来类推更大的事，我以为也行。"

先生还对余裕与文艺、文化的关系作了专门论述，1921年，他在《〈池边〉译者附记》（《译文序跋集》）中，谈了自己翻译日本童话《池边》的体会："可惜中国文是急促的文，话也是急促的话，最不宜于译童话；我又没有才力，至少也减了原作的从容与美的一半了。"指出中文的"急促",赞赏日本童话的"从容与美",可见先生的审美取向。1924 年,先生在《中国小说的历史的变迁》(《中国小说史略》)中指出:

> 劳动虽说是发生文艺的一个源头,但也有条件:就是要不过度。劳逸均适,或者小觉劳苦,才能发生种种的诗歌,略有余暇,就讲小说。假使劳动太多,休息时少,没有恢复疲劳的余裕,则眠食尚且不暇,更不必提什么文艺了。

劳动是文艺的源泉,但不能把它引向极端,"过度"了就没有文艺。至少"略有余暇",最好"劳逸均适",才可能有文艺。1927 年,先生在《在钟楼上(夜记之二)》(《三闲集》)中指出:"有人说,文化之兴,须有余裕,据我在钟楼上的经验,大致是真的罢。""有余裕,未必能创作;而要创作,是必须有余裕的。""钟楼"是指先生在中山大学任教授兼教务主任时的住所。据当时与鲁迅共住一室的许寿裳回忆,在钟楼上,鲁迅"忙于开会议,举行补考,核算分数,接见种种学生,和他们辩论种种问题,觉得日不暇给","晚餐后,鲁迅的方面每有来客络绎不绝,大抵至十一时才散。客散以后,鲁迅才开始写作,有时至于彻夜通宵"。虽然这期间,先生完成了历史小说《铸剑》(《故事新编》)的创作,但缺少余裕的生活状况,显然严重影响了他计划中的其他作品的创作,先生为此感到不安。①

1927 年,先生在《革命时代的文学——四月八日在黄埔军官学校讲》(《而已集》)中,分析了革命与文学、余裕的关系:

> 到了大革命的时代,文学没有了,没有声音了,因为大家受革命潮流的鼓荡,大家由呼喊而转入行动,大家忙着革命,没有闲空谈文学

---

① 参阅许寿裳著:《鲁迅传》,九州出版社 2017 年版,第 78 页。

了。还有一层，是那时民生凋敝，一心寻面包吃尚且来不及，那里有心
思谈文学呢？

　　太忙或者太穷，就顾不上文学了，这是从读者角度而言。再从作者
角度看："忙的时候也必定没有文学作品，挑担的人必要把担子放下，
才能做文章；拉车的人也必要把车子放下，才能做文章。"忙中有闲，
才顾得上文学创作。"等到大革命成功后，社会底状态缓和了，大家底
生活有余裕了，这时候就又产生文学。"这是就一般而言，不是绝对的。
"自然也有人以为文学于革命是有伟力的，但我个人总觉得怀疑，文学
总是一种余裕的产物，可以表示一民族的文化，倒是真的。"革命需要
文学，但文学是余裕的产物，两者有矛盾。这种矛盾有时是可能调和
的。一方面，有些文学家并不在革命的漩涡中，虽紧张，但也不是紧张
到没有一点余裕，可能或多或少还有一点创作时间。另一方面，即使在
革命漩涡中的人，也不是紧张到任何时候都没有一点喘息机会。1929
年，先生在《现今的新文学概观》(《三闲集》)中指出："待到革命略
有结果，略有喘息的余裕，这才产生新的革命文学者。"能够深刻反映
革命的文学作品，在革命进行过程中确实很难产生，需要革命文学作家
在余裕中创作出来。

　　先生还分析了平民百姓对余裕的需求，1934 年，他在《过年》
(《花边文学》)中指出："今年上海的过旧年，比去年热闹。""这是不
能以'封建的余意'一句话，轻轻了事的。""叫人整年的悲愤，劳作的
英雄们，一定是自己毫不知道悲愤，劳作的人物。在实际上，悲愤者和
劳作者，是时时需要休息和高兴的。古埃及的奴隶们，有时也会冷然一
笑。这是蔑视一切的笑。"余裕并非富人和权势者的专利，平民百姓也
需要余裕，过传统的旧年是这种需求的集中体现。文章还谈及先生本
人："我不过旧历年已经二十三年了（按：1912 年中华民国临时政府通

令各省废除阴历，改用阳历），这回却连放了三夜的花爆，使隔壁的外国人也'嘘'了起来：这却和花爆都成了我一年中仅有的高兴。""一年中仅有的高兴"，是由带着浓厚中国民俗文化印记的过年——这难得的余裕带来的。

1936 年，先生在重病中写了《"这也是生活"……》（《且介亭杂文末编》），揭示了战士也需要余裕，文章开始是先生唤醒夫人："有了转机之后四五天的夜里，我醒来了，喊醒了广平。"以下是夫妇对话，先生说："给我喝一点水。并且去开开电灯，给我看来看去的看一下。"夫人显然不理解："'为什么？……'她的声音有些惊慌，大约是以为我在讲昏话。"先生说："因为我要过活。你懂得么？这也是生活呀。我要看来看去的看一下。"夫人一声"哦……"，起来，给先生"喝了几口茶，徘徊了一下，又轻轻的躺下了，不去开电灯"，她显然还是不理解。先生只得借助街灯的光线来观察：

街灯的光穿窗而入，屋子里显出微明，我大略一看，熟识的墙壁，壁端的棱线，熟识的书堆，堆边的未订的画集，外面的进行着的夜，无穷的远方，无数的人们，都和我有关。我存在着，我在生活，我将生活下去，我开始觉得自己更切实了，我有动作的欲望——但不久我又坠入了睡眠。

"无穷的远方，无数的人们，都和我有关"，显示了先生博大的胸怀。由远及近，回到现实，先生"开始觉得自己更切实了"。这是"存在"和"生活"的切实，"有动作的欲望"的切实，先生热爱生活，出自内心地期望继续工作下去。

天明，先生在晨曦中继续观察，并作深入思考："第二天早晨在日光中一看，果然，熟识的墙壁，熟识的书堆……这些，在平时，我也时常看它们的，其实是算作一种休息。但我们一向轻视这等事，纵使也是

生活中的一片，却排在喝茶搔痒之下，或者简直不算一回事。我们所注
意的是特别的精华，毫不在枝叶。""删夷枝叶的人，决定得不到花果。"
什么是理想的生活？作为精华的花果般的工作成果，是和被看作枝叶的
大量平凡的日常生活联系在一起的，但人们往往忽视后者，因而也就得
不到相对完美的生活。"其实，战士的日常生活，是并不全部可歌可泣
的，然而又无不和可歌可泣之部相关联，这才是实际上的战士。"这是
先生联系余裕心，对生活美的解说。

先生在《"这也是生活"……》中表现的对余裕心的思考，有长期
积累的基础。1923 年，他在《现代日本小说集》（《译文序跋集》）中，
介绍了日本作家夏目漱石所主张的"低徊趣味""有余裕的文学"，肯定
了夏氏为日本诗人高滨虚子的小说集《鸡头》作的序中的以下几段话：
"有余裕的小说，即如名字所示，不是急迫的小说"，"世间很是广阔，
在这广阔的世间，起居之法也有种种的不同：随缘临机的乐此种种起居
即是余裕，观察之亦是余裕，或玩味之亦是余裕。有了这个余裕才得发
生的事件以及对于这些事件的情绪，固亦依然是人生，是活泼泼地之人
生也"。余裕和急迫，是两种不同的生活方式。余裕往往不是刻意造就，
而是在种种起居中随缘临机感受到的，乐于观察是余裕，玩味乐享也是
余裕。不同的感受，就是享受不同的人生。有余裕，不急迫，才有活泼
的人生，活泼的人生才是美好的人生。

（二）"正在想把生活整顿一下"，"在纷扰中寻出一点闲静"

积极倡导余裕心的鲁迅，自己是否有余裕呢？辛亥革命后的一段时
期内，先生曾"静默"过一段时期，虽然这种"静默"在很大程度上并
非他的主动选择，但客观上却使他有了一点余裕。中国社会科学院学部
委员杨义以先生的《看镜有感》（《坟》）为例指出："这种专家内行的

口吻，没有民国初年鲁迅于寂寞中潜心购阅佛典，校勘古碑，搜集金石小品和汉代石像所形成的知识储备，是做不到的。民国初年，是鲁迅修炼内功的时期。从这种意义上说，没有民初的鲁迅，何来'五四'的鲁迅？"①先生中后期，已不太可能重复早年的那份余裕，为此，他曾多次发出感叹，1925 年，他在散文诗《腊叶》（《野草》）中写道：

看看窗外，很能耐寒的树木也早经秃尽了；枫树更何消说得。当深秋时，想来也许有和这去年的模样相似的病叶的罢，但可惜我今年竟没有赏玩秋树的余闲。

《腊叶》是一篇与许广平相关的作品，许广平劝说先生爱惜身体，这促使他思考余裕问题。反过来，先生在给许广平的信（《两地书》）中，也有关于余裕的互勉："忙自然不妨，但倘若连自己休息的时间都没有，那可是不值得的。""勿太做得力尽神疲，一时养不转。""以不损自己之身心为限。"先生与许广平确定恋人关系后，很想改善生活状态，1926 年他在给许广平的信（《两地书》）中说："我想从此整理为较有条理的生活，大约只要少应酬，关起门来，是做得到的。"从以后的实际情况看，他也确实作过一些努力，但并没有达到预期效果。

1927 年，先生在《朝花夕拾·小引》中说："我常想在纷扰中寻出一点闲静来，然而委实不容易。目前是这么离奇，心里是这么芜杂。""纷扰"和"离奇"是客观现实，"寻出"是主观努力，"一点闲静"是期望的目标。努力后心里仍然"芜杂"，说明追求余裕之难。这一年，先生在给友人的信中，多次发出类似感叹。3 月，他在给翻译家韦丛芜的信（《书信（1927—1933）》）中说："我这一个多月，竟如活在旋涡

---

① 鲁迅著，杨义选评：《鲁迅作品精华（选评本）》第三卷，生活书店出版有限公司 2014 年版，第 45 页。

中，忙乱不堪，不但看书，连想想的工夫也没有。"一个多月"竟如活在旋涡中"，那就远离余裕了。他在给章廷谦的信（《书信（1927—1933）》）中说："应酬，陪客，被逼作文之事仍甚多，不能静，殊苦。"静不下来，当然谈不上余裕。他在给宗教、民俗学学者江绍原的信（《书信（1927—1933）》）中说："我想用用功，而终于不能，忙得很，而这忙，是于自己很没有益处的。"这里的"用用功"，似指与有点余裕联系在一起的静下来读书，在沉思中积蓄创作的新能量。对于不能做到这一点，先生颇感焦虑。从以上引文中，我们可以看到，1927年，先生似乎不断提醒自己去实现他对许广平讲的"从此整理为较有条理的生活"的目标，但始终难以完全从缺少余裕的过于繁忙的状态中走出来。

1929年，先生在给章廷谦的信（《书信（1927—1933）》）中说："我仍甚忙，终日为别人打杂，近来连眼睛也有些坏了。我想，总得从速改革一下才好。"与1926年相比，"整理"换成了"改革"，并加上了"从速"，决心似乎更大了。同年，他在给翻译家李霁野的信（《书信（1927—1933）》）中也说："我近日来终日做琐事，看稿改稿，见客，翻文应酬，弄得终日忙碌而成绩毫无，且苦极，明年起想改革一点，看看书。""苦极"之时，对改善现状提出了具体时间表——"明年起想改革一点"，也就是1930年。但事实上仍未如愿，1930年，先生在给章廷谦的信（《书信（1927—1933）》）中坦陈："老兄，老实说罢，我实在很吃力，笔和舌，没有停时，想休息一下也做不到，恐怕要算是很苦的了。""想休息一下也做不到"，就无余裕可谈了。1933年，他在给作家、翻译家、编辑家黎烈文的信（《书信（1927—1933）》）中说："我的生活，一面是不能动弹，好像软禁在狱室里，一面又琐事却多得很，每月总想打叠一下，空出一段时间来，而每月总还是没有整段的余暇。

184　做杂感不要紧，有便写，没有便罢，但连续的小说可就难了，至少非常
常连载不可，倘不能寄稿时，是非常焦急的。"每月"有整段的余暇"，
这是先生对余裕的量的期望。

1935 年 4 月，先生在给曹靖华的信（《书信（1934—1935）》）中
说自己："仍无力气，而又不能休息，对付各种无聊之事，尤属讨厌，
连自己也整天觉得无味了，现在正在想把生活整顿一下。"从"整理"
到"改革"，再提出"整顿"——介于"整理"和"改革"之间。之后
的情况又如何呢？请看 1936 年先生在给王冶秋的信（《书信
（1936）》）中所说："年年想休息一下，而公事，私事，闲气之类，有
增无减，不遑安息，不遑看书，弄得信也没工夫写。"这是先生的最后
一年，他身患重病，曾计划去日本休养，但终未成行。不是说他下决心
对生活进行"整理""改革"或"整顿"后，没有作出努力，他也想办
法作了一些调整。许广平在 1940 年写的《琐谈》中披露："他是不是真
不玩的呢？不是的，有时也会去看看电影，更多的时候是把工作方式变
换来作休息。他绝不是清教徒，叫人家板起面孔来过日子。偶然的休息
是需要的，不过却不要占的比例太多了，成天东家跑跑，西家坐坐，说
长道短，是他所最怕的。"①先生的调整远未达到自己所期望的程度，所
以直到逝世前，仍透露出追求余裕而不得的遗憾。

三、业有所成和张弛有度靠自己

一百多年前鲁迅就提出中国人要增强专业化意识和要有余裕心，体

---

① 　马蹄疾辑录：《许广平忆鲁迅》，广东人民出版社 1979 年版，第 21 页。

现了一种前瞻的眼光。当下，社会分工的专业化程度以人们难以想象的
速度加快发展，连马克思主义经典作家预言的家务劳动社会化也已在相
当程度上实现，家政服务已成为一种比较成熟的新兴产业。专业化越来
越成为社会对大多数人提出的无法回避的现实要求。同时，随着市场经
济条件下竞争日益激烈，焦虑和浮躁心态出现了普遍化和低龄化趋势，
怎么葆有一颗余裕心，既是许多人的渴望，也是人们共同面对的困惑。
先生的相关论述有助于我们更好地实现专业化，有助于我们破解追求余
裕而不得的难题。

（一）心无旁骛地把自己擅长的事做好

专业起源于以工具为代表的科学技术发展。人类历史的不同阶段，
从蛮荒时代、直立行走到火燧氏钻木取火，分化出狩猎族、驯化族等，
进入神农氏的百草品尝，开辟了辉煌的农业文明，这就是最早的畜牧业
和农业专业。《黄帝内经》足以表明，上古中国已有专业医学工作者。
人类的石器时代、铜器时代和铁器时代，原始的石匠、铜匠、铁匠和木
匠等技能人才应运而生。以蒸汽机为代表的工业革命是人类近现代专业
的发端，长期从事不同的产品加工和服务，出现了近现代工业和商业的
专业化分工。近现代科学技术迅猛发展，社会分工从工业、农业和商业
向教育、医疗和法律等各行各业拓展，现代专业构成一个庞大体系。当
下中国，在新科技革命的强力推动下，这个体系不断扩大和调整，每隔
一段时间政府劳动部门就会公布一批新的职业名录。百年前鲁迅就提醒
国人要注重专业化，如果说当年除了知识分子和技术工人外，大多数中
国人还难以理解其重要性的话，那么到了今天，人们已能普遍感受到专
业化和自己的密切关系了。一个人能否实现专业化、专业化水平高低，
已成为能否适应经济发展和社会进步需要的一个基本因素。先生那"失

186　了专长就会逐渐被社会所弃"的告诫，日益成为现实。

　　当下，人们对专业化的认识有了提高，然而尚未深入进去的情况还不同程度地存在。习近平总书记在党的十九大报告中，提出了"建设高素质专业化干部队伍"和"注重培养专业能力、专业精神"的要求。①但不得不说，对干部专业化的内涵，不少干部包括领导干部的理解似乎还停留于表层。领导干部的专业能力主要指领导力，但是把领导力作为一门专业来认真学习研究者并不多。譬如，领导力排在首位的是决策能力，美国管理学大师彼得·德鲁克认为："有效的管理者并不作大量的决策。他们将精力集中于重要的决策，努力解决少数处于概念理解最高水平的重要决定问题。"②邓小平在改革开放初，针对中央过多包揽决策事项的问题指出："谁也没有这样的神通，能够办这么繁重而生疏的事情。这可以说是目前我们所特有的官僚主义的一个总病根。"③可是时至今日，许多领导机构和领导干部仍习惯于讨论决定过多的决策事项，以致参与讨论者大都对所讨论的议题并不了解，往往是附和表态同意了事。决策管理的另一个要素是履行民主程序，程序需要一定展开才能有效，但当下展开不够的问题相当突出，许多人似乎是为履行程序而履行程序，天真地以为只要该走的程序都走了，就能保证决策正确了。

　　专业化方面普遍存在的问题是不够"专"，对某一专业，似乎知道一些，但深度不够，经不起追问，尤其是不知道该如何把专业知识运用于实践。与此相关，社会上低端的专业人才不少，中高端特别是高端人才却非常紧缺，导致人才结构不合理。相当一部分人缺乏提升专业水平

①　本书编写组编著：《党的十九大报告辅导读本》，人民出版社 2017 年版，第63 页。

②　王敏译：《决策》，中国人民大学出版社 2003 年版，第 3 页。

③　《邓小平文选》第二卷，人民出版社 1994 年版，第 328 页。

的自觉性，用先生当年的话来说，就是"输出多而输入少"。在知识半衰期越来越短的情况下，其后果是专业知识渐渐稀释，"后来要空虚的"。为了在对专业化要求越来越高、竞争越来越激烈的社会中，更好地工作和生活，理应增强专业化意识。衡量专业水平的标尺，是看一个人是否在一定程度上具有不可替代性。为此，每个人都首先要认识到自己喜欢做什么，有什么长处，并且尽可能把这两者结合起来，选择合适的专业。一旦作出了这样的选择，就不要轻易改变，35 岁以后一般不要再跨领域跳槽，因为再从头开始来不及积累。专业需要持续积累，终身教育和终身学习已成常态，每个人都要把学习和总结经验教训作为一项基本功。心无旁骛地把自己擅长的事做好，是当代人的不二选择。

强调专业化，并不是不要"博"，专业分工是相对的，专业之间往往存在或紧或松的联系，每个人在专注于自己专业的同时，应该适当扩展知识面，避免被专业壁垒阻碍自己前进的步伐。正如马克思 1847 年在《哲学的贫困》中所指出："现代社会内部分工的特点，在于它产生了特长和专业，同时也产生职业的痴呆。"①还需要注意的是，讲专业化不能绝对化。正如著名物理学家爱因斯坦在应《纽约时报》教育编辑之约发表的《培养独立思考的教育》中所指出："用专业知识教育人是不够的。通过专业教育，他可以成为一种有用的机器，但是不能成为一个和谐发展的人。要使学生对价值有所理解并且产生热烈的感情，那是最基本的。"②

（二）在芜杂中追求淡定与从容

有没有余裕心，是对时间"度"的把握，与空间也有密切关系，本

---

① 《马克思恩格斯文集》第一卷，人民出版社 2009 年版，第 629 页。
② 《爱因斯坦文集》第三卷，商务印书馆 2017 年版，第 358 页。

质上是对人的生命节奏和生命质量的把握问题。鲁迅作品常常以小见大，关于余裕和余裕心的论述可谓经典案例，从书的形式，联想到人的精神世界和民族的前途。人类社会是这样进入现代的：工业化的推进、市场经济的竞争、资本主义的发展，极大地提高了劳动生产率，极大地丰富了人们的物质生活；同时把人与机器、资本、无止境的物欲捆绑在一起。且不说能源浪费、环境污染等对人类的生存造成威胁，同样可怕的是，人们生活在过度紧张中，精神生活受到严重挤压，产生极大的焦虑和难以摆脱的浮躁。这种现象在中国，先生所处的那个年代才露端倪，因为工业化刚刚起步，许多矛盾尚属萌芽，而现在，则已越来越普遍、越突出了。先生关于"余裕心"的精彩论述和他的身体力行，帮助我们深思：身处纷繁复杂的当下社会环境，工作中如何留有余地？生活中如何求得紧张和余裕之间的平衡？

先生首先给我们的启示是，要把握紧张和余裕的分寸。先生曾对孙伏园说："许公（按：指许广平）很鼓励我，希望我努力工作，不要松懈，不要怠忽；但又很爱护我，希望我多加保养，不要过劳，不要发狠。这是不能两全的，这里面有着矛盾。"[1]"全"是一个相对的概念，世上本无"全"的人和事物。当然，不能"两全"，并非不能做到在一定程度上兼顾。先生并非绝然否定紧张，1933 年，他在《秋夜纪游》（《准风月谈》）中说："紧张令人觉到自己生命的力。"他别具一格，把紧张和"生命的力"联系起来；他批评中国人没有时间观念，做事拖拉，认为那是浪费生命。问题是紧张不能过度，过度了就适得其反。综观先生一生，他葆有"余裕"意识，在可能的情况下还是注意把握工作和休息分寸的。这样的把握使他获得丰硕成果，他的创作和译作期，主

---

① 孙伏园、孙福熙著：《孙氏兄弟谈鲁迅》，新星出版社 2006 年版，第 255 页。

要是从 1918 年至 1936 年的十八年间，创作和译作量各约 300 万字。当
然，如前所述，先生的余裕还远未达到自己期望的程度，留下了想做更
多别人难以替代的事而未成的遗憾。1932 年，他在给增田涉的信中明
确表示"今后拟写小说或中国文学史"。1933 年，他在给曹聚仁的信
中，还明确表示"拟编中国字体变迁史"。可惜，都未能实现。

　　人们想要余裕心而不得，往往怪客观环境，这固然有道理，但没有
意义——客观环境不会因为你的责怪而有任何改变，可能改变的只有你
自己。我是一个爱静的人，较少交际，更少主动安排应酬活动，除了公
务，加上一些家务，大部分时间都在阅读或写作。在常人眼中这已是一
个缺点，也确实给我带来一些负面影响。即便如此，我仍少有余裕，并
且深感缺乏余裕的生命质量需要质疑。大概从我职业生涯的最后几年开
始，我有意识地放慢一点节奏，提出工作的"从容性"问题，作了些许
努力，稍见成效。正是在那些相对从容的岁月里，我组织完成了宝钢领
导力开发和国有企业党建课题研究，开设了"鲁迅'立人'思想与宝钢
人发展"培训课程。当然，追求余裕，绝非越闲越好，生命需要一定的
紧张度，只是"弦"不可绷得太紧，张弛有度为好。留有余裕，最重要
的是给锻炼身体和精神生活留下足够的时间，尽可能保持身心健康，这
是每个人一辈子都应做的功课，我本人自然也须继续努力。每读先生关
于"整理""改革"和"整顿"生活的论述，我就想，自己的生活也需
要有所调整（我把"整理""改革"和"整顿"用"调整"来表述），这
是一个无止境的过程。

　　葆有余裕心要有科学方法。一种比较流行的方法是 0.8 工作哲学。
据英国《每日邮报》报道，意大利帕多瓦大学的研究发现，过分沉迷工
作，不仅难以达到提高工作效率的目的，反而会伤身体，且影响工作效
率。研究者解释说："经常加班加点、把工作带回家，或用太多时间来

190 思考工作，意味着工作狂们没有时间来用于自我恢复，因此工作状态和
效率都会变差。"所谓 0.8 工作哲学就是针对这种现象提出的：不必把
每件事都做到十成满，尽八成力气就好了，剩下两成力气，可当作回旋
的余地和养精蓄锐的本钱。0.8 哲学的真谛是：工作、生活需要冲，同
时也需要缓冲；0.8 的工作态度并不是不思进取，而是适当地给自己留
一点时间和空间，调整状态并积蓄能量，这样才能使自己走得更稳健、
更长远。①

　　日本人山下英子从 2001 年起，以杂物管理咨询师的身份在日本各
地举行"断舍离"讲座，"断"是指断绝不需要的东西，"舍"是指舍弃
多余的废物，"离"是指脱离对物品的执着。讲座内容成书出版后，引
发日本全民经久不息的"断舍离"热潮。"断舍离"很快输入中国，也
产生很大影响，各种版本的《断舍离》中译本畅销不衰。据我观察，买
过此书的人不少，但认真阅读的不多，下决心坚持做的寥寥。就我本人
而言，《断舍离》中译本一出版就买，买了就读，还向很多人推荐。颇
为惭愧的是，我行动上的断舍离却做得很不到位。原因何在？深究起
来，除了认识不到位之外，与对方法重视不够有很大关系。其实，"断
舍离"在现代人简化和美化生活方面，不仅提出了正确理念，而且提供
了可操作性很强的方法。譬如，关于"杂物上的断舍离"，山下英子提
出了"五步法"：一是拿出杂物，俯瞰；二是扔掉"怎么看都是垃圾·
废品"的东西；三是以自我·时间为判断基准，考虑自身与物品的"关
联度"，再进行取舍；四是以"必要·合适·愉快"为标准进行取舍；
五是收纳在杂物最适化之后进行。②就在本书写作过程中，我按照上述

① 参阅《知识窗》2014 年第 10 期。
② ［日］山下英子著，贾耀平译：《断舍离》（新版），湖南文艺出版社 2019 年版，
　第 38 页。

方法进行藏书的断舍离，清理出好几百册书籍，原本塞得气也透不过来
的五个书橱，一下子腾出了足够空间，给阅读和写作带来了从未有过的
便利，自我感觉好了不少。

先生论余裕心，把它与民族的前途命运和时代精神联系起来，其要
点在于强调做事要留有余地。先生对留有余地作了别具深意的解说，在
他看来，由于"不留余地""不要'好看'，不想'持久'"，导致"器
具之轻薄草率""建筑之偷工减料""办事之敷衍一时"。我们很难确切
知道，先生的上述分析在当时产生了多大影响，起了多大作用。但联系
今天的现实，眼见先生当年列举的三种现象仍然存在，有的还相当严
重，就不得不叹服先生的社会洞察力与时代前瞻性。

第八章 Chapter 8

文学的魅力，别具一格的读书和作文方法

　　1906 年 3 月，正在日本留学的青年鲁迅作出一个重大的人生选择，从仙台医学专科学校退学，弃医从文——这个"文"，先生当时称之为文艺，其实他选择的是文学创作，包括译作，他认为文学比医学更重要。对文学，又有一个选择问题，先生选择了"为人生"、为"改良人生"的文学。选择，在方法论中的位置十分重要。先生弃医从

文的选择，引发我们深入思考文学的独特魅力及其在当下的价值。文学
创作和译作都离不开读书。当然，读书和作文不仅与文学相关，而且直
接关系到每个人的人生。先生作品中关于读书和作文方法的论述，通俗
易懂却可见独到眼光，今天读来仍给我们以难得的启迪。

一、"最平正的道路"，"只有用文艺来沟通"

1922 年，鲁迅在《呐喊·自序》中谈了自己弃医从文的原因，那
是他在仙台医学专科学校听课时：

有一回，我竟在画片上忽然会见我久违的许多中国人了，一个绑在
中间，许多站在左右，一样是强壮的体格，而显出麻木的神情。据解
说，则绑着的是替俄国做了军事上的侦探，正要被日军砍下头颅来示
众，而围着的便是来鉴赏这示众的盛举的人们。

"示众"是先生作品中的一个重要概念，往往与批判"看客"现象
紧密相连。1925 年，他专门写过一篇题为《示众》（《彷徨》）的小说。
受如此刺激，先生就决定弃医从文了：

因为从那一回以后，我便觉得医学并非一件紧要事，凡是愚弱的国
民，即使体格如何健全，如何茁壮，也只能做毫无意义的示众的材料和
看客，病死多少是不必以为不幸的。所以我们的第一要著，是在改变他
们的精神，而善于改变精神的是，我那时以为当然要推文艺，于是想提
倡文艺运动了。

循着"第一要著，是在改变他们的精神"这个观点，"幻灯片事件"
一年后的 1907 年，先生在《文化偏至论》（《坟》）中，提出了他毕生
坚持的基本思想，即"立人"思想："是故将生存两间，角逐列国是务，

其首在立人，人立而后凡事举。"先生认为，立人本质上是立精神，立精神必须改革国民性，而改革国民性最好的途径就是通过文艺。1936年，晚年的先生在《〈呐喊〉捷克译本序言》（《且介亭杂文末编》）中指出："自然，人类最好是彼此不隔膜，相关心。然而最平正的道路，却只有用文艺来沟通，可惜走这条道路的人又少得很。""为人生"的文艺不同于一般的讲道理，而是通过塑造具体的人物形象来体现真善美，而真善美是人类的共同追求，所以用文艺来沟通人心，是"最平正的道路"。这里的"平"或指相对容易，"正"无疑指正确。先生对文艺重要性的看法终身未变，他同时感叹重视用文艺来改良人生、沟通人心的人太少。先生也发表过关于经济和国民实力重要性的看法，1925年他在给许广平的信（《两地书》）中说："鉴于前车，则此后的第一要图，还在充足实力，此外各种言动，只能稍作辅佐而已。"1930年他在《"硬译"与"文学的阶级性"》（《二心集》）中指出："倘说以经济关系为基础，那自然是对的。"这并不是对文艺重要性的否定，而是告诉人们对任何事物的理解都不要走极端。

关于文艺的重要性，1907年先生就在《摩罗诗力说》（《坟》）中作了如下论述："盖人文之留遗后世者，最有力莫如心声。"人类流传下来的文化，最有力、最能鼓舞人心的，大概要首推文艺、文学作品。先生具体分析道：

故文章之于人生，其为用决不次于衣食，宫室，宗教，道德。盖缘人在两间，必有时自觉以勤劬，有时丧我而惝恍，时必致力于善生，时必并忘其善生之事而入于醇乐，时或活动于现实之区，时或神驰于理想之域；苟致力于其偏，是谓之不具足。严冬永留，春气不至，生其躯壳，死其精魂，其人虽生，而人生之道失。文章不用之用，其在斯乎？约翰穆黎曰，近世文明，无不以科学为术，合理为神，功利为鹄。大势

如是，而文章之用益神。所以者何？以能涵养吾人之神思耳。涵养人之
神思，即文章之职与用也。

文学作品之于人生，就其功用来说，决不次于衣食住行乃至宗教和道德。这是因为人活在天地间，有时能专心从事劳动，但有时也会产生精神颓丧的情况。所以人固然要全力谋生，但有时也需要摆脱劳作之累而享受文化生活；有时拘泥于现实，但有时也需要神驰于幻想。如果只偏于某一方面，就会感到不满足，犹如严冬永留人间就不会有春的生气。如果人只有躯壳而没有灵魂，即使活着也毫无意义。文学作品看似无用，但其实有大用，那道理也许就在这里吧。约翰·穆勒说："近代文明，没有不以科学为手段，以讲求合理为标准，以追求功利为目的的。"在这种情况下，文学作品的功用就更为重要了。为什么呢？因为它能陶冶人的情操。

先生进一步分析道："此他丽于文章能事者，犹有特殊之用一。盖世界大文，无不能启人生之闷机，而直语其事实法则，为科学所不能言者。所谓闷机，即人生之诚理是已。此为诚理，微妙幽玄，不能假口于学子。如热带人未见冰前，为之语冰，虽喻以物理生理二学，而不知水之能凝，冰之为冷如故；惟直示以冰，使之触之，则虽不言质力二性，而冰之为物，昭然在前，将直解无所疑泪。惟文章亦然，虽缕判条分，理密不如学术，而人生诚理，直笼其辞句中，使闻其声音，灵府朗然，与人生即会。"此外，文学作品还有一种特殊作用，那就是世上一切伟大的文学作品，都能揭示人生奥秘，并以形象直接揭示人生的实质，这是科学所不能办到的。文学作品的这种作用非常微妙、深奥，是任何学术作品所不具备的。就像生活在热带的人在没有看到冰块之前，你给他讲冰，就算用到物理学和生理学知识，他们恐怕仍不懂水能结成冰，而冰是很冷的。只有直接拿出冰块，使他们看到摸到，那你就是不用物理

学和生理学知识来讲解，他们也不会再有什么疑问了。好的文学作品也是这样，虽说它不能像科学那样严密，那样条分缕析地研究事物，然而人生的真理都切实地体现在它的形象语言中了，使读者像听到声音那样，心里很明白，马上就可以同现实人生相印证。

如上所述，先生选择文学创作和译作，是为了"立人"，为了改善中国人的精神面貌，即改革国民性。1933 年，他在《我怎么做起小说来》（《南腔北调集》）中坦陈：

自然，做起小说来，总不免自己有些主见的。例如，说到"为什么"做小说罢，我仍抱着十多年前的"启蒙主义"，以为必须是"为人生"，而且要改良这人生。我深恶先前的称小说为"闲书"，而且将"为艺术的艺术"，看作不过是"消闲"的新式的别号。所以我的取材，多采自病态社会的不幸的人们中，意思是在揭出病苦，引起疗救的注意。

在当时那样的病态社会里，先生反对"为艺术的艺术"、纯粹为人们"消闲"而写小说，他的主张是启蒙主义的为人生，为改良中国人的人生，尤其是为"不幸的人们"而写，治疗他们那被毒害、被扭曲的灵魂。那么，为什么要写杂文呢？与写小说的主张相同，1934 年，先生在《做"杂文"也不易》（《集外集拾遗补编》）中指出："不错，比起高大的天文台来，'杂文'有时确很像一种小小的显微镜的工作，也照秽水，也看脓汁，有时研究淋菌，有时解剖苍蝇。从高超的学者看来，是渺小，污秽，甚而至于可恶的，但在劳作者自己，却也是一种'严肃的工作'，和人生有关，并且也不十分容易做。"和小说一样，杂文也是一种严肃的文体。与小说的寄托、映射等作用相比，杂文具有直接批判国民性弊端的优势，最重要的也是"和人生有关"。

关于文艺与人生的关系，梁启超和蔡元培分别从小说和美术（美育）的角度提出过精辟见解。梁启超作《论小说与群治的关系》指出：

"欲新一国之民，不可不先新一国之小说。故欲新道德，必新小说；欲 　197
新宗教，必新小说；欲新政治，必新小说；欲新风俗，必新小说；欲新
学艺，必新小说；乃至欲新人心，欲新人格，必新小说。何以故？小说
有不可思议之力支配人道故。"①蔡元培提出了"美育代替宗教"，指出：
"提出美育，因为美感是普遍性，可以破人我彼此的偏见；美学是超越
性，可以破生死利害的顾忌，在教育上应特别注重。"②以上见解，与鲁
迅异曲同工。

二、"收心读书"，"先看一点基本书"，"使所读的书活起来"

关于读书，古今中外无数哲人和贤达发表了大量论述，鲁迅也不例
外。1920 年，先生在给学生宋崇义的信（《书信（1904—1926）》）中
说："仆以为一无根柢学问，爱国之类，俱是空谈；现在要图，实只在
熬苦求学，惜此又非今之学者所乐闻也。"爱国要有本领，对知识分子
而言，本领就是学问，学问根底不坚实，就谈不上真正的爱国。学问何
来？靠"熬苦求学"打基础，掌握"根柢学问"。"熬苦求学"需要"收
心读书"，而这却不易做到，1929 年，先生在给章廷谦的信（《书信
（1927—1933）》）中坦言："'收心读书'，是很难的，我也从幼小时想
起，至今没有做到，因为一自由，就很难有规则，一天一天的拖下
去了。"

---

① 梁启超著，郑大华、王毅编注：《梁启超集》，花城出版社 2010 年版，第
　145 页。
② 刘梦溪主编：《中国现代学术经典：蔡元培卷》，河北教育出版社 1996 年版，第
　3 页。

　　先生读书的实际情况如何？许寿裳在回忆录中写道："他灯下看书，每至深夜"；"用功很猛，别人赶不上"。要多看书，势必多买书，"他生平极少游览，留东（按：指留学日本）七年，我记得只有两次和他一同观赏上野的樱花，还是为了到南江堂买书之便。其余便是同访神田一带的旧书铺，同登银座丸善书店的书楼。他读书的趣味很浓厚，决不像多数人的专看教科书；购书的方面也很广，每从书店归来，钱袋空空，相对苦笑，说一声'又穷落了！'"①先生在浙江两级师范教书时的同事、文学家夏丏尊在回忆录中也写道："周先生每夜看书，是同事中最会熬夜的一个。"②收心读书因人而异，标准不同，先生说自己"至今没有做到"，或许一方面是因为他给自己提出了一个远超常人的高标准、严要求，体现了一种学无止境的追求；另一方面则是因为有时受到各种干扰，想更多地静心读书而不能。书有"可看""可不看""可看可不看"和"不可看"之分，这就涉及读什么书的问题了。书又有怎么读的问题，不同的读法效果大相径庭。

（一）"职业的读书"和"嗜好的读书"

　　1927 年 7 月，鲁迅在广州知用中学作演讲，后以《读书杂谈》（《而已集》）为题发表，比较详细地谈了读什么书的问题："说到读书，似乎是很明白的事，只要拿书来读就是了，但是并不这样简单。至少，就有两种：一是职业的读书，一是嗜好的读书。"何谓职业的读书？"所谓职业的读书者，譬如学生因为升学，教员因为要讲功课，不翻翻书，就有些危险的就是。"这样的读书，和木匠磨斧头、裁缝理针线没有什

---

① 参阅许寿裳著：《鲁迅传》，九州出版社 2017 年版，第 35、49、186 页。
② 参阅朱正著：《鲁迅传》，三联书店（香港）有限公司 2008 年版，第 94 页。

么区别，为了谋生，工欲善其事必先利其器。何谓嗜好的读书？"那是出于自愿，全不勉强，离开了利害关系的。""他在每一叶每一叶里，都得着深厚的趣味。自然，也可以扩大精神，增加智识的。"这是和谋生无关的读书，只是自己喜欢。这里，对"嗜好"要作点分析，"嗜好"有品位高下之分。通过读书能够"得着深厚的趣味"，还可以陶冶情操——"扩大精神"，增长知识，这是高品位的"嗜好"。书读到这种程度，其实往往对职业——谋生也是有益的。先生有感而发："倘能够大家去做爱做的事，而仍然各有饭吃，那是多么幸福。但现在的社会上还做不到，所以读书的人们的最大部分，大概是勉勉强强的，带着苦痛的为职业的读书。"这里涉及幸福观，先生提出了两个要素，一是解决了温饱问题——"有饭吃"，一是获得了一定程度的自由——"去做爱做的事"，包括阅读自己喜爱的书。

先生总是辩证地看问题，他接着说："不过我的意思，并非说诸君应该都退了学，去看自己喜欢看的书去，这样的时候还没有到来；也许终于不会到，至多，将来可以设法使人们对于非做不可的事发生较多的兴味罢了。"最后一句很重要，最好是职业的读书和嗜好的读书融为一体，即使无法合二为一，对职业的读书"发生较多兴味"也不错。我觉得，这里涉及职业选择和职业态度问题。最好能从事自己喜欢的职业，或者从事一开始不太喜欢，但在从业实践中能够培养起兴趣的职业。在此前提下，注重以研究的眼光来做工作，因为要研究，就会产生读书的动力。这样，在一定程度上，职业的读书就可以同时成为嗜好的读书了。先生的结论是："我们自动的读书，即嗜好的读书，请教别人是大抵无用，只好先行泛览，然后决择而入于自己所爱的较专的一门或几门。"嗜好的读书是自主读书，别人的经验你可借鉴，但最后还是要找到自己的兴趣所在。怎么找？先泛览，后选择，就可以集中某一方面或几方面的阅读。

1934 年，先生在《随便翻翻》(《且介亭杂文》) 中，从消遣角度谈了关于嗜好的读书："我想讲一点我的当作消闲的读书——随便翻翻"，"书在手头，不管它是什么，总要拿来翻一下"，"不用心，不费力，往往在作文或看非看不可的书籍之后，觉得疲劳的时候，也拿这玩意来作消遣了，而且它也的确能够恢复疲劳"。"当作消闲的读书"，自然是嗜好的读书，借以恢复疲劳，读书往往要达到一定境界后才可能产生这种效果。此时所读之书，一般而言，不仅为自己所喜欢而且通俗易懂。那些艰深的经典著作，则须刻苦攻读，读到一定程度就会苦尽甘来。先生诙谐地说："倘要骗人，这方法很可以冒充博雅。现在有一些老实人，和我闲谈之后，常说我书是看得很多的，略谈一下，我也的确好像书看得很多，殊不知就为了常常随手翻翻的缘故，却并没有本本细看。""没有本本细看"，不是本本都没有细看，随手翻翻，往往会翻到一些自认为很有价值的内容，这时，就须逐字逐句读、反复读了。

(二)"爱看书的青年，大可以看看本分以外的书"

在鲁迅看来，职业的读书没有选择，嗜好的读书情况就不一样了。先生在《读书杂谈》中给出的方法是：

爱看书的青年，大可以看看本分以外的书，即课外的书，不要只将课内的书抱住。但请不要误解，我并非说，譬如在国文讲堂上，应该在抽屉里暗看《红楼梦》之类；乃是说，应做的功课已完而有余暇，大可以看看各样的书，即使和本业毫不相干的，也要泛览。譬如学理科的，偏看看文学书，学文学的，偏看看科学书，看看别个在那里研究的，究竟是怎么一回事。

职业的读书为谋生之必须，理应认真，读本专业以外的书则可用余暇时间。专业相互之间有联系，读本专业以外的书，只要掌握好分寸，往往有利于本专业学习。1936 年，先生在给小学教师颜黎民的信（《书信（1936）》）中，除了希望文学青年不要专看文学书，也要看点科学书外，还指出："其次是可以看看世界旅行记，藉此就知道各处的人情风俗和物产。"那个年代，有机会出国旅行的中国人极少，先生本人也认为自己不太可能去非洲或南北极，所以他建议青年人可以读"世界旅行记"，那是综合性的世界知识读物。

与"拿来主义"相联系，先生主张读一点外国书，1933 年，他在《关于翻译（上）》（《准风月谈》）中指出："我是主张青年也可以看看'帝国主义者'的作品的，这就是古语的所谓'知己知彼'。青年为了要看虎狼，赤手空拳的跑到深山里去固然是呆子，但因为虎狼可怕，连用铁栅围起来了的动物园里也不敢去，却也不能不说是一位可笑的愚人。有害的文学的铁栅是什么呢？批评家就是。"外国的新思潮，鼓励创新和变革的居多，但也不乏有害的东西，批评家要承担起对它进行批判的责任。同年稍后，先生在《重三感旧》（《准风月谈》）中，肯定了戊戌变法时期"新党"人士读"洋书"："甲午战败，他们自以为觉悟了，于是要'维新'，便是三四十岁的中年人，也看《学算笔谈》，看《化学鉴原》；还要学英文，学日文，硬着舌头，怪声怪气的朗诵着，对人毫无愧色，那目的是要看'洋书'，看洋书的缘故是要给中国图'富强'"。图富强，是为了国民的人生。

先生在《随便翻翻》中谈到，"有些正经人"反对读"消闲的看书"，"以为这么一来，就'杂'"。先生认为，对此要作具体分析，"杂"的好处是可以开阔视野、引发思考，坏处是遇到"帮闲文士""用最坏的方法"所作的"能令人消闲消得最坏"的书，这就要警惕"被他诱过去"。但只要保持警惕，"讲扶乩的书，讲婊子的书，倘有机会遇见，不要皱起眉头，显示憎厌之状，也可以翻一翻；明知道和自己意见相反的书，已经过时的书，也用一样的办法。"防止"被它诱过去"的方法是"多翻"，加以比较，先生在给颜黎民的信中，表示不赞成只读一个人的书：

你说专爱看我的书，那也许是我常论时事的缘故。不过只看一个人的著作，结果是不大好的：你就得不到多方面的优点。必须如蜜蜂一样，采过许多花，这才能酿出蜜来，倘若叮在一处，所得就非常有限，枯燥了。

只看一个人的书，会有局限性。关于自己的书，1936 年，先生在给王冶秋的信（《书信（1936）》）中说："我的文章，未有阅历的人实在不见得看得懂，而中国的读书人，又是不注意世事的居多，所以真是无法可想。"我认为，对先生的书，看得懂看不懂有相对性，他的大多数作品，大多数人能够理解其基本含义，但要理解蕴含其中的深意，确实不易；他的有些作品——特别是散文诗集《野草》中的相当一部分内容，即使有阅历的人，不下一番功夫恐怕也不易理解。可能许多经典著作，都有类似特点吧。《红楼梦》表面上看并不难读，但能够读懂其深意乃至上升到人生哲理层面的，又有几人？大多数人需要借助文学评论家的帮助。

先生除就读什么书的问题发表了许多精辟见解外，还谈了读书方法。1933 年，他在给徐懋庸的信（《书信（1927—1933）》）中说："中国的书，乱骂唯物论的固然看不得，自己不懂而乱赞的也看不得，所以我以为最好先看一点基本书，庶不致为不负责任的论客所误。""最好先看一点基本书"，以区别于"乱骂"或者"乱赞"的书，先生认为，后两种书都是看不得的，因为它们会把读者引向不同的极端。与以上论述相关，1928 年，先生在《文学的阶级性》（《三闲集》）中提出翻译外国作品要全面，他以翻译唯物史观的书为例说："我只希望有切实的人，肯译几部世界上已有定评的关于唯物史观的书——至少，是一部简单浅显的，两部精密的——还要一两本反对的著作。"其实，不仅是翻译，读书也是同理：读"一部简单浅显的"，便于入门；读"两部精密的"，才可能深入；再读"一两本反对的著作"，就能比较全面地了解某一方面的知识了。

先生在《读书杂谈》中，在指出文艺批评存在的突出问题后写道："不过我并非要大家不看批评，不过说看了以后，仍要看看本书，自己思索，自己做主。看别的书也一样，仍要自己思索，自己观察。倘只看书，便变成书橱，即使自己觉得有趣，而那趣味其实是已经在逐渐硬化，逐渐死去了。我先前反对青年躲进研究室，也就是这意思，至今有些学者，还将这话算作我的一条罪状哩。"看了原著再看批评文章，看了批评文章再看原著，作反复比较。这里强调的读书方法，是"自己思索""自己观察""自己做主"，即每个人独立思考。离开独立思考的读书，不仅无益，还往往会失去读书的趣味，而变得不想读书了。在《读书杂谈》的结尾，先生指出："专读书也有弊病，所以必须和实社会接触，使所读的书活起来。"这就回到本书第四章所述知和行的关系，就先后而言知为先，就重要性而言行为重。

值得一提的是，1923 年，先生翻译了日本评论家鹤见祐辅的《读书的方法》一文，鹤氏认为，由于不懂读书法，"徒然的浪费而读书"的时候很多。那么，什么样的读书方法才是正确的呢？鹤氏归纳了四种方法，一是多种多样的"添朱线"（即画红线）；二是"一面读，一面摘录，做成拔萃簿"；三是"再读"，"就是将已经加了下线的书籍，来重读一回"；四是"得到新书，大抵先一瞥那构造和内容的大体，然后合上那书，先行自己内心的试验"，再去翻开那本书，研究它"给我什么新知识"。在鹤氏看来，一、三两种方法适合普通读者，二、四两种方法一般是专家采用的方法。①

（三）"我那时的答话""并无指导一切青年之意"

鲁迅论读书，那篇《青年必读书》（《华盖集》），曾引起颇大争议。1925 年 1 月，《京报副刊》刊出启事，征求"青年爱读书"和"青年必读书"各十部的书目。先生在"青年必读书"一栏写道："从来没有留心过，所以现在说不出。"然后在"附注"栏写道："但我要趁这机会，略说自己的经验，以供若干读者的参考"："我看中国书时，总觉得就沉静下去，与实人生离开；读外国书——但除了印度——时，往往就与人生接触，想做点事。""中国书虽有劝人入世的话，也多是僵尸的乐观；外国书即使是颓唐和厌世的，但却是活人的颓唐和厌世。"以下是之后引起最大争议的一段："我以为要少——或者竟不——看中国书，多看外国书。"理由是："少看中国书，其结果不过不能作文而已。但现在的青年最要紧的是'行'，不是'言'。只要是活人，不能作文算什么大不了的事。"

针对此文发表后引起一些人的诘责，1925 年 3 月，先生写了《聊答"……"》和《报〈奇哉所谓……〉》等文（《集外集拾遗》）予以说明："我那时的答话，就先不写在'必读书'栏内，还要一则曰'若干'，再则曰'参考'，三则曰'或'，以见我并无指导一切青年之意。我自问还不至于如此之昏，会不知道青年有各式各样。那时的聊说几句话，乃是但以寄几个曾见或未见的或一种改革者，愿他们知道自己并不

---

① 参阅李新宇、周海婴主编：《鲁迅大全集》第十四卷，长江文艺出版社 2011 年版，第 205—209 页。

孤独而已。"先生表明，那段话只是对当时只占少数的青年改革者的呼应。改革是对历史延续下来的弊端的革除，并不是对历史（书是重要载体）的总体评价。1926 年 11 月，先生在《写在〈坟〉后面》中，再次对自己写的《青年必读书》作了说明："我觉得古人写在书上的可恶思想，我的心里也常有，能否忽而奋勉，是毫无把握的。我常常诅咒我的这思想，也希望不再见于后来的青年。去年我主张青年少读，或者简直不读中国书，乃是用许多苦痛换来的真话，决不是聊且快意，或什么玩笑，愤激之辞。"这是运用自我解剖的方法，来告诉那些青年改革者，为什么自己要主张少读甚至不读中国的古书。

对先生的《青年必读书》，几年后仍有批评它的余波。1933 年 10 月，有人在《申报·自由谈》上发表文章，引用先生的"少看中国书，其结果不过不能作文而已"，然后说"可见是承认了要能作文，该多看中国书"。对此，先生写了《答"兼示"》（《准风月谈》）予以回答，指出这是"忽略了时候和环境"，自己说"少看中国书，其结果不过不能作文而已"那几句的时候，"正是许多人大叫要作白话文，也非读古书不可之际，所以那几句是针对他们而发的，犹言即使恰如他们所说，也不过不能作文，而去读古书，却比不能作文之害还大"。当时的中国社会，读古书的直接动力和目的是为了写作文应付考试，而在先生看来，比写作文重要得多的是投入变革社会的实际行动。中国传统文化中有精华有糟粕，先生所说"古人写在书上的可恶思想"，就是他认为的糟粕——希望人们安于现状、不作为的思想。当时的中国社会是多么需要青年"奋勉"作为，而这样的青年又是多么少啊！仅从字面理解，"主张青年少读，或者简直不读中国书"，即使这里所指的青年只是少数青年改革者，也确可说是"愤激之辞"，但联系旧中国当时的社会背景，不难理解先生的一番苦心。

其实，从总体上考察先生对古书，进而对中国传统文化的态度，根本得不出先生全盘否定中国传统文化和反对读中国古书的结论。先生分析了新文学、新文化和旧文学、旧文化的关系，1933年，他在《"感旧"以后》（《准风月谈》）中指出："'新文学'和'旧文学'这中间不能有截然的分界，然而有蜕变，有比较的偏向。"1930年，他在《〈浮士德与城〉后记》（《集外集拾遗》）中指出："新的阶级及其文化，并非突然从天而降，大抵是发达于对于旧支配者及其文化的反抗中，亦即发达于和旧者的对立中，所以新文化仍然有所承传，于旧文化也仍然有所择取。"1934年，他在《〈引玉集〉后记》（《集外集拾遗》）中，充满自信地说："我已经确切的相信：将来的光明，必将证明我们不但是文艺上的遗产的保存者，而且也是开拓者和建设者。"

回到读古书，先生本人一辈子都在读，不仅青少年时代在三味书屋正正规规地读了大量古书，之后终身未辍，这在他每年日记的书帐中可以得到证明。当然，他是选择地读，批判地读，从中吸取精华，再转化为自己思想的血脉。从先生的作品中，可以清楚地看到这一点。先生也给别人推荐古书，典型事例是他给许寿裳的儿子许世瑛荐书。1930年秋，许世瑛考入清华大学化学系，旋因眼睛高度近视改入中国文学系，请教鲁迅应该看些什么书，先生便为他开了一张书单，列《唐诗纪事》等12种古书。在《开给许世瑛的书单》（《集外集拾遗补编》）中，我们可看到书单全文，其中有先生对每部书所作的扼要提示。如，他认为《四库全书简明目录》"其实是现有的较好的书籍之批评，但须注意其批评是'钦定'的。"他评价南朝文学家刘义庆的《世说新语》为"晋人清谈之状"，东汉思想家王充的《论衡》"内可见汉末之风俗迷信等"，王晫的《今世说》体现了"明末清初之名士习气"。虽只有寥寥数语，但仍可以看出，先生对这些古书读得很熟很透。

三、 作文"当先求内容的充实和技巧的上达"

鲁迅以文学创作和译作为业为生，以自己的切身体会，留下了一些关于如何作文的珍贵文字。作文的高级阶段称为"创作"，比一般作文要求高，但其基本要素也适用于一般作文。1928 年，先生在《文艺与革命》（《三闲集》）中，谈文艺与宣传的关系："美国的辛克来儿说：一切文艺是宣传。我们的革命的文学者曾经当作宝贝，用大字印出过，而严肃的批评家又说他是'浅薄的社会主义者'。但我——也浅薄——相信辛克来儿的话。一切文艺，是宣传，只要你一给人看。即使个人主义的作品，一写出，就有宣传的可能，除非你不作文，不开口。""但我以为当先求内容的充实和技巧的上达，不必忙于挂招牌。""一切文艺固是宣传，而一切宣传却并非全是文艺，这正如一切花皆有色（我将白也算作色），而凡颜色未必都是花一样。"先生肯定辛克莱"一切文艺是宣传"的观点，但作了重要补充说"一切宣传却并非全是文艺"，并进而提出"内容的充实和技巧的上达"是文学创作的两点基本要求。我想，这要求对非文学创作的作文，原则上也适用。

1931 年，青年作家沙汀和艾芜写信给先生，请教关于小说题材问题，先生在回信《关于小说题材的通信》（《二心集》）中说："两位是可以各就自己现在能写的题材，动手来写的。不过选材要严，开掘要深，不可将一点琐屑的没有意思的事故，便填成一篇，以创作丰富自乐。""我的意思是：现在能写什么，就写什么，不必趋时，自然更不必硬造一个突变式的革命英雄，自称'革命文学'；但也不可苟安于这一点，没有改革，以致沉没了自己——也就是消灭了对于时代的助力和贡献。""选材要严，开掘要深"，是先生关于小说创作题材的基本观点，与他主张"为人生"的创作一脉相承。创作"为人生"，就要适应时代要求，为时代提供"助力和贡献"，而不至于在时代潮流中沉没。

1931 年 12 月，女作家丁玲主编的左联机关刊物之一、文艺月刊《北斗》，以"创作不振之原因及其出路"为题向许多作家征询意见，包括鲁迅。先生作了答复，这便是他的《答北斗杂志社问——创作要怎样才会好？》(《二心集》)。文章开头自谦道："我虽然做过二十来篇短篇小说，但一向没有'宿见'"，"不过高情难却，所以只得将自己所经验的琐事写一点在下面——"可见，这是先生的经验之谈，共八条：

一，留心各样的事情，多看看，不看到一点就写。

二，写不出的时候不硬写。

三，模特儿不用一个一定的人，看得多了，凑合起来的。

四，写完后至少看两遍，竭力将可有可无的字，句，段删去，毫不可惜。宁可将可作小说的材料缩成 Sketch，决不将 Sketch 材料拉成小说。

五，看外国的短篇小说，几乎全是东欧及北欧作品，也看日本作品。

六，不生造除自己之外，谁也不懂的形容词之类。

七，不相信"小说作法"之类的话。

八，不相信中国的所谓"批评家"之类的话，而看看可靠的外国批评家的评论。

以上八条，第一、二、三条讲创作源泉，创作来源于实践。"留心各样的事情"和"多看看"，是说对情况的了解要全面。情况了解不透，构思不顺，就不要急于动笔。文学作品中的人物要有原形，但不必拘泥于一个人，可以是几个人的结合体，使所塑造的人物形象更丰满，具有典型意义。第四、六条讲文字，要精炼，通俗易懂。第五条讲创作与读书的关系，因为创作短篇小说要借鉴外国的新思想和新的表现手法，所以建议读外国的短篇小说。因为创作短篇小说要反映中国被压迫的劳苦大众的生活，所以要读东欧及北欧作品——这些国家的人民与当时的中国老百姓有相同的遭遇；日本和中国同为东方国家，了解日本有利于改造中国，所以也读日本作品。第七条讲创作不拘一格，没有必要按照"小说作法"中的规范来写。第八条讲中国的文学批评尚不成熟，对批评家的话不必太当真，相反，对"可靠的外国批评家的评论"则应认真对待。

先生 1933 年写的《我怎么做起小说来》，同样是经验之谈，具体地讲了怎么进行创作，观点和《答北斗杂志社问——创作要怎样才会好？》大致相同，但与两年前相比，内容更充实，毫无保留地分享了自己创作的方法和体会，给读者以更多启发。关于创作源泉，先生说："做不出的时候，我也决不硬做。""所写的事迹，大抵有一点见过或听到过的缘由，但决不全用这事实，只是采取一端，加以改造，或生发开去，到足以几乎完全发表我的意思为止。人物的模特儿也一样，没有专用过一个人，往往嘴在浙江，脸在北京，衣服在山西，是一个拼凑起来的脚色。有人说，我的那一篇是骂谁，某一篇又是骂谁，那是完全胡说的。"创作源于实践，但并非所见所闻的简单重复，须对事实加以改造和提炼，为创作主题服务，目标是"到足以几乎完全发表"作者的意思为止。先生对这种写法作了分析："不过这样的写法，有一种困难，就是令人难以放下笔。一气写下去，这人物就逐渐活动起来，尽了他的任务。但倘有什么分心的事来一打岔，放下许久之后再来写，性格也许就变了样，情景也会和先前所豫想的不同起来。""我想，如果专用一个人做骨干，就可以没有这弊病的，但自己没有试验过。"先生以自己创作《不周山》

（神话小说，后更名为《补天》，收入《故事新编》）的过程来说明这一点。

关于文字，先生在谈了自己做小说的"主见"后说："我力避行文的唠叨，只要觉得够将意思传给别人了，就宁可什么陪衬拖带也没有。中国旧戏上，没有背景，新年卖给孩子看的花纸（按：绍兴方言，指一种流行于民间的木版年画）上，只有主要的几个人（但现在的花纸却多有背景了），我深信对于我的目的，这方法是适宜的，所以我不去描写风月，对话也决不说到一大篇。""可省的处所，我决不硬添。"这是讲文字力求精炼。"我做完之后，总要看两遍，自己觉得拗口的，就增删几个字，一定要它读得顺口；没有相宜的白话，宁可引古语，希望总有人会懂，只有自己懂得或连自己也不懂的生造出来的字句，是不大用的。"这是讲文字力求通俗易懂。"忘记是谁说的了，总之是，要极省俭的画出一个人的特点，最好是画他的眼睛。我以为这话是极对的，倘若画了全副的头发，即使细得逼真，也毫无意思。我常在学学这一种方法，可惜学不好。"写人物，一定要写出特点，但应该是"极省俭的"，能给读者留下深刻印象。这是《答北斗杂志社问——创作要怎样才会好?》没有谈到的。

关于怎么对待文学批评，先生说："还有一层，是我每当写作，一律抹杀各种的批评。因为那时中国的创作界固然幼稚，批评界更幼稚，不是举之上天，就是按之入地，倘将这些放在眼里，就要自命不凡，或觉得非自杀不足以谢天下的。批评必须坏处说坏，好处说好，才于作者有益。""但我常看外国的批评文章，因为他于我没有恩怨嫉恨，虽然所评的是别人的作品，却很有可以借镜之处。但自然，我也同时一定留心这批评家的派别。"文学批评并不比文学创作来得容易，要在对文学作品透彻理解的基础上，作出中肯的分析评判，没有较高的思想水平和文学鉴赏力，是做不到的。在文学批评相当幼稚时，文学创作者确实没有必要在意这些批评，"走自己的路，让人家去说罢"。但是，对那些相对成熟的文学批评，却理应重视，这于提高作者的创作水平是十分重要的，当然也应注意鉴别。

1935 年，先生在《不应该那么写》（《且介亭杂文二集》）中，引用苏联作家、文学评论家惠列赛耶夫的《果戈理研究》中的一段话"恐怕最好是从那同一作品的未定稿本去学习"，认为"这确是极有益处的学习法，而我们中国却偏偏缺少这样的教材"。将成稿与未定稿作比较，看作者作了哪些修改，琢磨为什么改，确实是学习写作的一种好方法。湖南人民出版社编审朱正，自二十世纪六十年代始，酝酿"出一个将鲁迅初稿和改定稿相对照的排印本"，并得到作家、教育家叶圣陶的肯定和鼓励。好事多磨，1981 年，湖南人民出版社出版了他编著的《鲁迅手稿管窥》，2005 年，岳麓书社重新出版，书名改为《跟鲁迅学改文章》，这该是运用先生当年提出的作文法的一个实例吧。

1933 年，先生还写了《作文秘诀》（《南腔北调集》），与《答北斗杂志社问——创作要怎样才会好?》和《我怎么做起小说来》不同，这是一篇批判性文章，是对所谓"作文秘诀"的批判。文章开头"现在竟还有人写信来问我作文的秘诀"，言下之意十分明白：作文没有秘诀。先生接着详陈：

"秘"是中国非常普遍的东西，连关于国家大事的会议，也总是"内容非常秘密"，大家不知道。但是，作文却好像偏偏并无秘诀，假使有，每个作家一定是传给子孙的了，然而祖传的作家很少见。自然，作家的孩子们，从小看惯书籍纸笔，眼格也许比较的可以大一点罢，不过不见得就会做。

作文并无秘诀，这是先生的明确意见。

212　　接着，先生笔锋一转："那么，作文真就毫无秘诀么？却也并不。"
这当然是反讽："我曾经讲过几句做古文的秘诀，是要通篇都有来历，
而非古人的成文；也就是通篇是自己做的，而又全非自己所做，个人其
实并没有说什么；也就是'事出有因'，而又'查无实据'。到这样，便
'庶几乎免于大过也矣'了。简而言之，实不过要做得'今天天气，哈
哈哈……'而已。"这是什么文章？没有自己的观点，所述都有出处，
但不能算抄袭，不会有风险。从内容说到形式："至于修辞，也有一点
秘诀：一要蒙胧，二要难懂。那方法，是：缩短句子，多用难字。"不
仅是做古文，"做白话文也没有什么大两样，因为它也可以夹些僻字，
加上蒙胧或难懂，来施展那变戏法的障眼的手巾的。""蒙胧或难懂"，
大多数人看不懂，以示作者"高深"。作文应该怎么做？先生答道："倘
要反一调，就是'白描'。""'白描'却并没有秘诀。如果要说有，也不
过是和障眼法反一调：有真意，去粉饰，少做作，勿卖弄而已。"四句
话十二个字中，"有真意"是主旨，其他三句话九个字，都是对"有真
意"的补充。

　　先生论作文，还有一个非常重要的观点，那就是作文要有自己的独
立见解。1925 年 11 月，现代评论派代表人物之一陈西滢污蔑先生的
《中国小说史略》是抄袭日本盐谷温的《中国文学概论讲话》的。先生
在《不是信》（《华盖集续编》）中反驳道："盐谷氏的书，确是我的参
考书之一，我的《小说史略》二十八篇的第二篇，是根据它的，还有论
《红楼梦》的几点和一张《贾氏系图》，也是根据它的，但不过是大意，
次序和意见就很不同。其他二十六篇，我都有我独立的准备，证据是和
他的所说还时常相反。"关于怎么相反，先生举了许多具体事例。史证
说明，先生的《中国小说史略》完全是他自己独立研究的成果。陈西滢
的好友胡适指出："说鲁迅之小说史是抄袭盐谷温的"，"真是万分的冤

枉。盐谷一案，我们应该为鲁迅洗刷明白"。①联系到作文方法，关键如
先生所言"我都有我独立的准备"，这是作文之要。评判文章优劣的基
本标准之一，是作者有没有独到见解，而独到见解必然来自独立的
准备。

四、 把读书和作文这两件人生大事做好

今读鲁迅关于"善于改变精神的当然要推文艺"的论述，启发我们
思考文艺尤其是文学与人生的关系，进而思考读书和作文与人生的关
系。读书和作文是人生的两件大事，是现代社会每个人都应享有的权利
和应尽的义务。这在十九世纪印刷业实现机械化之前是不可想象的，而
今天，即使在仍处于发展中国家的中国，这也可能成为现实。但是，怎
么认识读书和作文，却是大多数人并没有解决好的问题。先生关于读书
和作文的论述，可以给我们以有益的帮助。除了作家，人们与文学的关
系是读者和作品的关系，可以放在读书中谈。

（一）养成阅读经典的习惯

虽已进入二十一世纪二十年代，但我国国民阅读率仍很低，2020
年成年国民人均纸质图书阅读量为 4.7 本，电子书阅读量为 3.29 本②，
与发达国家差距甚大。都说读书重要，不怎么读书的父母也总叮嘱孩子
好好读书，但许多孩子长大成人后仍不爱读书，大多数人离开学校后就

---

① 参阅阎晶明著：《鲁迅与陈西滢》，江苏凤凰文艺出版社 2018 年版，第 73、
   74 页。
② 《中华读书报》2021 年 4 月 28 日第 2 版。

很少再读书。我们的上一代，多数人不读书的主要原因是不识字。而从我们这一代开始，这个原因基本上已不复存在，截至2020年，文盲率从新中国成立之初的超过80%下降至4%以下。那么，究竟是什么原因造成阅读率低呢？我认为主要是因为缺少动力。职业的读书多少还有动力，父母叮嘱孩子在校好好读书大都是为了孩子将来有一份好工作，还有面子观念——孩子读书好不好，事关父母脸面。企业重视培训，主要也是为了员工的职业发展，进而支撑企业发展。即便如此，职业的读书动力还是不足，这是因为2019年之前，完整意义上的市场竞争时代尚未到来。美国挑起中美贸易战，加上新冠疫情席卷全球，促使我们的企业提升核心竞争力，而其关键则在提升广大员工素质。在这种背景下，职业的读书有可能会逐渐出现一个新局面。

相对职业的读书，嗜好的读书动力更弱。近百年过去了，鲁迅说的只看自己喜欢的书的年代远未到来。就在校学生而言，嗜好的读书主要表现为先生说的多读课外书，前提是学生的课业负担不能太重，时间不能填得太满，否则就没有闲暇读其他书，但在应试教育的背景下很难做到这点。出路还是要从端正教育理念做起，只有真正明白教育是为实现鲁迅1907年在《科学史教篇》（《坟》）中所提出的"致人性于全"，才可能逐步从应试教育的樊笼里突围。

从成人教育看，如何形成全民阅读的氛围，并把职业的读书和嗜好的读书结合起来，是放在我们面前的一个与"立人"密切相关的重大课题。据我的经验和观察，与学校教育相比，成人教育破解这道难题既有共同面临的挑战，又有可能存在的优势。挑战是，如何使得大多数人解决好理想信念问题。读书需要动力，动力归根结底来源于人生追求，越有追求动力越足。优势有几个方面，以企业（尤其是制造业企业）为例：一是基本上摆脱了应试教育；二是大多数员工已解决了温饱问题，一部分骨干员工已实现衣食无忧，有着丰富精神生活的内在需求；三是人员比较稳定，企业只要不倒闭，对大多数员工而言是可能一直工作到退休的安身之所；四是由大工业的特征使然，纪律比较严明，组织的力量比较强大，只要领导头脑清醒，带头阅读，不仅读与职业直接相关的书，而且读人文的书，是不难在一定程度上把企业大多数员工带动起来的。这已被不少优秀企业证明。

养成读书习惯，必然会遇到读什么书的问题。书海茫茫，一个人再怎么"收心读书"，能读的书也十分有限，这就需要精心选择。1936年，先生在给文学青年时玳的信（《书信（1936）》）中说：

我觉得你所从朋友和报上得来的，多是些无关大体的无聊事，这是堕落文人的搬弄是非，只能令人变小，如果旅沪四五年，满脑不过装了这样的新闻，便只能成为像他们一样的人物，甚不值得。所以我希望你少管那些鬼鬼祟祟的文坛消息，多看译出的理论和作品。

在知识爆炸的信息化时代，书籍良莠不齐的情况十分严重，劣质书籍"只能令人变小"。长期以来，不设前提的"开卷有益"，一直遭到有识之士的批评。《美国独立宣言》主要起草人、美国开国元勋之一托马斯·杰斐逊认为，阅读行为关系到在"垃圾阅读"和"健康阅读"中进行的选择。既然这种选择可能让公众的道德观念面临风险，就不能放任公众去自行选择阅读内容，而需要对他们的选择加以悉心的指导。1940年出版的美国学者莫蒂默·阿德勒的代表作《如何阅读一本书》，在1972年再版时加了一个副标题"名著阅读指南"。作者解释说，这是为了强调这样一个事实：真正重要的阅读是针对某些特定著作的阅读。英国文化评论家弗兰克·富里迪在2015年出版的《阅读的力量：从苏格拉底到推特》（堪称西方阅读理论研究的里程碑式著作）中说道："通过培育读者的判断力来重新发现阅读的价值是当今时代面临的最重大的文

216   化挑战之一。"①

鲁迅提出"最好先看一点基本书",应该为每个人遵循。"基本书"主要是指经典,经典主要是指经过历史大浪淘沙沉淀下来的传世之作。譬如,中国传统文化儒道释的代表作,儒家的《论语》《孟子》《荀子》,道家的《老子》《庄子》,释家的《坛经》,以及唐诗宋词、《红楼梦》等古典文学名著。譬如,五四新文化运动的代表作、鲁迅作品。譬如,世界文学名著、学术经典。可是,当下阅读经典的风气还没有形成大气候。我常去企业调研,只要有图书馆、图书室,就会关注一下那里陈列着什么书、员工爱读什么书。发现大都是实用类的,经典少,借阅经典的更少。这是什么原因呢?除了上述读书的人们总是偏向于"职业的读书"之外,还有一个重要原因是相当一部分经典,如果没有合适的人帮助解读、领入门,不太好懂,或者说不太容易真正读懂。譬如,我本人读马克思主义经典,在没有读复旦大学教授俞吾金等学者的解读本之前,确实没有真正读懂;读鲁迅作品,在没有读钱理群教授等学者的解读本之前,也很难说已经读懂。

现在的问题是,能够做或者愿意做这种解读的学者并不多,有的学者确有学问,但学养深厚并不一定表达就通俗易懂,而联系当下实际解读人文经典的学者更不多见。同时,社会也没给学者提供足够多的机会来作经典解读。以企业干部培训为例,主要课程是政治理论和经济管理类的,人文类课程极少,经典解读更少,这就使得培训的有效性受到影响。其他的暂且不说,就从政治理论和经济管理课程来说,离开了这些课程本身的经典解读,不可能真正理解这门课程;离开了人文经典解

---

① [英]弗兰克·富里迪著,徐弢、李思凡译:《阅读的力量:从苏格拉底到推特》,北京大学出版社 2020 年版,第 146、216、300 页。

读，无论是政治理论还是经济管理课程的教学，都难以进入一个较高的
境界。经典阅读的一个重要方面是文学经典阅读。文学经典的力量在于
打动人、陶冶人的情操，中国古代文化在民间影响最大的不是儒家经
典，而是《红楼梦》《西游记》《三国演义》和《水浒传》四大古典小
说。西方世界流传最广最久的也不是学术经典，而是莎士比亚、托尔斯
泰等的文学名著。北京大学教授陈平原 2005 年在华东师范大学所作的
关于读书的演讲中，谈及"读书的策略"，在不同的学科中作什么样的
选择？他说："我的建议是，读文学书。为什么？因为没用。没听说谁
靠读诗发了大财，或者因为读小说当了大官。今人读书过于势利，事事
讲求实用，这不好。经济、法律等专业书籍很重要，这不用说，世人都
晓得。我想说的是，审美趣味的培养以及精神探索的意义，同样不能忽
略。当然，对于志向远大者来说，文学太软弱了，无法拯世济民；可那
也不对，你想想鲁迅存在的意义。"①回到鲁迅，还是他说得好，人性，
"最平正的道路，却只有用文艺来沟通"。最后需要重复的是，文学经典
真正能够读懂，也离不开好的解读。

（二）改进文风时不我待

与读书相比，作文和很多人的关系似乎要小一些，但也不尽然。随
着专业化的进一步发展，社会要求越来越多的人成为某一方面的专业人
才，他们或多或少就要从事与专业相关的作文。至于大大小小的干部或
管理人员，尤其是处于领导岗位者，作文就更重要了。邓小平曾经这样
阐述作文对于领导干部的重要性："拿笔杆是实行领导的主要方法。领
导同志要学会拿笔杆。开会是一种领导方法，是必需的，但到会的人总

---

① 陈平原著：《压在纸背的心情》，复旦大学出版社 2011 年版，第 231 页。

是少数，即使做个大报告，也只有几百人听。个别谈话也是一种领导方法，但只能是'个别'。实现领导最广泛的方法是用笔杆子。用笔写出来传播就广，而且经过写，思想就提炼了，比较周密。所以用笔领导是领导的主要方法，这是毛主席告诉我们的。凡不会写的要学会写，能写而不精的要慢慢地精。"①这里讲到开会讲话，讲话稿或讲话提纲的准备也是用笔写。"拿笔杆"如此重要，怎么写就成了一个大问题。

　　鲁迅谈文学作品的写作，首先肯定凡写了并发表了的东西都是宣传，但宣传不等于是文学创作，文学创作要求具备"内容的充实"和"技巧的上达"两个基本要素。非文学创作的作文要求，虽然没有文学创作这么高，但也应做到"内容的充实"，就是要真实，要言之有物，而非空洞说教；同时也应做到"技巧的上达"，就是要深入浅出、生动活泼，而非枯燥无味。或许缺少人文修养，或许错误地理解革命文化、大众文化，我党历史上曾经盛行"党八股"的不良文风。二十世纪四十年代延安整风时期，毛泽东在干部会议上作了《改造我们的学习》《整顿党的作风》和《反对党八股》三个报告，"分析了广泛存在于党内的非马克思列宁主义思想作风，主要是主观主义的倾向，宗派主义的倾向，和作为这两种倾向的表现形式的党八股"。毛泽东对"党八股"作了尖锐批评："党八股的第一条罪状是：空话连篇，言之无物。我们有些同志欢喜写长文章，但是没有什么内容，真是'懒婆娘的裹脚，又长又臭'。为什么一定要写得那么长，又那么空空洞洞的呢？只有一种解释，就是下决心不要群众看。""长而空不好，短而空就好吗？也不好。我们应当禁绝一切空话。"这是从内容角度讲的，接下来讲表达方式。"党八股的第四条罪状是：语言无味，像个瘪三。""现在我们有许多做

---

① 《邓小平文选》第一卷，人民出版社1994年版，第145页。

宣传工作的同志，也不学语言。他们的宣传，乏味得很；他们的文章，就没有多少人欢喜看；他们的演说，也没有多少人欢喜听。"①

延安整风后，中共全党的文风有了很大转变，毛泽东、刘少奇、周恩来、朱德、邓小平、陈云等老一辈革命家，堪称典范，在内容的深刻、文字和语言的生动方面，达到了相当高的境界。很多时候，各级领导干部大都有相当不错的文风。反右斗争严重扩大化和"文化大革命"，不仅在政治上、经济上造成祸害，而且败坏了包括文风在内的党风。改革开放以来，党在转变作风方面作出了巨大努力，取得了明显进展，但反反复复，远未达到预期效果。1992年邓小平南方谈话指出："现在有一个问题，就是形式主义多。电视一打开，尽是会议。会议多，文章太长，讲话也太长，而且内容重复，新的语言并不很多。重复的话要讲，但要精简。形式主义也是官僚主义。要腾出时间来多办实事，多做少说。"②党的十八大以来，以习近平同志为核心的党中央旗帜鲜明地反对"四风"，"四风"中的形式主义、官僚主义，在文风方面也有突出表现。譬如，文山会海，用会议落实会议，用文件落实文件，上下一般粗的表态多，实际行动跟不上；抽象太多，从概念到概念，内涵太大，具体内容太少，感染力不强等。

我年轻时也曾犯过类似毛病，有一段时间，写的东西停留于解读上级精神，缺少自己的独立见解，缺少自己的语言，与自己从事的实际工作联系不紧密，看看似乎都对，但往往味同嚼蜡，没有多少实际价值。这与我动手写作起源于"文化大革命"时期，没有养成具象思维习惯有关。当时，我极少有机会阅读文学作品，虽开始接触一些鲁迅作品，但

① 《毛泽东选集》第三卷，人民出版社1991年版，第795、833—834、837页。
② 《邓小平文选》第三卷，人民出版社1993年版，第381—382页。

220　　并未真解其意。改革开放后，经过反思，我一方面花功夫阅读中外文学
经典，尤其是一遍遍通读《鲁迅全集》；一方面花很大精力于调查研究，
尤其是在中共上海市委组织部工作期间，主持开展了"凝聚力工程"调
查研究，认真撰写调查报告，初步实现了作文方法转型。即使写讲话稿
或讲话提纲，也在领会上级精神的基础上，联系实际，用自己的语言谈
心得体会；用自己工作范围内干部和群众正反两方面的具体案例，来说
明道理。当然，作文转型是一个无止境的过程，我仍在努力。

　　　读书和写作的关系，可以说是输入和输出的关系。当然，读书能否
达到输入的效果以及输入多少，与读书的态度和方法大有关系。输入不
只靠读书，但读书无疑是最重要的输入之一，尤其是写作这样的输出，
离开读书是不可想象的。从读书的输入到写作的输出，是一个将别人的
见解消化后，启发自己创造新见解的过程。一般而言，一分耕耘，一分
收获，开卷有益，笔头越磨越锋利。

后 记 Postscript
"二十世纪中国经验"与人的现代化

　　《应该改换些态度和方法——鲁迅方法论今读》，是"鲁迅'立人'思想今读系列"的第七本，也是计划中的最后一本。不算准备时间，从 2021 年元旦过后动笔，到写成书稿，历时九个多月。之后，疫情中，整个社会慢下来了。直到 2023 年 2 月，对书稿作最后的修改定稿。

　　十多年前，当我开始在宝钢讲鲁迅"立人"思想时，听到的人大都颇感诧异。2011 年起，我开始写鲁迅"立人"思想，且一发不可收，知道的许多人更为吃惊。所以，借着"鲁迅'立人'思想今读系列"的写作告一段落，在这里把此事的来龙去脉和相关情况向读者作个交代。

一、 鲁迅作品的批判性和建设性是有机联系的整体

当代中国正处于加快实现现代化的关键时期，关于现代化的话题内容很多。随着新科技革命深入推进，许多人越来越强调科技与现代化的关系，指出科技创新将决定未来中国的命运。还有许多人则认为"制度重于科技"，提出有了先进的体制机制，才能实现自主科技创新的重大突破。上述两种见解都有理，但却都没有说到底。习近平总书记指出："现代化的本质是人的现代化。"①这才说到底了。因为科技由人创造并为人所用，有什么样的人就有什么样的科技；制度由人制定并实施，有什么样的人就有什么样的制度。有人试图把科技、制度、人三者放在同等位置，不赞成作孰轻孰重的比较。站在避免忽视其中任何一方面重要性的角度来说，当然可以理解。但从根本上来说，科技、制度、人三者中，起决定作用的毕竟是人，也就是鲁迅一百多年前在《文化偏至论》（《坟》）中所言"根柢在人""首在立人"。中国能否实现真正意义上的现代化，归根结底取决于国民素质能否提高到人类现代社会所需要的程度，即实现人的现代化。尤其重要的是，人的现代化不仅是手段，更是

———————

① 中共中央宣传部：《习近平新时代中国特色社会主义思想学习纲要》，学习出版社、人民出版社 2019 年版，第 59 页。

目的，这就是"现代化的本质是人的现代化"中"本质"的主要内涵。　223

由此，怎么才能实现人的现代化，就成为当代中国面对的最大课题。《管子》曰："一年之计，莫如树谷；十年之计，莫如树木；终身之计，莫如树人。"①十年树木，百年树人，近代以来一百八十多年的历史反复证明，实现人的现代化谈何容易。人是历史的人、社会的人、文化的人，实现人的现代化需要先进人文思想滋养。中国传统文化博大精深，其精华具有穿透并超越时空的珍贵价值，但也有其局限性甚至糟粕。我们理应传承民族文化精华，但不能简单地回到古代，更不能全盘复古。西方文化是人类迈向现代化的起源，其精华值得借鉴，但同样存在局限性和糟粕，我们也不能机械地模仿西方，更不能全盘西化。为此，从清末民初起，一批又一批觉醒的中国人艰难探索救国救民之道，批判中国传统文化弊端，引进西方先进文化，至 1919 年形成五四新文化运动高潮，鲁迅是当之无愧的"旗手"。先生在《我怎么做起小说来》（《南腔北调集》）所言"为人生""为改良这人生"而进行的文学创作和译作，如同他本人在《文化偏至论》（《坟》）中所指，其基本特点是，"外之既不后于世界之思潮，内之仍弗失固有之血脉"。对此，钱理群称之为"二十世纪中国经验"。2012 年，钱理群在为拙作《渐远渐近：鲁迅"立人"思想启示录》写的序中，阐述了"'作为二十世纪中国经验'的鲁迅思想的独特价值"："在我的理解里，鲁迅的思想里是积淀了'二十世纪中国经验'的，它对于当下的中国确实是更为切近的，当代中国所面临的许多问题，都是从现代中国延续下来的，鲁迅他们当年的思考，就具有了直接的启示意义。"②积淀了"二十世纪中国经验"

---

① 李山译注：《管子》，中华书局 2016 年版，第 32 页。
② 钱理群著：《鲁迅与当代中国》，北京大学出版社 2017 年版，第 16 页。

224　的鲁迅思想，其核心内容是什么？正是"立人"。

鲁迅"立人"思想的独特价值何在？在于先生对"非人"的国民性弊端作了系统的入木三分的批判，并在批判中对如何"立人"提出了系统的、独到的建设性见解，做到了批判性与建设性的有机结合。"立人"顾名思义原本就是建设性的，如果只有批判何来"立人"？然而长期以来，人们普遍看到了鲁迅的批判性，却忽视了他的建设性。在大多数人眼里，只看到鲁迅"横眉冷对千夫指"的怒目金刚般的冷峻，却忽视了他"俯首甘为孺子牛"的循循善诱的深情（上述诗句见《集外集·自嘲》）。2021 年 5 月，我跟一位领导干部谈及鲁迅，他半开玩笑地说"读鲁迅长脾气"。从批判性的角度说这并没错，但从建设性的角度说就不完整。鲁迅确实是批判的，但不是为批判而批判，他的批判是为了更好地建设。1934 年，先生在《〈引玉集〉后记》（《集外集拾遗》）中，充满自信地预言："我已经确切的相信：将来的光明，必将证明我们不但是文艺上的遗产的保存者，而且也是开拓者和建设者。"先生批判的深刻性，使得他的建设性见解不仅具有强烈的现实针对性，而且具有超越时空的前瞻性。先生目光如炬，他作品中的许多见解就像直接针对当下我们在现代化进程中遇到的问题，帮助我们疗治世代延续下来的思想上的痼疾，使我们健康、幸福地生活，向着更加美好的未来前进！

二、 致力于为大众解读鲁迅"立人"思想

认识鲁迅"立人"思想所具有的"二十世纪中国经验"的独特价值，需要对它作一个系统梳理。近百年来，尤其是改革开放四十多年来，鲁迅研究走过了一条不平凡的路，研究成果颇丰。有的成果达到了

相当高的水平，后人或许很难超越。对此，2005 年出版的张梦阳著
《中国鲁迅学通史》作过相当全面的反映。最值得关注的是，1981 年鲁
迅研究室研究员王得后提出鲁迅作品的核心内容是他的"立人"思想，
实现了鲁迅研究的历史性重大突破，并且很快就成为学术界、思想界的
共识。之后鲁迅研究的大部分成果，都从不同角度、不同侧面阐释了鲁
迅"立人"思想。我很想看到系统梳理鲁迅"立人"思想的专著和文
章，遗憾的是没有找到。在这种情况下，就产生了一种冲动：自己能不
能尝试一下？为此，我反复研读《鲁迅全集》，大量阅读现当代鲁迅研
究专家的著作和文章，通过多年努力，逐渐形成了自己所理解的鲁迅
"立人"思想的框架，进而仔细推敲，作出日见其详的解读。

我发现，改革开放前的鲁迅研究，由于研究者对鲁迅作品有不同理
解（这是难免的、有益的），更由于许多研究者在特定历史条件下受特
定意识形态影响，对鲁迅作品所体现的思想，作了不同诠释。有的诠释
从某个角度看是有道理的、深刻的、经得起历史检验的，但往往不完
整，而且还存在过度诠释的问题；有的诠释不是从鲁迅作品本身去分析
其思想，而是用某种学说去"套裁"它，醉翁之意不在酒，引用鲁迅语
录是为了证明自己信奉的某种学说之正确；有的出于为某种错误政治观
点服务的动机，对鲁迅及其作品作了歪曲诠释。改革开放四十多年后的
今天，当我作鲁迅"立人"思想梳理和阐释时，前辈的精神财富理应吸
取，他们的偏颇则应避免。要向改革开放以来的许多学者学习，在还原
真实的鲁迅上下功夫。鲁迅是为全体中国人，尤其是为受压迫、受毒害
的大众创作。但时至今日，人们似乎无不知晓"鲁迅"这个名，许多人
也知道阿 Q、祥林嫂、孔乙己等鲁迅作品中的人物，却并不了解鲁迅
"立人"思想的大部分内容。如何让鲁迅"立人"思想进入大众的心，
是我追求的目标。为此，我主要从两方面作了努力，一是尽可能用通俗

易懂的语言来诠释鲁迅"立人"思想,二是揭示这一思想对当代每一个中国人提升素质、实现自身现代化的珍贵价值。

三、 完成只是新的开始

我的尝试是从我还在宝钢履职时开始的。2007 年起,出于企业文化建设的迫切需要,我在宝钢讲"鲁迅'立人'思想与宝钢人的发展",在宝钢总部和一些子公司先后讲了十多次。之后,应邀在上海图书馆和各地的一些大学、中学、企业讲鲁迅"立人"思想及其现实价值。2011年,上海《支部生活》分十期连载我的"鲁迅'立人'思想启示录"。我写的《鲁迅"立人"思想和走向世界的中国企业》,在鲁迅文化基金会举办的"2012鲁迅论坛"上发表。2013 年,中信出版社出版了我关于鲁迅研究的第一本书《渐远渐近:鲁迅"立人"思想启示录》。此书以联系企业实际为特点,有人建议我能否跳出企业写一本关于鲁迅的书。在鲁迅文化基金会会长、鲁迅长孙周令飞和上海人民出版社时任社长王兴康的支持下,这个设想较快得到实现,2014 年,上海人民出版社出版了我的《独有"爱"是真的——鲁迅"立人"思想解读》。此书用鲁迅作品专题摘录加本人随感录的形式呈现,优点是覆盖鲁迅"立人"思想大部分内容,相对比较完整,缺点是对鲁迅作品不熟悉的读者不太容易理解。此外,47 万多字的容量偏大,没有达到王兴康社长提出的"写给大众看"的要求。为弥补这一遗憾,经与时任副总编辑齐书深和编辑楼岚岚商量,我写了《应该有新的生活——鲁迅"立人"思想今读》,2016 年由上海人民出版社出版。

在写作过程中,我越来越觉得意犹未尽——鲁迅"立人"思想内容十分丰富，但限于篇幅，许多内容在已出版的书中无法充分展开，这就使我逐渐萌生了专题写作念头，并对专题作了设计，打算写今读鲁迅儿童观、青年观、妇女观、人生哲学和方法论五个专题。以后，受周令飞会长之约，增加了鲁迅教育观。这样，连同综合性的那本，"鲁迅'立人'思想今读系列"共由七本组成，计划用十年左右时间完成。我曾把上述想法通过电子邮件告诉钱理群教授，他回复说："你的设想很有意思，还很少有人作这样全面的梳理。你的整个研究设想都很好。祝顺利完成。"这增添了我的动力和信心。2017 年至今，我集中精力于"鲁迅'立人'思想今读系列"的写作，得到了上海人民出版社和学林出版社的鼎力支持。两社先后出版了我的《只有爱依然存在——鲁迅儿童观今读》《愿中国青年都摆脱冷气，只是向上走——鲁迅青年观今读》《为了女性"真的解放"——鲁迅妇女观今读》《人立而后凡事举——鲁迅教育观今读》和《我自爱我的野草——鲁迅人生哲学今读》，直到本书。时任上海人民出版社党委书记、社长、总编辑王为松（现任上海市社会科学界联合会党委书记、专职副主席）对拙作的关注，是对我的勉励。楼岚岚（现任学林出版社副社长）开始是拙作的责任编辑，之后是出版社后起之秀领导，她的支持和指导帮助，使我艰苦的写作生涯多了一些快乐。责任编辑胡雅君为拙作出版付出了辛勤、专业、有效的努力。尤其是这本鲁迅方法论今读，雅君费了不少精力斟酌，提出了很好的修改建议，使书稿更完善。

至此，我的"鲁迅'立人'思想今读系列"的写作告一段落了，比原计划提前了。有人对我说，你做了前人没有做的有价值的工作。如果真如此，我荣幸之至。能够提前完成这一工作，一方面有主观因素，总想趁自己精力尚充沛时，把这件有意义的事做出来，免得日后留下无法弥补的遗憾。所以，我保持了多年养成的习惯，每天凌晨四点多即起，在头脑最清醒、思维最活跃、没有任何干扰的情况下，专心写作。能够提前，另一方面有客观因素，2014 年退休后社会活动逐渐减少，活动安排的自主选择成分却增加了。再加上 2020 年新冠疫情突然暴发蔓延，宅在家里的时间多了。我的写作还得到家人和友人的倾心相助，他们在幕后的默默支持，我只有以更认真地写作来回报。

对我而言，完成了"鲁迅'立人'思想今读系列"的写作，只是学习研究和传播鲁迅"立人"思想新的开始。虽然我反复通读《鲁迅全集》和不断阅读许多鲁迅研究著作，但鲁迅"立人"思想除了大众化的一面外，确实还有深邃的一面，对它的理解，尤其是联系当下实际的解说，是一个无止境的过程。钱理群较早就提出，并且一直"固执地认为"："我们至今对鲁迅对我们这个民族的意义，对未来中国发展的潜在价值，还是认识得不够，现在不是'讲得太多'，而是要求'讲得更深入'，更不能将鲁迅'送进博物馆'，而要进一步在知识分子与全民族中发扬鲁迅精神传统。"①确实，对鲁迅的许多作品总是常读常新，我将一直读下去。同时，鲁迅"立人"思想需要传播，现在做这方面工作的人不算太少，但大都在书斋里，在"鲁研界"传播，最多扩展至文化界的一部分人，和社会各界、大众基本上没有什么关系。能够联系当下中国社会实际，用鲁迅"立人"思想来释疑解惑者寥寥。而我，自信可以做一点这方面的工作。我已经比较主动地做了十多年，还应积极地做下去，因为当代中国人实现现代化迫切需要鲁迅"立人"思想。

刘国胜

2023 年 2 月 20 日于上海徐汇滨江中海赢台

---

① 钱理群著：《拒绝遗忘：钱理群文选》（修订版），中国大百科全书出版社 2009 年版，自序第 2 页。

主要参考书目

《鲁迅全集》，人民文学出版社 2005 年版。

《鲁迅大辞典》，人民文学出版社 2009 年版。

南京师范学院中文系资料室编：《鲁迅文言论文试译（初稿）》，1976 年内部发行。

许寿裳著：《鲁迅传》，九州出版社 2017 年版。

钱理群著：《鲁迅与当代中国》，北京大学出版社 2017

230 年版。

刘国胜编著：《只有"爱"是真的——鲁迅"立人"思想解读》，上海人民出版社 2014 年版。

刘国胜著：《应该有新的生活——鲁迅"立人"思想今读》，上海人民出版社 2016 年版。

杨伯峻译注：《论语译注》，中华书局 2006 年版。

陈鼓应注译：《老子今注今译》，商务印书馆 2009 年版。

王国轩译注：《大学·中庸》，中华书局 2006 年版。

雷颐编：《中国近代思想家文库·张申府卷》，中国人民大学出版社 2015 年版。

冯友兰著，赵复三译：《中国哲学简史》（插图珍藏本），新世界出版社 2004 年版。

冯契著：《逻辑思维的辩证法》，华东师范大学出版社 1996 年版。

《马克思恩格斯文集》第九卷，人民出版社 2009 年版。

《毛泽东选集》第一卷，人民出版社 1991 年版。

陈平原著：《压在纸背的心情》，复旦大学出版社 2011 年版。

［德］康德著，何兆武译：《历史理性批判文集》，商务印书馆 1990 年版。

［法］笛卡尔著，王太庆译：《谈谈方法》，商务印书馆 2000 年版。

［英］弗兰克·富里迪著，徐弢、李思凡译：《阅读的力量：从苏格拉底到推特》，北京大学出版社 2020 年版。

图书在版编目(CIP)数据

应该改换些态度和方法:鲁迅方法论今读/刘国胜
著.—上海:学林出版社,2023
ISBN 978 - 7 - 5486 - 1936 - 9

Ⅰ. ①应… Ⅱ. ①刘… Ⅲ. ①鲁迅(1881 - 1936)-
方法论-研究 Ⅳ. ①I210.96

中国国家版本馆 CIP 数据核字(2023)第 096444 号

责任编辑 胡雅君 王 慧
封面设计 零创意文化

应该改换些态度和方法
——鲁迅方法论今读
刘国胜 著

出 版 **学林出版社**
　　　　　(201101 上海市闵行区号景路 159 弄 C 座)
发 行 上海人民出版社发行中心
　　　　　(201101 上海市闵行区号景路 159 弄 C 座)
印 刷 上海盛通时代印刷有限公司
开 本 710×1000 1/16
印 张 15
字 数 19 万
版 次 2023 年 8 月第 1 版
印 次 2023 年 8 月第 1 次印刷
ISBN 978 - 7 - 5486 - 1936 - 9/G・746
定 价 68.00 元

(如发生印刷、装订质量问题,读者可向工厂调换)